JN324684

# 弁護士日記
# 秋桜

四宮章夫 著

発行 民事法研究会

# 推 薦 の 辞

京都大学名誉教授<br>
元最高裁判所判事<br>
**奥 田 昌 道**

　本書は、長年にわたって弁護士として第一線で活躍してこられた四宮章夫氏が突如病に倒れ、入院生活を余儀なくされた日々の過ごし方として、「日記をつけることで、これまでの自分の生活と心の内とを振り返ってみようと思い立っ」て、日記という形で、日々の生活ぶりと時々の思いを綴られたものである。日記という形をとりながら、時事問題や世界の諸事象に至るまで多様な諸問題に対する感想や意見が記されており、論評の対象は、政治問題、社会問題、医療・診療制度の在り方、外交問題、裁判ことに刑事司法の在り方、刑罰とりわけ死刑制度の問題、人権と差別の問題、等々まことに多岐にわたっている。

　本書の初校を通読してまず感じたことは、著者の知識の該博さとさまざまな事柄に対する鋭敏な感覚とそれに対処する誠実さである。著者の職業を通して、著者は私の知り得ない事柄や背後の事情（真相といってもよいかもしれない）にも通じ、その観点からの鋭い指摘には、そういう見方もあるのか、との感を抱かされた。もちろん、上にあげたさまざまの制度や諸問題に対する著者の見解や主張には、私個人としては全面的には同調し兼ねる点も少なくないが、著者の正義感とそれに基づく主張ないし信念の吐露に対して、敬意を表したいと思う。

　私自身は、専門は民法であり、長年教職に携わってきたものの知見の範囲は極めて限られたものであり、その後、最高裁判所判事として3年半実務に携わったとはいえ、民法学者としての知見を審理と判決に活かすということで精一杯の日々であったので、自分の専門以外の諸事象に関して一家言を有するなどということからはほど遠く、したがって、専門以外の事柄について

## 推薦の辞

公に見解や主張を述べることは覚束ない、というのが本音である。

そのような思いを抱いている私にとっては、著者の幅広い視野と経験と思索・研鑽に裏付けられた信念と主張の表白は、並々ならぬものと感じ入る次第である。

四宮章夫氏は、私が京都大学法学部においてゼミを担当した第2期（昭和44年10月から45年9月まで）の学生であった。当時はまさに学園紛争の始まった年であり、騒然たる学内において教員も学生もそれぞれに学問と人生について否応なしに考えざるを得ない状況にあった。私はその頃から四宮氏をよく知っており、その後も何かとかかわりが深い間柄であった。本書を通読すれば、しばしば、さりげなく四宮夫人に対する感謝の思いが記されている。「はしがき」の最後に、秋桜という本書の題名について、「庭先に四季折々の植物を栽培して私を楽しませてくれる妻への感謝の気持ちを込めて書名とした」との一文に、四宮氏のお人柄がよく表れている。

## はしがき

　2011年7月7日朝突然の脳梗塞に襲われ、私は緊急入院を余儀なくされた。障害は幸い小脳部分にとどまり、言語能力、運動能力には終始異常が現れなかったが、医師から、再梗塞と出血の恐れが低くなったと告げられるまでの間、安心はできなかった。当初は激しい眼振があり、それがどの程度改善されるかも不明であった。

　ベッドの中で、弁護士の激務から否応なしに解放され、相当期間職務復帰できなくなったことを理解した途端に、この退屈な時間をどのように過ごそうか、方策を立てねばと考えるうちに、日記をつけることで、これまでの自分の生活と心の内とを振り返ってみようと思い立った。

　近く再梗塞や出血があって大脳に障害が発生し、あるいは死神の訪れを受けて、私自身を語っておく機会が永遠に失われることがあるかもしれない。その前に、妻や子、あるいはこれまで私を支えてくれたり、理解してくれた人に、私の想いを遺しておきたいという願いもあった。

　また、現実に目の前に迎えている社会は、団塊の世代の私たちが「かくあるべし」と願っていた社会とは全く異質のものであると、私は思う。平素苦々しく思っていたこと等についても語ることで、この世代の想いを文章に表し、他の世代に問うてみたいという気持ちもあった。

　そして、この日記が世に出る機会が訪れた場合には、市民の方々には弁護士業務の実際について、弁護士の皆様には脳梗塞という病気について、それぞれ知っていただくことをあわせ願った。何らかの参考としていただければと思う。

　そのようなことで書き始めたのが、この弁護士日記である。職務に復帰するまでの期間に認めたものを本書に収めた。職務復帰後しばらく机の中に納め、半年後に取り出して推敲したが、その際には、執筆後のニュース等も適宜挿入した。

　大学時代のゼミの恩師である奥田昌道京都大学名誉教授から推薦のお言葉

## はしがき

をいただき、華を添えていただいたことは望外の幸せである。

　秋桜は、コスモスの和名。最後の項に出てくる草花である。庭先に四季折々の植物を栽培して私を楽しませてくれる妻への感謝の気持ちを込めて書名とした。

　表紙には和歌山県鷲ヶ峰のコスモスと風車の写真を用いた。愛犬ハッピーの最晩年に家族と一緒に訪れた想い出の地である。和歌山県の有田川町役場商工観光課から提供いただいたものである。

　文中の固有名詞は公人を除き、原則として仮名とした。実名を掲げ感謝の気持ちを表したい人も多いが、万が一のご迷惑がかかってはいけないと考えてのことである。

　それらの方々に対し、あらためて、深く感謝を申し上げるとともに、本書の刊行にご理解をいただいた民事法研究会代表取締役田口信義氏、多大なご尽力をいただいた安倍雄一氏にも心からの謝意を表し、はしがきとする。

　平成24年7月吉日

四　宮　章　夫

# 目　　次

1. 発　病〈7月7日（木）〉……………………………………2
2. 死を引き受ける〈7月8日（金）昼〉……………………4
3. 仕事の引継ぎなど〈7月8日（金）夜〉…………………6
4. 遺伝子の継承について考える〈7月9日（土）昼〉……8
5. 食事のこと、同級生のこと〈7月9日（土）（夜）〉……10
6. 臓器移植法の改正〈7月10日（日）〉……………………12
7. 東日本大震災から4カ月〈7月11日（月）〉……………14
8. 生涯現役をめざして〈7月12日（火）〉…………………16
9. 菅首相の危機対応〈7月13日（水）〉……………………18
10. 原子力発電への対応〈7月14日（木）〉…………………20
11. 延命治療の中止と人権意識〈7月15日（金）〉…………22
12. 息子の祈り〈7月16日（土）〉……………………………24
13. 大相撲八百長問題と相撲協会〈7月17日（日）〉………26
14. なでしこジャパンのワールドカップ優勝に思う〈7月18日（月）朝〉…28
15. セント・アンドリュース・リンクスに立つ〈7月18日（月）昼〉……30
16. 狭心症の発作〈7月19日（火）〉…………………………32
17. ジェネリクス医薬品〈7月20日（水）〉…………………34
18. 刑事司法は死んだのか〈7月21日（水）昼〉……………36
19. 患者の自己決定権〈7月21日（水）夕方〉………………38
20. リハビリ卒業〈7月22日（金）〉…………………………40
21. 退院決定と報道番組への疑問〈7月23日（土）〉………42
22. 安楽死を考える〈7月24日（日）〉………………………44
23. 退院前日〈7月25日（月）〉………………………………46
24. 退　院〈7月26日（火）〉…………………………………48
25. 心神喪失者の不可罰〈7月27日（水）〉…………………50
26. 記憶遺産に思う〈7月28日（木）〉………………………52

㉗ 法科大学院と法曹養成〈7月29日（金)〉……54
㉘ 法曹倫理〈7月30日（土)〉……56
㉙ バンデベルデの悲劇と児童虐待〈7月31日（日)〉……58
㉚ 愛犬レモン〈8月1日（月)〉……60
㉛ 犯罪の動機〈8月2日（火)〉……62
㉜ 原子力損害賠償支援機構法は被害者救済法か？〈8月3日（水)〉……64
㉝ カロリー制限と新島襄の祈り〈8月4日（木)〉……66
㉞ いじめ問題と愛国教育〈8月5日（金)〉……68
㉟ 広島の原爆と人道に対する罪〈8月6日（土)〉……70
㊱ 福島とチェルノブイリ〈8月7日（日)〉……72
㊲ 退院後初めての診察日〈8月8日（月）昼〉……74
㊳ 法科大学院における未修者教育〈8月8日（月）夜〉……76
㊴ 長崎の原爆を思う〈8月9日（火）朝〉……78
㊵ 取調べの可視化と誤判の防止〈8月9日（火）夕方〉……80
㊶ 拷問と残虐な処刑〈8月10日（水)〉……82
㊷ 退院後の療養生活〈8月11日（木)〉……84
㊸ 獣医療過誤裁判における過失認定事例〈8月12日（金)〉……86
㊹ 五山の送り火と放射能汚染〈8月13日（土）朝〉……88
㊺ スイスのＫちゃんへ〈8月13日（土）昼〉……90
㊻ 菅首相の退陣〈8月14日（日)〉……92
㊼ 終戦記念日に思う――大仏次郎の憤懣〈8月15日（月)〉……94
㊽ 化石の整理〈8月16日（火)〉……96
㊾ 安愚楽牧場の民事再生手続の申立て〈8月17日（水)〉……98
㊿ 歌踊奏〈8月18日（木)〉……100
(51) ドイツの学生ローン返済金の判決に思う〈8月19日（金)〉……102
(52) プロフェッションとは〈8月20日（土)〉……104
(53) 原老柳にみるプロフェッション〈8月21日（日)〉……106
(54) 阿波踊り〈8月22日（月)〉……108

| 55 | 公務員制度改革〈8月23日（火）〉 | 110 |
| 56 | 日田の思い出と日田焼〈8月24日（水）〉 | 112 |
| 57 | 55年体制下での深刻な問題〈8月25日（木）昼〉 | 114 |
| 58 | 大阪泉南アスベスト訴訟〈8月25日（木）夕〉 | 116 |
| 59 | リビア革命と欧米の目論見〈8月26日（金）〉 | 118 |
| 60 | 大曲の花火大会〈8月27日（土）〉 | 120 |
| 61 | 化石分類考〈8月28日（日）〉 | 122 |
| 62 | 日本の差別問題①──在日韓国人・朝鮮人〈8月29日（月）〉 | 124 |
| 63 | 日本の差別問題②──アイヌ民族〈8月30日（火）〉 | 126 |
| 64 | 日本の差別問題③──同和問題〈8月31日（水）昼〉 | 128 |
| 65 | 日本の差別問題④──ハンセン病患者〈8月31日（水）夜〉 | 130 |
| 66 | 仕事復帰〈9月1日（木）〉 | 132 |
| 67 | 小林和作画伯の絵画〈9月2日（金）〉 | 134 |
| 68 | 島田叡と荒井退造〈9月3日（土）〉 | 136 |
| 69 | スイスの結婚披露宴〈9月4日（日）〉 | 138 |
| 70 | 事業再編のための企業価値評価の実務〈9月5日（月）〉 | 140 |
| 71 | 台風12号とアイリーン〈9月6日（火）〉 | 142 |
| 72 | 混合診療問題〈9月7日（水）〉 | 144 |
| 73 | 検察庁特捜部〈9月8日（木）〉 | 146 |
| 74 | 検察官はもはや独任官ではないのか〈9月9日（金）〉 | 148 |
| 75 | 死刑制度〈9月10日（土）〉 | 150 |
| 76 | アメリカ同時多発テロ事件から10年〈9月11日（日）〉 | 152 |
| 77 | ロナルド・キーンと渡辺崋山〈9月12日（月）〉 | 154 |
| 78 | 刑罰の正当性の根拠〈9月13日（火）〉 | 156 |
| 79 | セカンド・オピニオン〈9月14日（水）〉 | 158 |
| 80 | 校外学習〈9月15日（木）〉 | 160 |
| 81 | 退官の理由①〈9月16日（金）〉 | 162 |
| 82 | 哲学のない団体は滅び、事業は破綻する〈9月17日（土）〉 | 164 |

目次

- 83　誤判の危険性〈9月18日（日）〉……………………166
- 84　死刑制度再考〈9月19日（月）〉……………………168
- 85　パキスタンとタリバーン〈9月20日（火）朝〉……170
- 86　欧州債務問題〈9月20日（火）昼〉…………………172
- 87　台風15号と危機対応〈9月21日（水）〉………………174
- 88　ソマリアの飢餓問題〈9月22日（木）〉………………176
- 89　ボランティア活動〈9月23日（金）〉…………………178
- 90　「財団」という名の「社会福祉法人」〈9月24日（土）〉……180
- 91　日本の外交戦略〈9月25日（日）〉……………………182
- 92　三井三池争議〈9月26日（月）〉………………………184
- 93　蕪村の世界〈9月27日（火）〉…………………………186
- 94　新刑事訴訟法の精神〈9月28日（水）〉………………188
- 95　Nホテルのこと〈9月29日（木）〉……………………190
- 96　円高と日本の行方〈9月30日（金）〉…………………192
- 97　姫路にて〈10月1日（土）〉……………………………194
- 98　退官の理由②〈10月2日（日）〉………………………196
- 99　検査入院初日〈10月3日（月）〉………………………198
- 100　政治と司法〈10月4日（火）〉…………………………200
- 101　初代最高裁長官誕生の背景〈10月5日（水）〉………202
- 102　戦後20年間の司法行政の急展開〈10月6日（木）〉…204
- 103　検査入院・退院前日〈10月7日（金）〉………………206
- 104　検査入院・退院の日──スーダン問題〈10月8日（土）〉……208
- 105　死刑と残虐な刑罰〈10月9日（日）〉…………………210
- 106　老人はほらを吹け〈10月10日（月）〉…………………212

・著者略歴……………………………………………………214

弁護士日記

# 秋桜

## 7月7日（木）

## ① 発病

　七夕を迎えたが、今年は猛暑の年。妻が昨年のこぼれ種から育てた小粒な朝顔を眺め、夕方までに少しは涼しくなるかなと思いながら、珍しく遅がけの出勤。

　午前10時和泉市役所の商工金融課で、H株式会社の特別清算申立ての同意書をいただけるよう、担当者にお願いする。会社役員との従前の交渉経緯をうかがい、ひたすらお叱りの言葉を受け止め、お願いするだけ。最後は気持ちよく別れて、阪和線で天王寺に向かう。

　午前11時15分頃、電車内で時計の日付合わせをするうち、天王寺の手前で、突然電車が大揺れして、腰の部分で体が半分に折れ、列車内で倒れそうになる。あわてて、電車の壁際の突起を探してつかみ、かろうじて倒れ込むことは避けたが、目がグラグラ回る。思わず目をつむるも、電車がジェットコースターのごとく進んでいるような感覚に襲われる。

　同行したMさんから列車の運行には異常がないと聞き、どうやら私自身の身体に異変が生じたらしい。そのうち、網棚の横棒を両手で握ることによってかろうじて身体を安定させ、天王寺に到着して停止した車両から外に出ようとした。しかし、網棚から手を放した途端にひっくり返りそうになり、外には出られない。もちろん網棚の上のカバンや上着も取れない。

　折から、出口付近の4人掛けの席が空いたので、そこに陣取り、落ち着こうと考えて一歩踏み出して、倒れそうになりながら肘掛けにしがみついた。その姿を見たMさんが電車のSOSボタンを押してくれた。私は、「しばらく様子を見るよ」と言ったが、電車内にいた数人が異常を知って近づき、「脳の病気は一刻を争うから、救急車を呼んだほうが良い」と言ってくれる。

　まもなく、駅員が来られたので、その肩に寄りかかって電車から降ろして

**1** 発病

　もらい、その後、担架に乗せられ、駆けつけた救急車で、上本町のN病院の救急医療室に運び込まれる。

　容体を尋ねられて説明し、CT写真を撮られる等したが、「異常はない。メヌエル氏病だろうから、間もなく、良くなるでしょう。そうすれば帰ってください」と言われる。ホッとしたが、もし、脳梗塞なら、血栓溶解剤の使用時間の限界が訪れる前に治療を開始してもらう必要があると思うと、落ち着けない。救急医療室では、病室にストレッチャーが並べられ、それぞれカーテンで仕切られるが、病室が一杯になると、それ以上の受入れができなくなる仕組だろうか。近くで、医者らしき方が、「今は、救急患者受入れの余裕がない」と答えているのが聞こえ、もし、本当にメヌエル氏病であるとすれば、早く、救急患者1人の枠を開けてあげなければという気持ちもあって、駆けつけた妻と息子に肩を貸すように言って、2人に支えられながら、ストレッチャーから降り、救急室前の廊下に出る。

　一時より目の回り方は緩慢になったようにも思えるが、1人で歩くことは難しい。そこへ若い女医さんが来合わせ、歩くように指示される。何歩か歩くのを見て、今度は右足と左足とを一直線にして歩くように指示される。その際、近くの長椅子に掛けていた人たちが逃げ出したので、よほどふらついていたのだと思う。

　その姿を見た女医さんの指示で、急遽MRIを撮ることになる。救急外来からの脳梗塞の疑いによる緊急撮影だという連絡がなされるのを聞いて、これは大変だぞと思うとともに、これで助かるかもしれないという気持ちになる。

　MRIには、小脳部分に強い梗塞が見られ、緊急入院となる。幸い、言葉には不自由がなく、駆けつけた事務所のUさんに、当日の私の予定変更についてベッドの上から指示をした。

## ② 死を引き受ける

　昨日、MRIの撮影後に、右腕に針を入れられて、点滴を開始した。血栓溶解剤が使われていると思い、間に合ったのだと喜ぶ。同時にせっかく命を拾えたのだから、出血という合併症は絶対に起こさないように、安静を守ると決心する。もちろん、大小便はベッドの上。若い看護師に下の世話をしてもらうのは恥ずかしいので、妻に頼ることにする。

　妻の父親は、薬害の被害者としてスモン病を患い、義母は献身的な看護を続け、妻とその妹は、両親の留守の寂しい生活にも２人で耐えてきた。それだけに、妻は病人に優しく、私の父が昭和55年に脳内出血で倒れた時も献身的な看護をしてくれた。私の生死を分かつ闘病生活も２回目、まずは妻が頼りである。

　最近の点滴に際しては、静脈に金属針とプラスチック針とを一緒に差し込み、前者だけを引き抜いたうえで、４日間連続して、点滴に利用するそうである。大きな栄養剤の袋と、脳の腫脹を軽減するグリセオール、梗塞部位に近い神経細胞の酸化を防止するラジカットがひっきりなしに投与されている。栄養注射の袋には血栓溶解剤が注入されていると信じていたので、出血の合併症が怖かったが、昨夜、Ｎ病院脳外科のＹ先生が、枕元に来られて、「私の出番はなさそうだ」と仰っていただいたことが、心配を和らげてくれた。

　ちなみに、Ｙ先生にお越しいただいたのは、弁護士法人での私の電話担当である事務局員のＵさんが、いくつかの事件を共同受任しているＭ弁護士に私の容体を連絡したことから、Ｍ弁護士は早速懇意の脳外科のＮ医師に参考意見を求め、その話がＮ医師からＹ先生に伝わったためだと後日分かった。人は、本当に狭い世界で生きていると思う。

　ところで、脳梗塞にはいくつかの原因があり、原因に応じた再梗塞の防止

策が必要となる。そのために、本日、心エコーの検査が行われると告げられた。冠動脈に狭窄が認められた場合には、早速血管カテーテル手術が行われるかもしれないが、過去に、この種の手術は1000分の1程度の重篤な合併症の危険性を伴う手術だという説明を受けた記憶がある。手術中に血管が裂けることもあるし、プラークが飛ぶことだってあるかもしれない。

　そこで、私は、T医師に、回復の見込みがなく死が避けられない末期状態を迎えた場合には、「延命治療は中止して欲しい」との希望を伝え、居合わせた妻にも聞かせた。

　わが国では、人の命が軽視されており、延命治療の問題への理解も後進国と変わらない状況下にあるが、私は、人の死に方の選択権としてのみ保護されるべきであると考えている。もとより、家族に大切にされて、家族も十分に患者の死を受容できるようになって初めて慫慂(しょうよう)と死に向かうのが本来であるとも考えている。しかし、私は、これまで、妻や家族にはよく理解してもらったし、十分尽くしてももらった。一度しかない人生であるから、万が一の場合には、私のいない現実を踏まえて、できる限り早く一歩を踏み出して欲しいのである。

　考えてみると、私は、家族の理解を得て、法曹としてしたいことは何でもやってきた。裁判官から弁護士に転身もした。困難な事件も家庭を顧みずに挑戦してきた。夥しい本の執筆や編集の機会にも恵まれた。法制審議会倒産法部会の幹事、調停委員、労働局の斡旋委員、法科大学院の専任教授、私的な研究会の代表者等々、舞台の上で死ねて満足という状態である。だからこそ、自ら病気を引き受けたと同様、死も引き受けることによって、家族への感謝を表し、皆の残りの人生を励ましたいと願う。

7月8日（金）夜

## ③ 仕事の引継ぎなど

　本日の私の予定表では、午前9時に債務整理のために依頼者のUさんが来所予定、10時からはU株式会社の民事再生の管財人が来所の予定。前者はベテラン事務局員のSさんに、後者は、依頼者との接点を持つY先生に代理での対応を指示済みであった。午後のK法科大学院での倒産法演習と、民事訴訟実務の基礎の授業については、前者については休講届け、後者については共同授業担当者のY裁判官に単独での授業を依頼。

　ちなみに、昨日は、午前11時30分からM大学の経営学部のM教授に連れられて大学生4人がインターンシップの打合せのために来所予定であったが、急遽中止してもらい、当法人のJ先生に、担当者の交代を打診。午後4時30分に大阪地裁堺支部で開かれる訴訟の口頭弁論期日については、訴え取下げ予定であったので事務局に期日外での取下げを指示済み。

　8日夜になって、当職の事務局員のUさんが見舞いと打合せに来る。気がかりの3つの案件の対応を決める。1つは、依頼を受けたばかりの前述のU株式会社の民事再生事件、刑事がらみの複雑な事件に発展しそうなので、J先生とS先生に担当を変更し、早期着手をお願いする。1つは、解雇無効を係争中のFさんの労働訴訟。係争開始後6カ月を経て進展がないと聞き、共同受任の了解が得られれば、当職が受任すると約束していたもの。正式に依頼された場合には、K先生に代理受任をお願いする。最後が、経済法令研究会依頼の新しい出版物の編集、当職担当の執筆依頼先への依頼の段取りを指示する。

　あわせて、8月一杯の予定を変更する。9日の徳島県立城南高校の近畿の同窓会は欠席。11日のI株式会社の裁判と、D株式会社の裁判は、担当のアソシエイトに任せる。Y県開発公社との打合せおよび交渉相手との会談は

中止、午後6時30分からの事業再編実務研究会は欠席。

　12日のOさん、Iさん、Nさんの打合せは中止、Sさんとの打合せと刑事事件の尋問準備については、担当アソシエイトに一任。神戸の第1次アスベスト訴訟については、法務省に欠席の連絡。あわせて、受任手続中の新件の京都アスベスト訴訟の選任弁護士の受任の辞退を申出。

　13日の刑事裁判は担当のアソシエイト等に一任。14日のHさんとのゴルフは中止。15日のO先生との打合せも担当アソシエイトに一任。K法科大学院の授業については、7月15日と22日の授業分と29日期末試験監督とを合わせて大学院事務室に処理を一任、その結果、倒産法演習の授業は弁護士のK先生が代理で授業担当、民事訴訟実務の基礎は引き続きY先生の単独授業となる。16日のM病院の医療事故の患者家族のサポート委員会は欠席。

　19日のUさんの解雇無効訴訟の方は共同受任者のT先生に一任。20日朝の大阪地裁でのSさんの訴訟と、午後の大阪家裁堺支部での離婚調停についても、それぞれ担当アソシエイトに一任。21日のNさんとのゴルフは中止。22日朝一番のH病院の不祥事をめぐるコンプライアンス委員会については、パートナーのJ先生に事件説明のうえ、代理処理を依頼。

　24日のコンサートは欠席。25日の刑事事件は保釈を担当してくれたM先生に出頭依頼。26日のT簡易裁判所の司法委員については欠席連絡。27日の大阪アスベスト訴訟の打合せは欠席。28日早朝のNホテルの取締役会への取締役としての出席について欠席連絡。夕刻からのG株式会社の懇親会への監査役としての出席についても欠席連絡。29日朝の同社取締役会欠席も同時に通知。30日のN社会福祉事業財団の理事会についても欠席連絡。

　漏れ落ちた案件は別途電話協議とし、これで、とりあえずは、治療に専念できそうである。

7月9日（土）昼

## ④　遺伝子の継承について考える

　幸い再梗塞も出血もなく3日目を迎える。眼振のために、仰向きで寝たまま目を開けると、天井がグルグル回る。寝返りをうち右に向こうとしてもめまいがする。眼振のために自然と眼が閉じがちになるため、目やにが周囲に固まってコロコロする。妻に目薬を買ってきてもらう。

　昨日、リハビリ担当のY先生が病室を訪れ、身体の動きに異常がないことを確認し、「リハビリは不要かもしれませんね」と仰っていただいたことはありがたいが、この眼振やめまいがどうなるのか不安がないわけではない。

　ところで、妻は、二晩病室に泊まり込んでくれたが、自宅には、私の母と愛犬のレモンとがいる。母は85歳を超え、それなりに老いてきているため、近くに住む長男と、私の妹とが目配りをしてくれている。しかし、妻は、私の容体が落ち着くと、今度は留守宅がどうしても気がかりのようである。朝、病院を出て、母やレモンの様子を確認し、その身の回りの世話などひと仕事したうえで、トンボ帰りし、午後2時頃、病室に戻ってきた。

　午後3時頃、この妻の帰室を見計らって、娘夫婦が見舞いに来てくれた。娘は、平成19年11月3日に発電所のメンテナンス工事を請負う会社の経営者の息子と結婚したが、未だ子がない。そのうちに産まれると思うが、本人たちはとかく焦りがちのようである。

　ところで、私は若い頃、自分の遺伝子をこの世に末永く残したいと切に望んだが、今は大分考えを異にしている。確かに、今の私を形づくる遺伝子の半分は、娘に伝えられており、その子には4分の1が伝えられる。しかし、私から伝わった遺伝子のうち、どれだけがどのように発現するかわからないし、そもそも、私という人格は、遺伝子の発現形態の総量により規定される

のではなく、さまざまな発現形態の統合の仕方によって、つくり出されるものである。そして、その統合の仕方は、私の前半生、これまでの生き方がもたらすものである。

　要は、私の人格は私のもの、子や孫の人格は子や孫のものであり、私の人格の一部を継承するようなことはどだい不可能なのである。翻って、私が受け継いだすべての遺伝子は、私以外の夥しい遺伝子の川によって、必ずといって良いほど、次の世代に受け継がれているのであり、私が伝える必要はない。同じことは娘夫婦にも言えることである。

　したがって、私は、娘夫婦にも、無理して子をつくってもらいたいと願っているわけではない。むしろ、子をつくらなければと思い詰めるようなことだけはしてもらいたくない。もし、将来、どうしても子宝に恵まれず、かつ、自分たちの先行きが寂しいと思うのであれば、養子縁組を考えることも1つの選択肢だと思う。ただし、私は、私たち夫婦の老後の寂しさを紛らわせるために、孫をもらって欲しいという気持ちもない。孫ができれば、今度は、健康に育つか等々、また、心配もつきまとうことになる。万事塞翁が馬である。

　話は変わるが、不妊治療にはさまざまな方法があり、最もオーソドックスな、受胎期間のコントロールや体外受精のほかに、倫理の問題を含む治療法や、重大な法律問題を含む治療法もある。それぞれについて言及する知識はないが、私は、そうした不妊治療の需要の背景に、子なき母親は一人前ではない、子がいるのがあたり前という世間の常識があるように思う。私たちは、毎年初めに交換する年賀状に、家族の近況を写した写真を用いることがある。しかし、必ずしも幸福とは言えない境遇にある人が、そうした年賀状を見たときにどのような思いをするのであろうか。私たちは、悲しいことに、幸福の絶頂の時にこそ、周りの人を傷つけているのかもしれない。

## ⑤　食事のこと、同級生のこと

　今日は、昼から粥食が出された。看護師が立ち会って、嚥下障害がないことを確認した後に部屋を出て行かれた。7月7日朝食以来絶食が続き、昨夜、主治医の承諾を得てわずかにプリンやゼリーを食した程度だったので、昼食用のお盆を見た時は嬉しかった。しかし、食事を口に入れてみると、嚥下しやすいように刻み食になっていたことと、量が少なく、減塩食にも慣れていなかったこと等の理由で、やっとひもじさから逃れられるという喜びと、これからの食事はこんなものかという落胆とが相半ばした。刻み食は最初のうちだけとのことであるが、ともかくボリュームに欠ける。再梗塞を起こさないためには、高脂血症の改善を伴う減量と減塩とが不可避であると、自分に言い聞かせるほかはない。
　後日談であるが、その後何日か経つと普通食になり、食事の内容が改善されてきたように感じられ、妻にそう言うと、「初めからそんなに変わりはない」とのこと。念のため、妻のメモをのぞくと、早くからハンバーグ等も出されている。結局は、体調不良のため食事が味気なかっただけであったのかもしれないが、おそらく慣れの影響の方が大きいのであろう。
　今晩、徳島県立城南高等学校の1967年（昭和42年）卒業生の在阪者の同窓会があった。それに出席する前の時間を利用し、大阪狭山市で病院を経営するK先生が見舞いに来てくれた。
　私が通った徳島県小松島市立千代小学校の4年生時の担任の先生から、徳島大学付属中学校（当時）への進学を勧められた私は、入学試験に備えるためにH塾に通ったのであるが、そこでライバルだったのが、同市立小松島小学校生のK先生である。中学、高校、大学と同じ学校に通い、その間、特別な付き合いがあったわけではない。社会人になってずいぶん経過し、大

阪府南部の河内長野市と大阪狭山市にそれぞれ居を構えるようになり、親交を深めるようになった。20年前の狭心症発作の際にも、ICUに駆けつけてくれた。

　私が高校の同窓会の幹事に欠席連絡したことが契機で、入院を知ったのだろう。私の経過説明を受けて、「急性期を過ぎた時点で、どの程度の障害が残るかが分かるが、今は、改善を期待する時期だ」と言う。そして、寿命を全うしようと思えば、今後は、「かかりつけ医」を持つようにとアドヴァイスをしてくれる。

　本日の同窓会に出席すると思われる主要メンバーには、難病の者もいるし、癌と闘っている者も複数いて、外科手術を受けたり、抗癌剤治療を受けたりしながら、病気と付き合っている。お互い63歳を迎える年、輝ける団塊の世代もだいぶ草臥れてきたようである。

　社会的にも、早期退職している者も増えてきた。阪神地方の本拠は残しながら、生活の比重を、老いてきた親の住む徳島県下の田舎暮らしへと、徐々に移しつつある者もいるし、時折、思いきって転居通知を出してくる者もいる。反対に、在阪の配偶者の親の近所に終の棲家を確保する者もいる。団塊の世代の同窓生同士、お互いに励まし合いながら、少しでも、肉体的、社会的、そして、精神的寿命を伸ばしたいと思う。

　しばしの談笑後別れたK先生から、後刻連絡がある。心エコーの検査で異常がなかったのは良かったが、頸動脈のプラークが飛んだ可能性もあるので、頸動脈エコーも撮ってもらうようにとのこと。既に検査予定が入っているが、同級生が親身になってくれるのはありがたい。

　世の中が狭いと思ったついでに、ラジカットについて付言するが、これは、いろいろな病院のリスク対策セミナーの講師を私に委嘱している田辺三菱製薬が製造している医薬品である。

# ⑥ 臓器移植法の改正

　わが国の臓器移植法ができたのは平成９年のことである。私は、早速、心臓死による早期移植同意カードに必要事項を記入して携帯している。私に万が一のことがあれば、家族が臓器移植に同意してくれるものと、常日頃から信じている。

　ただし、私は、この同意がない限り、未だ心臓死に至らない脳死患者から臓器を取り出す行為は殺人罪を構成すると確信している。今日は、このことについて触れてみたい。

　私は、脳死の後に短時間で必ず到来する心臓死までの間に、移植を待つ人のために臓器を提供することは、その人自身の死に方の選択としてのみ許されると考えている。延命治療の中止を希望しているのと同じ理屈である。

　臓器移植法の制定に際しては、平成元年に、臨時脳死及び臓器移植調査会が設置され、その報告を受けて立法が行われた。

　調査会には参加していないが、当時京都大学医学部附属病院の倫理委員会の委員として、調査会の委員にも影響を与えられたのが、奥田昌道元最高裁判事である。京都大学名誉教授として有名であるが、敬虔なクリスチャンとしても知られる。私たちの結婚式に際しても、仲人となり、また、司式をしてくださった方である。

　調査会設置法は、当時の立法関係者が、臓器移植は宗教・倫理の問題とも密接に関連しており、単に、医療や法律の観点からだけ検討すべき問題ではないことを正しく理解していたので、臓器移植の分野での生命倫理における適正な医療の確保のために制定され、調査会は総理府に設置されたのだと考えている。

　その結果制定された臓器移植法は、人の脳死を「死亡」とは定義していな

い。臓器移植を前提とする限りにおいて、脳死をあたかも「死亡」と同様に扱うにすぎない。論理的には、その場合にも殺人に該当するのではないかという問題提起も可能であるが、にもかかわらず、あえて、脳死を「死亡」としなかった背景には、深い宗教的、倫理的な洞察があったと見てとらなければならない。臓器移植法は、確かに臓器移植の扉を開けたが、自らの意思での提供の場合に限り、移植に関与する者の刑事責任を免除したにすぎないのである。

ところが、平成21年に臓器移植法が改正された時に、本人の意思が確認できない場合には、臓器移植の促進のために、遺族の判断で臓器を移植することを認めた。これにより遺族に対して患者の死なせ方の自由を与えてしまった。本人の死に方の選択の自由の問題としてのみ臓器移植を認めた当初の立法意図を、特別の調査会の検討を踏まえるようなこともなく踏み超えたものであり、憲法の人権保障と抵触するものであり、刑事免責は成立しないと、私は思う。

財団法人日本宗教連盟が、「当連盟は、今般の法改正にあたり、『脳死は人の死ではない』との立場から、本人の書面による意思表示の確認、小児に対する厳格な脳死判定基準の導入、被虐待児を対象としないなど、ドナーとレシピエント双方の『いのちの尊厳』が侵害されることがないよう、国会での慎重な審議を訴えました。しかし、改正臓器移植法が、医療関係者のみならず、法曹界、宗教界などから多くの問題点を指摘されていながら、国会審議において解決策が十分に検討されることなく成立したことは、将来にわたり日本人の死生観に禍根を残すものと言わざるをえません」と声明していることの重みを理解する必要がある。

臓器移植を希望する余りに脳死の判定時期が早すぎるためか、わが国では脳死後の生存期間が長いと指摘されている。脳死の定義と、脳死判定後のデータとは既に相矛盾していることを示している。この法改正は拙速にすぎたと思う。

## 7 東日本大震災から4カ月

7月11日（月）

　東日本大震災が発生した3月11日から4カ月が経過した。
　昨年9月頃、妻とともに、気仙沼市に住むSさんを頼って、化石採集のために、東北に出かけた。Sさんは、「ワンダーハンマー」の名でホームページを開いていて、地元の三葉虫等の化石収集家として知られ、NHKでテレビ放送されたこともある。
　仙台空港に着いて、レンタカーで一路松島へ。観光船に乗船するなどして遊覧観光の後、石巻に向かい、寿司屋で宮城県の地魚を堪能したうえで、気仙沼をめざす。観光商業施設「海の市」でSさんと出会い、持参してくれた三葉虫の化石を頂戴し、説明を受ける。
　すぐに、化石採集に出かけようという話になったが、三葉虫は短時間で採集できるようなものではなさそうで、岩井崎海岸のペルム紀の松葉石の産地に案内してくれる。松葉石はフズリナの実体が抜けて孔状になった化石で、その空隙が松葉のように細長いことから命名されたものである。海岸線の近くには、より古い地層もあり、その中には三葉虫を含む岩層もあるとのことであるが、Sさんは、ご自身がそこで採石中に、落石で化石になりかかったことがあるらしい。確かに、常人には近寄りがたい場所であった。海岸では、妻共々松葉石を容易に見つけ、満足。持参いただいた三葉虫の化石については、これもご縁だからと仰って、代金を受け取ってくれない。ささやかなお礼の印に愛用のPEAKの10倍用ルーペを差し上げる。
　Sさんと別れてからは、岩手県の大船渡市を訪れ、樋口沢等の化石産地の所在地等をいくつか確認したが、実際の採集は断念し、気仙沼に戻って、韮の浜のジュラ紀や、細浦や歌津の三畳紀の化石層を訪問する。細浦の道路脇の崖ではたくさんのエントモノチスを採取することができた。その夜は、宮

城県南三陸のホテル「観洋」に宿泊する。

　今年3月11日の東日本大震災は、思い出の土地を直撃した。私は、他人ごととは思えず、弁護士業務を通じて現地のお役に立とうと考え、事務所内に有志を募って参加を申し出た。10名余りの弁護士とともに、現地のO弁護士と連絡を取り合い、無料法律相談会の開催を企画し、寝袋まで用意した。しかし、仙台・岩手の弁護士会や弁護士有志の尽力で、いち早く法律相談が開始されたことや、避難所での巡回法律相談に対する需要が当初少なかったこともあって、多くの事務に追われる行政の支援も得にくく、現地入りのタイミングが得られなかった。まもなく、日弁連が、全国の弁護士に呼びかけて法律相談活動を繰り広げるようになったことにより、私たちの企画も消滅した。結局、いったん集まった有志に呼びかけて資金を集め、世話をいただいた現地の弁護士に、被災者のために使用していただきたいとお願いし、金30万円を贈呈したが、O弁護士は、私たちの名前で気仙沼市に寄付され、福祉事務所からお礼のご連絡をいただいた。私は、母親と叔母を失い、現在仮設住宅で生活を送っておられるSさんを、いつか必ず訪問する心算である。

　ところで、私は、阪神・淡路大震災も経験した。その当時、村山富市日本社会党委員長が首相であったが、世論が、冷酷にも、被災者の自己責任を強く主張したことに違和感を覚えた。

　一転して、このたびの救済活動には冷や水をかける報道がない。しかし、本当に日本人が優しくなったのであろうか。今回の優しさが、政財界が一体となって地方を切り捨ててきたことの罪を隠蔽しようとするものであったり、復興予算に群がる利権の影をカモフラージュするものではなければ良いが。私は、阪神・淡路大震災当時から、予期できない天災被害については、国民が平等な負担を受け容れるという原則が打ち立てられるべきだと考えている。こうした新しい哲学が国民のコンセンサスを得られたのであれば嬉しいと、思う。

## 7月12日（火）

### 8 生涯現役をめざして

　昨日、頸動脈エコーの検査をした。主治医から何の連絡もないところをみると、血管の狭窄はなく、若干の動脈硬化が確認できた程度ではなかろうか。心エコーの検査結果と、9日の第2回目のCT撮影の結果とを総合して、再梗塞や出血がない限り、脳外科の手術は免れそうだと自己診断（後日、梗塞直後のMRIで右椎骨動脈の閉塞状況が撮影されていたことが判明した）。

　見舞いに来てくれる人が持参されたお花には、ミニ・ヒマワリが入っていた。猛暑真最中を物語る花である。福島原発の事故と政治の迷走の結果として、関西電力も15％の電気節約を呼びかけるようになったが、病室は別天地だと思う余裕が出てきたことを嬉しく感じる。

　その中で、アテロームによる脳梗塞の1年内の再梗塞率は7％台であることを知り、再梗塞リスクの低減方法を考えてみる。入院2日間の絶食で2キロ程度減量できたほか、高脂血症もかなり改善したと期待できる。この努力はもとより継続する必要がある。

　ところで、私の所属する弁護士法人は、わが国第1号の弁護士法人ある。設立以来、私は、仲間のM弁護士との2人代表で、有能な事務局職員であるHさんやKさんのバックアップを得て、法人の発展を図ってきた。しかし、しょせん、私たちの力では、法人化しても、一国一城の主である個々の弁護士の協同組合的性格を克服することができなかった。そのことを悟った2年前、私は、還暦を機に、後進のパートナーに代表権を譲ることとし、その後の弁護士法人の運営は、すべて若手に一任している。

　こうして、事務所経営の責任は軽減されたが、空いた時間を後進の育成に充てたつもりであった。私に依頼された事件は、それまでとは違って他のパートナーには任さず、私自身がアソシエイトと共同で事件処理し、その過程

で教育を試みた。事件の受任から、依頼者との接触、事実調査、作戦計画の立案や文書作成だけではなく、自分を必要とする依頼者の正しい利益を守る覚悟を若手弁護士に教えようと考え、若手有志との勉強会やゴルフ会も組織してきた。

ところで、私は、標準的な弁護士と比較すると、訴訟事件も決して少なくないが、ほとんどが和解で終了することもあって、1年間に受ける敗訴判決は、手元不如意の抗弁だけの受任事件を除くと、せいぜい数件程度しかない。当初依頼者から聞き、理解していたことと異なる事実関係が後日判明し、結論に影響しそうな場合もあるが、そのようなときは、早めに依頼者に状況を説明し、和解の説得に努めている。

私は、アソシエイトに文書の起案をさせるようにしたので、文書化の時間は節約できるようになったものの、よく考えてみると、結論に自ら責任を負うべき事件数は、還暦後激増していたような気がする。実は、今さらながらその事実に気づいたというより、最近、このままだと突然死するかもしれないというある種の予感もなかったわけではない。しかし、一方で、役者が舞台で死ぬのが本望だと言われるのと同じで、それも良いかと、自己を英雄視したい感情もなかったわけではなく、まさか、65歳までの間にはよほどのことは起こらないだろうという気持ちもあって、不摂生の日が続いてきたのである。

こうして幸いにも死に損ない、死ぬ前の闘病生活中に妻や家族に強いる犠牲のあまりの大きさに思いを至すようになると、馬鹿な思いに取り憑かれていたと思えてきて、そのことが恥ずかしい。もちろん、突然の事件処理の放棄は、依頼者にも多大な迷惑をかけることになる。

加齢とともに、自分が引き受けられるストレスの総量が減少していることを知るのは寂しいが、その範囲内で、できる限り長く、生涯現役であり続けられるようにしたい。

## ⑨ 菅首相の危機対応

　頭部のCT撮影をした。小脳部分の障害部位の色の変化も薄くなり、順調な回復の経過をたどっていたようである。主治医のT先生は、ベッドから降りて、病室内のトイレまで歩いて行くことを許可してくれた。歩行を妨げるほどの足の筋力の低下はなかったし、神経を集中して眼前のものを注視すれば、めまいも止まるようになったが、物が二重に見えるようになってきた。若干不快であるが、これが後遺症となるのであろうか。

　主治医の説明は、見舞いに来てくれたM先生が置いて行ったラジカットの説明書に記載された標準的治療モデルとほとんど同一である。素人考えでは、脳梗塞後できる限り早くリハビリを始めることが、予後に大きく影響するように思うが、T先生は慎重にすぎないだろうか。

　昼頃、何となく見ていたテレビの画面に、菅首相の原子力の基本政策についての臨時記者会見の映像が映った。退任かと思い、胸をときめかして注視したが、まもなく、自らの政治姿勢のアピールにすぎないことが分かって、チャンネルを変えた。

　菅さんは、首相になるべき人ではなかった。行政機構を動かした経験も、動かす能力もない。

　福島原発の初期の事故復旧活動に際して、菅首相は、東京電力や保安院の担当者に代わって、直接、国民に対して状況説明をするためのマイクを早々と握ったが、その段階では、原子炉の被害や状況はほとんど知られておらず、初期情報収集の最中であったはずである。

　とりあえず、国民の疑問に答えるために、知り得た範囲の情報を丁寧に告知するのは、前線の指揮官の役割であり、ある程度の情報が明白になった段階で、事故対応の基本方針を決めて説明するのは、本社幹部の役目であり、

その際に、政治が関与する必要があり、国民の理解を得る必要があったときにこそ、これを訴えるのが政治家の責任である。
　そのような常識に照らせば、菅首相が初期にマイクを持ったのは、簡単に復旧できると即断したからとしか考えられない。自ら信用する原子力関連学者を呼び込み、対策会議を開いていたが、自己の能力や判断に対する過信があったとすれば、あまりにもお粗末である。
　当時、首相が処理すべき仕事はほかにあった。情報や東京電力、保安院の対策等に漏れはないか。現状把握の方法はほかにないか。スリーマイル島やチェルノブイリの原子力発電所事故の際にとられた措置と教訓はいかなるものか。福島原発1号機を製造したGE、国際機関や、他国からどのような援助が期待できるか等を見極めるのが第1の仕事であったはずだ。
　次に、原子力発電所のメルト・ダウンの確認のためにどのような方法があるか。メルト・ダウンが起こっているとすれば、放射能汚染状況をどのように確認すべきか。また、汚染拡大防止等のためにどのような手段を講ずべきか。水は、空気は……。汚染される魚介類や農産物についてどのような対策の準備に着手すべきか等々について、早急に検討する必要があった。
　いやしくも、わが国の首相である以上、世界のあらゆる情報に近い立場にある。必要があれば、アメリカのオバマ大統領とも直接コンタクトをとることができたはずである。怪しげな私的会合にうつつを抜かすのではなく、その地位を利用して、世界の懸念、したがって、自らの責任の内容を正しく理解すべきであった。事故直後には、しょせんは不正確な情報しかなく、国民に納得を得るべき政治的課題も明確とはなっていないのだから、首相の出番はなかったはずである。
　原子力発電所は必ず早期復旧できると軽信して、その手柄を自分に帰させるために記者会見をしていたとすれば、いかにもお粗末である。

7月14日（木）

## ⑩　原子力発電への対応

　9日に刺し替えた点滴針を再度刺し替えて、さらに点滴が続いている。今日からは、リハビリも始まった。車椅子に乗せられ、妻に押してもらって、午後3時20分、リハビリ室に赴く。

　担当者はOさん、愛想の良い女性である。私の住む河内長野市内のA病院でリハビリを担当していたことがあるとの由。少し、馴れ馴れしいところがあると思ったのか、妻は少々機嫌が悪い。いつもの癖であり、「やれやれ」と思う半面、ちょっぴり幸せを感じた。

　菅首相は、本日一転して、昨日の記者会見について、個人的な見解にすぎないとの後退した釈明に終始している。無責任な（？）テレビ番組の中には、原発反対で延命を図ることができるとして、菅首相を唆したのは、A放送・A新聞であると明言するものもある。

　ともあれ、政策決定をし、政策について国民に説明すべき義務がある首相が、政策決定に先立ち、内閣での検討も所属政党内での議論もないまま、したがって、組織運営上の手順を何も踏まないまま、思いつきで記者会見したにすぎないことが、はしたなくも露呈したもので、私は、これを庇うつもりはない。首相の早期の交代を願う気持ちにも変化はない。

　しかし、Y新聞、N新聞など、昨日の菅首相の記者会見を契機に、マスコミの多くが、中立のみせかけをかなぐり捨て、一斉に倒閣の論調を帯びてきたことそれ自体に対しては、強い懸念を覚える。

　私は、昭和50年代の初めに、裁判官として、原子力発電所の機器のメンテナンスを営むU株式会社等の会社更生手続に関与したことがある。その時に、原子力発電所の発電コストには廃炉等の処理コストが入れられていないこと、稼働中の原子力発電所のメンテナンス技術は恐ろしく原始的であり、

事故や故障の対策に必要な技術も蓄積されておらず、ましてや、将来、実際に廃炉にする際には敷地共々永久封印するしかないかもしれないことなどを知った。廃炉技術は、原子力発電所を運転しながら、耐用年数が到来するまでの間に開発すれば足りるとされていたのである。

　その後、自民党は、国内産業に対して、原子力発電所の建設と運用の費用だけで、安価な電気を供給させて、これを保護するために、御用学者の協力を得て、「安全だ」と国民を偽り、発電を推進してきた。私は、原子力が、最も安定的、かつ安価に電力を提供できるエネルギーであるとの宣伝を聞くたびに、こうした30年前の状況が少しは改善されたのだろうかと危惧してきた。

　本来、原子力に対して消極的であった民主党は、今、「原子力発電所建設」の旗を掲げ、「原子力発電所輸出」を応援している。政策転換にあたっては、財界と官僚との緊密な連携による働きかけもあったのであろう。これまでにも、原子力発電所の建設に際して政治家にも膨大な資金が流されてきたことや、マスコミが原子力発電の輪に取り込まれていることは、つとに知られていることである。

　もし、菅首相が記者会見で披露した見解が党内の理解を得られなかったとすれば、「脱原発」の意見封じのため、財界と官僚とによる倒閣運動が、民主党内主流派の了解の下に始動したように思えてならない。

　今こそ、原子力発電に関する上記のさまざまな費用や負担を組み込んだ発電コストの正しい試算や、自然エネルギーによる発電に関して欧米諸国の政府が投じている技術開発投資の実態調査をする必要がある。そのうえで、フランスを初め欧米諸国が、原子力発電による安価な電力の提供により、自国の製造業を保護している中で、わが国が脱原発に踏みきった場合のわが国製造業の競争力の補完のための政策も検討され、そのうえで、今後の原子力発電に関する政策が提案されるべきである。

　「知らしむべからず、依らしむべからず」の時代ではない。原子力発電の危険性を前提として、わが国の国づくりをどう進めていくかという問題である。

## ⑪ 延命治療の中止と人権意識

**7月15日（金）**

　今日も、娘が見舞いに来た。私の発病後1週間が経過して、やや疲れの見える妻のために、心尽しの手づくり弁当を持参してくれたのである。
　さて、延命治療の中止の問題については2度述べたが、もう1度触れる。
　2007年11月5日、日本救急医学会は、「救急医療における終末期医療に関する提言（ガイドライン）」を発表した。医師がこれに沿っている限り、医療行為の違法性を問われて、罪を科されることはないという。ガイドラインは、医療関連学会が標準的医療行為の基準を定めるものであり、医師がそれに従っている限り、責任を追及されることはないと一応は考えられる。しかし、ガイドラインが臨床医の責任範囲を限定することの反面として、医療水準を一定の範囲に画することによって、保険医療の範囲を限定し、健康保険組合等の保険給付額を節約することも可能なことに照らせば、背後に、厚生労働省の強い働きかけがあるのではないかと危惧される。
　ところで、日本救急医学会は、冒頭Ⅰの部分に「基本的な考え方・方法」を掲げ、「救急現場では延命治療を中止する方が適切であると思われる状況がある」と言いきる。医師に、なぜ救急患者に死を与える権利があるのか。人の死という高度に倫理的・宗教的・文化的な問題を、医療が無駄か否かという基準だけで決定できるとする医師の高慢さが見てとれないか。そして、それに乗じて終末期の医療費を軽減しようとする厚生労働省の狙いが透けて見えないか。
　ここでは、患者に意識がなく、延命治療に関する意思を確認する方法がないときは、家族の意思で延命治療の可否が決せられ、家族と連絡がとれない場合には、原則として、医療チームがその可否を決定するとしている。そこには、患者の死に方の決定という考え方は見られず、無価値の命を見捨てる

という考えしかない。しかし、近代民主主義国家が、すべての命を平等に尊重するということを根本理念の1つとして採用するのは、人の命の価値を問い始めた途端に、民族浄化にもつながる「差別」が始まるからである。

太平洋戦争においてわが国が犯した戦争犯罪は実は存在しなかったとのプロパガンダが、多くの国民の支持を受けるに至っている。しかし、私は、裁判官時代に、資料室で生体解剖事件の記録をとどめるために作成された白表紙を読んだ記憶があるし、従軍慰安婦であったと名指しされる婦人と会ったこともあり、日本人だけでは足りず、植民地の婦女子が大勢日本軍と行動を共にしたこと自体は否定し得ないと思う。日本軍の組織的徴発行為の有無とは無関係に、人道上の罪は免れないと思う。広く流布されている南京大虐殺の写真の中には誤ったものも含まれているとしても、私は、中国人を殺して戦争裁判で死刑を宣告されながら、恩赦で刑を減じられ出獄した本人から、倒産事件の依頼を受けて、昔の話を聞いたこともある。

日本人は、太平洋戦争に至る自らの人権意識の欠如を総反省することなく、朝鮮戦争の特需景気をバネとして、経済的に復興を遂げ、戦後の発展の基礎を築いてきた。そのツケが回ってきたような気がする。臓器移植のために、期待できない延命治療を中止し、意識のない患者の命を絶つことに躊躇しない現代日本人は、太平洋戦争時の日本人と変わらないと思う。

医療の中止の問題については、横浜地裁が、1995年（平成7年）3月28日に先駆的で、かつ格調の高い判決（判例タイムズ877号148頁）を出していて、回復の見込みがなく死が避けられない末期状態を迎えた患者が意識不明の場合の医療の中止にあたっては、本人の文書による意思表示か、家族による合理性のある推定的意思表示がなければ、殺人罪を免れないと述べている。この考え方は、最高裁における2009年（平成21年）12月7日の刑事事件の上告審判決にも踏襲されている（判例タイムズ1316号147頁ほか）。

日本救急学会のガイドラインが重大な間違いを犯していることは明らかである。

7月16日（土）

## ⑫　息子の祈り

　入院して10日目を迎える。朝目覚めて天井を眺めても、目が回らないように意識しつつ両目の焦点を合わせられるようになったが、目の前に伸ばした指を立体視することは難しい。

　一昨日のリハビリ初日、二重視のために、部屋の中を俯瞰し、視野内のすべての物に注意を払おうとすると頭が重かった。入院後初めて50メートルばかり歩かせてもらい、期待したとおり大きな筋肉の衰えもないことが確認できたのは嬉しいが、廊下に一直線に引かれた線に合わせて、右足と左足とを交互に運び前に進むことは難しく、その間は、体が右に傾きがちであった。

　リハビリ後、運動障害のためではなく、脳梗塞により、左右の目の視力に変化があったのかもしれないと思い直し、昨日は、眼鏡をしてリハビリ室を訪れたが、二重視の障害にあまり変化はなかった。

　今日は土曜日なので、明日と国民の祝日である明後日も含めて3日間リハビリはお休みである。脳梗塞の急性期は1週間と聞いていたが、本日も、栄養注射などの点滴は続いている。グリセオールを投与するのは梗塞による脳の腫脹がひいていないためか。ラジカットは、障害部位近くの脳細胞のため、抗酸化作用を働かせているのか。説明がないので心細いこともある。

　後遺障害は、急性期後のリハビリ量によって回復に大きな差が出ると聞いている。私はリハビリの目標を尋ねられて、「車の運転」と答えている。運動を極度に制限する主治医のT先生の指導は、慎重すぎるのではないだろうか。

　夕方妻が帰宅した後の病室でそんなことを考えていると、息子が見舞いに来た。入院直後の数日間妻が病室に泊まり込んでいたとき、わが家の近くに住む息子は、残された私の母と飼犬のレモンの様子を、朝晩見回ってくれ

た。また、折から、中元シーズンでもあり、届けられた品物の整理等も手際良くしてくれ、妻の助けになった。息子の勤務先も、私の病状を心配して、何かと配慮してくれたようだ。

　ところで、息子は、プロテスタントのクリスチャンである。若い頃、自分の志望が容易にかなわないことに悩んでいるのではと、親として心配するうち、ある日突然、牧師さんが営む家庭で間借りするようになり、その後しばらくして、洗礼を受けたいと打ち明けるに至った。

　わが家は真言宗で亡父を祀ってはいるが、代々真言宗と聞いているからにすぎず、私自身は、無宗教である。とはいえ、普通の家庭では、クリスチャンの代になると、仏壇や位牌がなくなったり、寺の墓が不要になる等、祭祀用財産が承継されないことを嫌って、入信する者の親たちがこれに反対するのが常のようであるが、私は一向に気にならない。妻も同様である。私か妻か、生き残ったほうが永代供養しておけば良いと考えている。妻の実家も、浄土真宗で義父を祀っているが、義父母の子は、妻とその妹の2人であり、いずれも嫁いで、姓を異にしており、義母も子孫に永久に祀られることを期待していない。義母にも、孫に甘い私の母にも異存はない。皆息子の選択を尊重して、喜んで快諾した。

　そんなことで、クリスチャンとしての生活を送っている息子が、父のために祈りたいと申し出たので、ベッドから左手を出し、彼に託して祈ってもらった。何度も「神様」とつぶやいており、「すべてをお任せします」と祈りつつ、「父が回復できたら嬉しい」ともつぶやく等、少し、虫のいい祈りかなとは思ったが、息子の真剣な祈りは、父親にとって快かったことは確かである。

## ⑬ 大相撲八百長問題と相撲協会

　大相撲名古屋場所の中日。八百長問題は、昨年発生した大相撲野球賭博問題の捜査時に、賭博に関与した力士から証拠として押収した携帯電話の電子メールの中に、本場所での取組み等で力士同士が白星を金で売買する連絡が残されていたことから発覚した問題である。枝野幸男官房長官は、本年2月の記者会見で、この問題を理由として日本相撲協会（以下、「相撲協会」という）の公益法人化に難色を示す発言をし、公益認定等委員会を所管する蓮舫行政刷新会議担当相も同様の発言をしている。

　しかし、八百長問題は新しい問題ではなく、長年にわたり、週刊ポストがその存在を報じており、最近は、週刊現代も取り上げてきたが、相撲協会は一貫して八百長の存在を否定し、複数の協会員が週刊現代に対して訴訟を提起し勝訴していたという問題である。

　思うに、格闘技は生命・身体を賭けて行われるものであるが、それが、職業として選択される場合には、興行の目的に反しない限りで、生命・身体のリスクの軽減策がとられることは、至極当然のことである。曽祖父が相撲のラジオ放送を楽しみにしていたこともあり、テレビ時代に育った私も、相撲のテレビ観戦に興奮していたことがあるが、八百長の存在は当然のことと考え、週刊ポストの報道等も1つの雑誌販売戦術としてしか受け取っていなかった。

　そして、八百長を告発する週刊誌の出版社に対して損害賠償を命じた判決に対しては、かつて裁判官時代に、週刊ポストの記事に係る名誉毀損事件（東京地方裁判所1974年（昭和49年）6月27日判決。判例タイムズ316号275頁以下）について、名誉毀損罪の成立を阻却すべき「真実性」の立証を広く認めて無罪判決を宣告した裁判体の構成員だった身として、表現の自由、国民の知る

自由という点から、違和感を覚えていた。

　ところが、民主党政権の前記の対応は、増税の一環として設けた公益認定制度と関連させて、相撲協会を非難するという愚を犯した。相撲は、日本書紀では、垂仁天皇の時代に出雲の野見宿禰と当麻蹴速が天覧相撲をとったことから始まるとされ、相撲協会は、国技発揚という名の下に、財団法人として、興行を運営し、法人税の課税を免れてきた。しかし、相撲協会の収支は、必ずしも透明ではなく、少なくとも、その収益は、力士ではなく、力士を抱える年寄株に帰属していたと考えて良いのではないか。そして、最も問題なのは、国技の指導・普及の重要な担い手である力士と相撲協会、あるいは部屋との契約関係が、雇用ではなく、請負と理解されている結果、力士には、一切の身分保障がないということである。以上要するに、鍛錬し抜いた力士の生命・身体を賭けた競技によって得られる収益を、力士以外の関係者が分け合う組織が相撲協会なのであれば、もともと公益認定にはなじまない組織である。むしろ、興行を目的とする株式会社とし、営利を確実にあげるための組織としての抜本改革を行い、コンプライアンスも充実させていくのが本筋である。その経営方針の選択過程において、一定範囲の八百長を肯定することもまた１つの選択肢であるかもしれない。要は、その興行にファンが何を期待するかの問題にすぎない。

　民主党政治家に、相撲協会を恫喝して正常化のために貢献しているかのごときパフォーマンスをさせるような問題ではない。そして、もし、相撲協会が公益認定を受けるのであれば、親方や茶屋の制度は、全面改組して、現役生活の短い力士自身に応分の利益を帰属させるための改革を実行したうえで、現役生活を伸ばすためにやむを得ず八百長をしてきた者も含めた全力士を庇い、彼らに代わって辞職するのが、相撲協会理事長放駒親方の仕事ではなかったか。

7月18日（月）朝

## 14 なでしこジャパンの
## ワールドカップ優勝に思う

　午前3時から国際サッカー連盟（FIFA）がドイツ・フランクフルトで開催した2011年女子ワールドカップの決勝戦をテレビ観戦。なでしこジャパンがアメリカ合衆国のチームを破って初優勝。フランクフルトというと、今は解散した世界的ロー・ファームであるクデール・ブラザーズに所属していた若手弁護士と、当法人のN先生との3人で、わが国の倒産法制を利用したM&Aをテーマとして講演するために訪れた都市の1つであり、フレンドリーな夜の酒場の光景が忘れられない。
　サッカー決勝戦の前半は0対0で折り返し、後半にアメリカに1点入れられたが、宮間あや選手がこぼれ球をみごとにシュートして同点。延長戦でもアメリカに1点先行されたが、唯一の得点の機会とも思えたコーナーキックからのボールを澤穂希選手がゴール。こうして迎えたPK戦を、なでしこジャパンが、みごと3対1で制したのである。
　昨日の澤選手のブログへの書込みは、「世界大会の決勝戦の場に立てるなんて、夢のよう、というのが今の正直な気持ちです。（中略）未来の選手たち、子どもたちに夢を与えられていたら嬉しいです」というもの。有言実行はみごと。
　ところで、女子サッカー連盟は昭和54年に発足、平成6年に、前年に発足したJリーグに倣ってLリーグが始まったが、参加女子チームが企業内クラブとして結成され、その後の景気の変動の影響をもろに受けたこと等から、平成12年頃にはリーグ消滅の危機を迎えた。
　平成16年に当時日本サッカー協会会長であった川淵三郎氏が、「キャプテンズ・ミッション」に「女子サッカーの活性化」を盛り込んだことと、翌平

成17年4月に神戸市を本拠地とするINACレオネッサが加盟したこと等により、少しずつ人気が回復するようになった。INACレオネッサは、A株式会社が設立したが、地元におけるスポーツコミュニティの担い手を育成し、さらには国際的な活動も展開していく総合スポーツクラブを標榜していて、プロ選手を抱える。澤選手は、平成3年に読売サッカークラブ女子・ベレーザに入団し、以来、所属チームを変えながら選手活動を続け、平成16年にINACとプロ契約を締結した。卓越したリーダーシップと、今大会のMVPと得点王の獲得に見られる卓抜した技術とを備えている。

　もっとも、INACレオネッサといえどもプロ契約を締結している選手は数えるほどにすぎず、多くの選手は、別の職について糊口を凌ぎながら選手活動を続けている。それぞれに人生の年輪を築いてきているのである。

　もちろん、彼女たちの熱い思いも、それをまとめ上げた佐々木則夫監督の優れた手腕がなければ結実することはなかったと思う。大きな成功には、たくさんの幸運と、素晴らしいめぐり合わせとが伴っており、それらと佐々木監督の人格とが相乗効果を見せたのだと思う。

　テレビや新聞では、佐々木監督の紹介番組や記事であふれている。彼の立派さは報道のとおりだとは思うが、ここでは、その受け売りはすまい。1つの成功体験は、むしろ次の失敗を予告するものでもあり、そうした苦い経験も味わうことによって、その人格は、より熟していくものだと思う。そうして、名監督が誕生していくのだと思う。

　私も、事業再生を得意分野とし、店頭公開会社のF株式会社の更生管財人として、同社の再上場の基礎をつくるという成果をあげたこともあるが、次に担当したA株式会社では、管財人団内の意思疎通を欠き、途中退任に至っている。この苦い思い出も私の血肉の一部なのであろう。

　佐々木監督の今後の精進を心から応援したい。

## ⑮ セント・アンドリュース・リンクスに立つ

　本日は、イギリスのロイヤル・セントジョーンズGCで開催された全英オープンの最終日でもあり、42歳のダレン・クラークが優勝した。

　ところで、本年5月18日から23日までの6日間、顧問先でもあるD株式会社のお世話でスコットランドのセント・アンドリュース・リンクスに出かけた。19日はオールド・コースとニュー・コース、20日はまもなく2011年の全英女子オープンが開催される予定のカーヌスティ・ゴルフ・リンクス、21日は、キャッスル・コースとジュビリー・コースを回った。

　リンクスのゴルフ場は、風の強い海岸沿いのヒースの丘に開かれ、一部のコースを除いて1本の樹もなく、折から黄色いゴースの花が、こんもりとした茂みを彩るとともに、独特の香りを振りまいていた。ゴースの茂みの下には、Hareと呼ばれる野兎の穴が無数に空いているが、その穴の大きさがゴルフ場のピンの穴とされたと言われるとおり、正しく同じ大きさだった。

　セント・アンドリュース・リンクスは、ハンディ25以下でなければ回れないと聞き、そのようなハンディの証明書を入手していたものの、本当のハンディは永久に36超であり、どうなるかと思っていたが、オールド・コースは、どうにか105で回ることができた。

　リンクスのフェアウェイは天然芝であるが、絶え間なく吹いている北海の風の影響でパンパンに固まっていて、方向さえ間違わなければ50ヤード以上転がってくれる半面、ショート・アイアンによる寄せはトップになりやすい。グリーンは小さいけれども、現地のゴルファーは、ピンから50ヤード程度のフェアウェイにあるボールも、パターで寄せていた。バンカーやバリーバーン（小川）は、ゴルファーにペナルティを与えるために、いかにも人工

物としてつくられていて、そのバンカーも、決して休日ゴルファーの手に負える代物ではない。

　また、リンクスのゴルフ場の天気は、1日の間で何度も急変し、雨が降らないことは珍しいとされ、雨とともに訪れる強い風が、ゴルフ・ボールを傾斜と反対に動かすことすら稀ではなく、芝目と、傾斜と、そして風をどのように読むかということが、成績を分けることになる。

　これを見ると、イギリスのゴルフ場と、アメリカのゴルフ場とは、全く異なる思想によってつくられ、運営されているように思われる。イギリスの人たちは、歴史あるリンクスのゴルフ場を大切に守ってきたが、同時に、セント・アンドリュース・ホテル等の経営権を他国人に譲ったり、コースの利用権を入札に出してアメリカの投資グループに落札されることに対し、何らの抵抗も感じていないようなのが興味深かった。彼らは、そのようにしても、ホテルがなくなったり、コースが失われることがないことを知っているし、おそらく、そのために必要な措置は講じてあるのであろう。

　そして、世界中からゴルファーが集まるそのコースで、市民は、おそらく格安で、ゴルフを楽しんでいるのである。カーヌスティ・ゴルフ・リンクスでも、私たちが競技を終了した後に、手押しカートを引っ張ってスタートしようとする小学校の上級生ほどの年頃の子供の姿を見かけた。

　ともあれ、リンクスのゴルフ場の鮮明な記憶とともに、石川遼のプレーを見、本戦での池田勇太の我慢し続けたものの実ることはなかった競技を観戦できて、面白かった。

　さすがに、ダレン・クラークはスコットランド人であるから、リンクスの難しさを知り尽くしているのであろうが、それにしても、20回目の挑戦の挙句に優勝を勝ち取ったのは、みごとというべきである。テレビ画面での彼とその家族の笑顔が素晴らしかった。

## 7月19日（火） 16 狭心症の発作

　朝採血したほかは、点滴が続き、昼過ぎに20分間リハビリしただけで、1日が終わったが、20年前の狭心症による入院を思い出し、つくづく2度助かったことに感謝する。

　1991年5月25日夕方、食事前に身体を休めていて狭心症の発作が起きた。実は、1カ月ほど前から発作が起きるようになり、自分で医学書を見て、狭心症であると判断し、病院へ行く必要があることを百も承知であったが、仕事が忙しかったことと、自分自身である程度心身のコントロールができると過信し、私の担当事務局員であるMさんにだけ打ち明け、職務の軽減を図りつつ、様子を見ていた。

　しかし、妻のいる自宅で発作が起きた時に、これ以上は隠しきれないという気になり、正直に打ち明け、妻が運転する車で、かねて院長と知り合いであった、現在のO病院に運んでもらった。到着時には発作は収まっていたが、直前までの発作の影響で、心電図上に異常な波形が表れていたために、この時も緊急入院となり、ICUに収容された。

　今、思い出すと、その10日ほど前にも、マイカーでゴルフ場を訪れた帰りに、運転中発作に襲われ、たまたま、至近の距離にあったサービス・エリアに駆け込んだことがある。当時、私は、2年ほど禁煙していたが、あまりにも苦しくて、無性に煙草を吸いたくなった。小銭を手に、車から出ようとしたが、果たせないまま気を失った。そして、まもなく、発作が収まった後に眠りから覚めたのである。もし、その時煙草を吸っていれば、即死したに違いない。

　入院して3日目の5月27日には血管カテーテルによる冠動脈造影検査を受けることになり、検査承諾書に押印する。リスクの説明を受けて躊躇しなか

ったといえば嘘になるが、駆けつけた友人のK医師から、O病院のカルテを確認したうえでの、検査の必要性の説明を受けて、私も覚悟を決めざるを得なかった。

検査の結果、狭心症の原因がスパスム（機能的攣縮）であったことが分かり、5月30日には一般病棟に移ったが、M院長から、「どうせ退院すると仕事を再開するだろうから、ゆっくり入院しなさい」と言われ、その好意で6月14日まで入院させていただいて、同日退院した。

この間の職務については、前述のMさんと相談しながら、順次、事務所内の弁護士に依頼し、あるいは依頼者に私の健康回復を待ってもらった。

スパスムは、交感神経優位な安静時に起こることが多いようであるが、私の場合には、高血圧と高脂血症、そして仕事のストレスを減らすことによって、リスクを軽減する必要があるとのことであった。仕事のストレスという意味では、今から思うと、退官後ちょうど10年が経過し、弁護士としてある程度の経験を積み、依頼者との信頼関係も築きやすくなり、自分の仕事に自信が持てるようになるに伴い、そうした成功体験を今度は、もっと難しい事件や大きい事件に及ぼしたいと考えるようになっていた。それが自然とストレスになってきていたのだと思う。

退院当初は、高脂血症と高血圧の予防の必要を肝に銘じていたが、しばしば起こした狭心症の発作も、毎日服用する血管拡張剤等の適量が定まるとともに減ってきたこと、発作時には舌下錠のニトログリセリンがよく効いたことと、やがて発作が絶えたことなどから、いつしか、それらのリスク要因の恐怖を忘れるようになった。本年6月2日の弁護士会での集団検診では、高脂血症の値が252となっていて、報告書で注意を喚起されていたが、無視していた。

2回拾った人生である。今度こそ、妻のためにも大切にしたい。

# 🔢17 ジェネリクス医薬品

　昨夜でグリセオールの点滴が終了し、今夜はラジカットの点滴が終了した。急性期の治療は終了したことになる。点滴針も抜き、ようやく、普通の身体に戻る。気のせいか、二重視の程度もやや軽減したように思う。ともあれ、患者としてリハビリの開始を焦っていた先週と比べても、障害の程度は軽くなってきており、その後も継続された急性期治療のおかげと、T先生に感謝する。

　ところで、ラジカットは、田辺三菱製薬が2001年に薬価承認を得た医薬品であり、販売好調のようであるが、同社は、ジェネリクス医薬品の登場で、その優位性が脅かされることを恐れているようである。

　医薬品の特許の存続期間は出願の日から原則として20年間であるが、医薬品として販売するためには、新薬の承認申請が必要であり、発見の経緯や外国での使用状況、物理的化学的性質や、規格・試験方法に関する資料を提出するほかに、安全性、薬理作用、その他多くの臨床試験等を行う必要があり、承認を得ても、比較的短期間で特許の存続期間が終了する場合もある。

　これに対してジェネリクス医薬品では、有効性・安全性についてはすでに先発医薬品で確認されているものとされ、安定性試験・生物学的同等性試験等を実施して基準をクリアすれば、簡単に製造承認がなされる。

　わが国では、これまでジェネリクス医薬品の使用は低調であったが、現在、厚生労働省は、医療費抑制のために、その普及のための施策を進めており、多くの製薬会社がジェネリクス医薬品の積極生産にシフトしつつある。近く、ジェネリクス医薬品の薬価と先発医薬品のそれとの差を一段と拡大することによって、前者の一層の販売促進が図られる予定である。

　ところで、厚生労働省が必ずしも積極的には国民に知らせていない情報が

ある。それは、新薬は、特許を受け、出願公開されることによって、有効成分が明らかにされるため、ジェネリクス医薬品のメーカーは、自らの工夫で、新薬と同一の有効成分を含む後発品を製造することができるが、この後発品の販売承認には、限られた試験しか行われていないことである。後発品の販売承認のためには、先発医薬品には必要であった7つの毒性試験がすべて免除され、先発医薬品と同等の薬効・作用を持つことを証明するための生物学的同等性試験等の限られたデータが必要とされるにとどまる。

したがって、たとえば、先発医薬品の場合とは異なる触媒を用いて同一有効成分を合成したが、医薬品の中に微量の触媒や生成物が残存して、これが患者に有害な作用を及ぼすということもあり得るが、現行の試験だけでは、それが見落とされる危険性が存在する。また、医療の現場では、生物学的同等性試験によって先発品・後発品の同等性が証明されているにもかかわらず、なぜか、実際に使用した患者や医師から、効果に違いがあったとの意見が聞かれることがないわけではない。

このため、ジェネリクス医薬品は、長く使用されて、有効性と有毒性のないことが、臨床的に十分確認されるまでは、先発医薬品と比較してリスクのある医薬品と考える余地があり、先発品を用いるか、後発品を用いるかは、患者の意思決定に従うべきであると私は考えている。

厚生労働省の上記思惑は、経済産業省の薬価を1兆5000億円削減できるはずだとする経済産業省の考えにも支えられ、医療機関に対して発言権を増す国民健康保険その他の医療費支払機関によってかなえられつつあるが、本来、医療費の使い方は、官僚が決めることではなく、個々の患者の意思に委ねるべきことではなかろうか。

## 7月21日（水）昼

### 18 刑事司法は死んだのか

　東京高裁は、以前にマイナリ受刑者に対する再審請求に伴う鑑定申請を採用していたが、その結果、被害者の身体等から、マイナリ受刑者以外の体液などが発見されたことが明らかになったことが、本日報道された。この事件は、1997年3月に東京電力の従業員だった女性が東京都内のアパートで殺害された事件であり、2カ月後、警視庁は、殺害現場の隣のビルに住み、不法滞在していたネパール人のマイナリ受刑者を強盗殺人容疑で逮捕したが、彼は、一貫して冤罪であると主張していたものである。

　東京地裁は、2000年（平成12年）4月14日に、被告人と犯行とを結びつける直接証拠がなく、各種情況証拠を総合すると被告人が犯人であると検察官が主張する強盗殺人事件について、各情況証拠を検討してもなお被告人を犯人とするには疑問点が残るとして無罪判決（判例タイムズ1029号120頁）を言い渡したが、東京高裁は、同年12月22日に逆転有罪判決（判例タイムズ1050号83頁）を言い渡し、最高裁も、2003年（平成15年）10月20日上告を棄却した（最高裁判所裁判集刑事284号451頁）。

　私が裁判官に任官した1973年頃は、戦後四半世紀を経て、新刑事訴訟手続がわが国に根づいた時期であり、「疑わしきは罰せず」の精神が生きているとともに、戦後の多くの冤罪事件（弘前大学教授夫人殺人事件・財田川事件・島田事件・松山事件）において、東京大学医学部古畑種基名誉教授の殺人事件における血液鑑定が覆され、また、供述の偏重の弊害も理解されるに至っていたこと等から、科学鑑定や自白についても懐疑的に検討する姿勢が一般的であった。

　マイナリ受刑者に無罪判決を宣告した大渕敏和裁判官は、私と同期であり、初任の東京地裁において、近藤暁裁判長の下で、いわゆる日石郵便局爆

弾事件に関して、被告人のアリバイ主張を虚偽のものと断定できないとして無罪を言い渡した判決（東京地方裁判所1976年（昭和51年）1月29日判決。判例タイムズ333号165頁。なお、この裁判については、東京高裁も1978年（昭和53年）8月11日控訴を棄却している（判例タイムズ372号45頁））に関与する等し、当時の刑事裁判の姿勢を踏襲している。

　私の裁判官生活は8年間にすぎないが、それでも、初任の東京地裁時代に、柳瀬隆次裁判長の下で、1974年（昭和49年）9月28日の公職選挙法違反被告事件につき戸別訪問の事実を認めなかった無罪判決（判例タイムズ316号166頁）や、1976年（昭和51年）2月20日の凶器準備集合罪につき、別件逮捕勾留中の余罪の取調べを具体的状況に照らし違法であるとし、その間に作成された供述調書の証拠能力を否定し、被告人に無罪を宣告した裁判にも関与している（判例タイムズ335号360頁）。そして、第2の赴任地である津地裁四日市支部では、四日市青果商殺し事件と呼ばれた強盗殺人事件について、1978年（昭和53年）5月12日に別件逮捕勾留中の本件の取調べを違法と判断する等して無罪を言い渡した判決の裁判体の構成員となっている（判例時報895号38頁。この判決は控訴されることなく確定している）。

　ちなみに、最後に掲げた無罪判決に関与した川原誠裁判官は、1969年（昭和44年）6月3日金沢地裁七尾支部において、いわゆる蛸島事件と呼ばれた殺人、死体遺棄、窃盗事件につき、違法な逮捕勾留中の被疑者の自白の証拠能力を否定するとともに、窃盗被害者の供述等が、被告人の自白の補強証拠として十分なものとは認められないとして、被告人に無罪を言い渡した判決（判例タイムズ237号272頁）にも関与している（この判決も一審で確定している）。

　マイナリ受刑者の控訴審を担当した裁判体等は、刑事司法が死んだ暗黒時代の象徴である。

7月21日（水）夕方

## ⑲　患者の自己決定権

　夕方、主治医のT先生から病状と治療等の経過の説明を受けた。
　まず、入院直後のMRIの写真を見せられたが、小脳の右側部分全体が白くなっていて、梗塞部が広かった。幸いにも、小脳でも大脳に最も遠い部分に限られており、身体機能や言語機能を司る大脳皮質に障害が及ばなかったようである。
　次にCTの画像を見せられたが、7日に撮影したものでは、小脳の右側部分に黒い影が覆う等、左側部分とは異なる異常が認められた。しかし、その後7月13日に撮影した画像では、小脳の左右両方の映像の差が少なくなってきていて、梗塞の拡大はなさそうである。梗塞部位と関係するが、小脳につながる右椎骨動脈の血流量は少なく、かつ、それは、椎骨動脈の根元からではなく、代償血管から流入した可能性もあるとのことである。
　今まで、入院直後に血栓溶解剤が使用されたと思い込んでいたのに、太い動脈が閉塞し、血栓溶解剤が使用されていなかったことは意外であった。太い動脈が閉塞している以上、その部分から先の血管の破裂の危険性が低くならない限り、抗血栓薬は使えなかったとの説明である。そして、当面は、出血の恐れのある運動は控えなければならないという。ただし、再梗塞の可能性やそれの防止法については、話がなかった。ともあれ、当初の梗塞範囲が大きかったにもかかわらず、さしたる後遺障害がなく経過するのは奇跡的とも言えることであったとのこと。ムンテラの後、退院時期について質問し、来週初めの退院を希望する旨申し出ておいた。
　ところで、私の回復は、主治医の選択した治療法がもたらしたものであり、その点は、いくら感謝しても足りないが、長い間、病院側の立場で、医療事故に関与してきた者として、若干気づいた点を記しておきたい衝動に駆

られる。それは、もっと、患者の自己決定権を尊重すべきであったのではないかということである。具体的には、血栓溶解剤を使用するか否か、溶解剤についても承認薬が複数あるが、いずれを用いるのか、抗血栓薬をいつから、どのように使用するのか等々については、主治医は、本来、患者に説明し、自己決定権を尊重すべきではなかったかと思うのである。結果オーライではあっても、今回の血栓溶解剤の不使用は、臨床の医療水準に従った当然の処置とは言えないようにも思うのである。

わが国で患者の自己決定権が大切にされないのは、末期癌の疼痛に対処し得ない時代が長かったこと、癌を死病と理解する文化があり、告知されると現に死期を早める患者が少なくなかったこと等にも起因すると思う。今なお、家族の要請があれば、癌を告知しない医師もいるようである。

今日の医学部においても、「ヒポクラテスの誓い」が唱えられることは良いとしても、ヒポクラテス・パターナリズムの弊害について詳しく教育されていないことにも関係すると思う。

しかし、今日では、有効な抗癌剤治療も少なくはなく、また、癌は、細胞のアポトーシスであるから、老化現象の1つとして受容することによって、命が損なわれることだけは回避しながら、癌とつき合っていくという選択肢も広く承認され、さらには、末期癌患者の疼痛医療も発達してきている。他面、患者の自己決定権を損なうことが診療契約違反であるという認識も広く承認されるに至っている。

したがって、癌といえども患者には告知するのが、今日のわが国の医療であると考えるし、いわんや、その他の疾病についても、患者に詳しい説明を行い、治療についての納得を得ることと、患者の自己決定権を尊重することが必要になってきていると思うのである。

7月22日（金）

## ⑳　リハビリ卒業

　入院後2週間を経過し、今ではめまいはないし、二重視もなくなってきた。厳密に視野の左側の立体視には集中力が必要であるが、不可能ではなくなった。

　午後3時にリハビリ室に出かける。病室は東館、リハビリ室は本館であり、両館は地下1階と5階でつながっている。地下は本館に向かって下り坂であるが、5階は反対に東館に向かって下り坂なので、平素は、行きは地下を、帰りは5階を使っているが、今日は、途中で、本館2階の売店に立寄り、愛読書のビッグコミック・オリジナルを買う。所載の西岸良平氏の「三丁目の夕日」には、団塊の世代の少年時代の想い出が詰まっている。

　リハビリ室には、神経内科の患者だけではなく、外科、それも、足や腰、首等のリハビリに励む者であふれている。私は、昨日のリハビリ時に、不安定な台の上での片足立ちや、平らな所で四つん這いになり、右手・左足、あるいは左手・右足を上げて、バランスをとる検査にも合格だった模様で、これ以上、リハビリが必要な身体障害はないとのことで、本日限りで卒業。

　卒業の記念に、徒歩で病室に向かわせていただく。リハビリ室のある3階からエレベーターで本館5階に上がり、東館5階に至って、階段で4階に降り、病室に戻った。300メートルくらいか。病に倒れてから初めて、ある程度の距離を歩くことができて嬉しかった。

　夕方、事務所のUさんが事務連絡方々見舞いに来てくれた。過日、住居の立退き交渉により、8月末日限りで退去することと引き換えに、ある程度の立退料の支払い約束を得た依頼者（写真館の未亡人）から、8月25日に退去する旨の連絡があったとのこと。鍵を返却するのと引き換えに和解金を受け取る段取りを、事前に相手方弁護士と協議し、私の代理の弁護士に伝言す

**20** リハビリ卒業

るようお願いする。

　また、債務整理中のスポーツ選手の債権者に対して約20％の弁済と残額免除を提案していた件について、相手方代理人からの承諾の回答を確認し、7月中の弁済の段取りをお願いする。

　さらに、退院後も1カ月間程度は、自宅療養が必要とのことであるので、8月中の予定についても、変更の打合せをする。

　8月1日のセミナーは欠席。3日の調停委員の職務も簡易裁判所に欠席連絡。8月4日の株式会社SのK社長との食事会は延期。5日のH株式会社の取締役会への監査役としての参加についても欠席。6日、7日の蓼科での元法制審議会倒産法部会のメンバーを中心とする伊藤眞教授を囲むゴルフ会も欠席。8日の神戸地裁の裁判と、事業再編実務研究会については欠席連絡。なお、当日の研究テーマについては私の方から別途連絡。9日のK法科大学院の補講については様子を見る。10日の富田林市の法律相談については、事務所内の他の弁護士と交代。11日の東京地裁、12日の大阪地裁堺支部の裁判は担当アソシエイトにお任せ。17日から23日までのM大学経営学部のインターンシップについては、J弁護士に依頼済み。さらに、9月1日の大阪家裁堺支部の調停と、2日の大阪地裁の裁判は、それぞれ担当のアソシエイトにお願いする。

　ただし、24日の大阪家裁堺支部の調停、25日のNホテルの取締役会、26日のG株式会社の取締役会、27日の社会福祉法人N社会福祉事業財団（この不思議な名称は、沿革に起因する）の理事会については、それぞれ留保。

　9月2日の神戸地裁における第1次アスベスト訴訟は出頭予定（後日期日変更される）。

　20年前に、私の事務局担当としてMさんが担ってくれた補助としての役割を、Uさんも誠実かつ的確に処理してくれている。ただ、感謝。

## ㉑ 退院決定と報道番組への疑問

　入院以来、原則として、午前10時過ぎに、主治医のT先生が病室を訪問してくれる。月曜日は新患、火曜日は旧患の診察日なので、両日は午前9時前に訪れる。

　20代の若い先生なので、教科書には忠実である。診療科長とも十分に意思疎通できているのなら良いのであるが、ともあれ、独立した医師としてのプライドと、経験の少なさに対する謙虚さとが、同時に感じられて、信頼できるように思う。

　月曜日にCT撮影のうえで、異常がなければ火曜日に退院することが正式に決まる。

　当初3週間の入院を覚悟していたので、1日早まったことが嬉しい。退院後に見舞いに来られる方がおられると申し訳ないので、早速、事務所のHさんに、退院予定日を、その後は電子メールで連絡がとれるようになることとともに伝えた。

　今日、公認会計士のI先生が見舞いに来てくれる。世界の4大会計事務所の1つであるプライスウォーターハウスクーパーズと提携関係にあったわが国最大の監査法人である中央青山監査法人に所属していたが、平成18年に同監査法人が監査業務停止処分を受け、その後、同法人がみすず監査法人に改称したものの、ついに、平成19年7月31日に解散するということがあり、I先生は、その後コンサルタント会社を設立するなどして、当法人とも提携して、デューディリジェンスや、企業内調査の職務を遂行してくれていたが、その後思うところがあって、民間企業の役員に転身し、現在は、Y株式会社の子会社の代表取締役社長である。

　島田紳助の『自己プロデュース力』という本を置いていってくれた。

## 21 退院決定と報道番組への疑問

　この本は、当初、島田紳助・竜介のコンビ漫才で売り出すまでの経過と、その後タレントとして花開く経過の2部構成になっている。

　前者に関しては、目からウロコが落ちる部分がたくさんある。売れる商品の分析・研究、商品のつくり方と売り出し方、それは企業経営全般に通用する教訓に満ちている。

　後者についても、タレントとして売り出そうとする者にとっては素晴らしい指導にあふれているのであろうが、タレントを観る側としては、いささかシラケル部分がある。

　最近、マスコミのニュース番組の質の低下には甚だしいものがあるが、それはニュースの製作を担当する部署が、多くの場合社会部ではなく、バラエティ番組をも担当する情報部（局）であることに起因していることは、周知のとおりである。そして、タレントがニュースキャスターとして登場している場面を思い起こすときには、自己のプロデュースのみを念頭に置いているという筆者の語りは、どぎついブラックジョークのようにも思えてくる。

　もっとも、今日マスコミの報道は核心をはずしていることが多いが、はずすからこそ視聴者がつくのであり、そのためにタレントが出演していると考えると、案外、責任は視聴者にあるのかもしれない。

　2005年からの長寿番組である、みのもんたの「朝ズバッ」が、放送倫理・番組向上機構から行き過ぎがあったと2回勧告されていることからも明らかなとおり、番組関係者には、報道機関が社会の木鐸であるという意識は皆無であると思う。しかし、彼の話術だけで、今なお、他社のニュース番組の追随を許さない人気を誇っているのは、島田紳助が言うところのプロデュース力によるのであろう。

　NHKの「クローズアップ現代」は、現代社会に潜む問題点を拾い上げ、それなりの取材と、国谷裕子キャスターをはじめとするスタッフの努力で、マスメディアとしての社会的な役割は果たしてきたと思う。このようなニュースは、もはや新しく誕生することがないのであろうか。

## 7月24日（日）

### 22 安楽死を考える

　以前に、延命治療の中止に関して述べる際に、殺人被告事件についての横浜地方裁判所1995年（平成7年）3月28日判決について触れたことがあるが、訴追されたのは安楽死に関する行為であった（「11　延命治療の中止と人権意識」参照）。

　延命治療の中止とは、回復の見込みがなく死が避けられない末期状態を迎えた際の患者による死に方の決定の問題であり、安楽死とは、末期状態での苦しみから解放されるための患者の意思決定により、彼を消極的または積極的に死に至らしめる行為である。

　今日は、この安楽死の問題について考えておきたい。

　上記横浜地裁判決で訴追されていた被告人は、多発性骨髄腫のため余命数日という末期状態で大学病院に入院中の患者（当時58歳）の主治医であった。

　まず、事件の経過を説明しておくと、次の経過をたどっている。

① 患者が意識レベル6となり、いびきのような呼吸となって危篤状態が続いた際、患者の妻と長男が苦しみから解放させてやりたいと強く要請し、医師が点滴とフォーリーカテーテルを抜去したうえ、エアウェイもはずした（医療の中止）。

② 医師は、その後、長男から、いびきを聞いているのがつらいので楽にしてやってほしいと頼まれ、呼吸抑制の副作用がある鎮静剤ホリゾンを通常の2倍量注射（間接的安楽死ⓐ）。

③ 医師は、再度長男の要請で、呼吸抑制の副作用のある向精神薬セレネースを通常の2倍量注射（間接的安楽死ⓑ）。

④ さらに、医師は、長男から、早く父を家に連れて帰りたいと激しく追

い詰められ、一過性心停止等の副作用のある不整脈治療剤ワソランを通常の2倍量注射、続いて塩化カリウム製剤KCL20ミリリットルを希釈せず注射し、患者を急性高カリウム血症に基づく心停止により死亡させた（積極的安楽死）。

事件は、④の行為が殺人罪（刑法199条）を構成するとして起訴されたものであるが、判決は、①乃至③についても、丁寧な判断を示しており、私は、今日の医療実務においても尊重されるべき判例であると考えている。

さて、判決は、間接的安楽死とは、副次的に生命短縮の可能性があるものの、苦痛除去のための措置を採ることをいい、患者の自己決定権を根拠とする治療行為の範囲内のものに限って許容されるとしたが、②、③のホリゾンおよびセレネースの注射の際には、患者はすでに肉体的苦痛が存在していなかったし、また長男の依頼だけからは、患者の推定的同意を認定することはできないとして、それらの行為は、間接的安楽死の要件は満たさず、医療行為として許容されるとは言えず違法性が認められるとした。この場合の推定的同意とは、家族が決定した意思を患者の意思とみなすという意味ではなく、周辺の事情に照らし、家族の同意から推定されるところのまさに本人の同意のことを意味する。

また、判決は、公訴事実となった積極的安楽死についても、本件起訴の対象となっている④のワソランおよびKCLを注射して患者を死に至らしめた行為につき、積極的安楽死として許容されるための重要な要件である肉体的苦痛および患者の意思表示（この場合には、推定的同意では足りないとする）が欠けているとして、やはり違法阻却を認めず、殺人罪の成立を認め、懲役2年、執行猶予2年の判決を言い渡したのである。

今日、安楽死を論ずる者は、まず、この裁判例を熟読玩味するところから始めるべきであると、私は思う。

## ㉓　退院前日

　CT検査の結果によって明日の退院が正式に決定することになっているが、外来からの呼び出しが遅れていて、少しやきもきする。

　午後になって、ようやく呼び出しがある。妻が来ていなかったので、看護師の押す車椅子で、本館1階の放射線科を訪れる。当初、「自分で歩いて行けますか」と、問われ、「歩きたいのだけれど、T先生に見つかって、退院を延期されてはたまらない」と答えるが、さすがに、その口調が軽やかなのが、自分にも分かる。

　CT室で撮影後病室に戻る。その結果についての報告はないが、総婦長さんが、挨拶に来られて、「入院中不都合はなかったか」と尋ねられたり、病棟の看護師さんから、翌日の昼食の要否を尋ねられる等し、次第に退院が現実的なものとなっていく。

　夕刻、突然部長回診。病室に入って来られて、めまいや二重視等の障害の有無について尋ねられたが、明日の退院を正式に認めてくださる。回診終了後病室を出る集団の最後尾に、T先生を見つけ、「ありがとうございました」と感謝の言葉を述べる。部長に配慮してか、遠慮がちに目で応えられるのを見て、初々しさを感じる。

　妻の到着後に正式に退院決定があったと伝える。妻は、事務所のHさんに報告のうえ、翌日の準備もあるので、夕食前に帰宅。

　夕方、見舞いの時間が終了する直前の午後7時前に、事務局のUさんとNさんとが見舞いに来る。Uさんとは、社会福祉法人Nの営む特別養護老人ホームにいるTさんから依頼を受けている交通事故損害賠償金の請求手続について相談、Nさんとは、F株式会社の廃業に伴う債務の任意整理に伴う代表取締役のMさんの保証債務の整理について相談する。

## 23 退院前日

　ほぼ同時に、事務所のI弁護士とMo弁護士とが、同期入所で、すでに独立したMa弁護士とともに見舞いに来てくれる。I弁護士からは、整理回収機構相手の損害賠償請求事件の期日の経過について報告を受け、Ma弁護士からは、東京地裁での裁判の準備状況について報告を受ける。一任しておけば良いとも思いながら、つい、担当者の顔を見ると、状況を確認したくなるのは、自らの病気や年齢についての自覚が足りないためか。

　見舞い客が帰った後の静寂の中で、昨日見舞いに来られたS医院のS先生が置いていってくれた、小林弘幸医師の『なぜこれは健康にいいのか？』を読み、今後の生活について考える。

　この本は、要するに、スローライフを勧めるものである。副交感神経を活性化するために、足裏踏み、乳酸菌の利用、余裕ある生活、良質の睡眠、飲酒後は入浴しない、1日3回の食事、食後の休息、夕食後30分以上の散歩、笑顔、日記の活用等々の効能に言及している。

　いずれも、今後の生活において参考にさせてもらうとして、仕事のストレスを軽減しながら、仕事の質のほうは落とさない、あるいは、むしろ向上させるためには、今までの、「アソシエイトを教育しながらの事件処理」から、「アソシエイトとのチームによる共同受任」という考えに切り替えるべきであるように思う。アソシエイトも、一段と重くなる責任を自覚して事件処理にあたることによって、今まで以上に力を発揮し、あるいは、力を付けるかもしれない。

　そうなると、アソシエイトとの「四宮勉強会」も廃止し、構想を新たにした研究会の提案があるまでは、放置しておくべきではないか。

　ただし、もしもゴルフができるまでに回復すれば、洪庵顕彰杯争奪戦の主催だけは続けたい。

## 24 退 院

7月26日（火）

　いよいよ退院当日。妻は、午前8時頃には到着。入院費用の請求書をもらって支払いを済ませ、病室の片づけも早々と済ませる。

　午前9時過ぎに、主治医のT先生が来られる。お礼を申し上げるとともに、今後の療養等のために必要な事項を確認した。その結果は次のとおりであった。

　まず、発作直後には血栓溶解剤を用いなかったことを確認。そのため、今後抗血小板凝集剤を使用する予定であるが、梗塞部位の再出血の可能性があるため、今後1カ月程度の間に退院後の経過を見ながら、開始したいとのこと。薬を安定的に使用できるようになれば、地元の医師に対する紹介状を書いていただき、転院する。その際、現在O病院で受けている狭心症後の定期診断についても、同じ地元医師にお願いする。私が、余生を託そうとしているのは、K医師である。もともとK大学病院の循環器科の優秀な医師であったが、おそらく医局の窮屈さに耐えきれず、独立して医院を自ら経営するようになったのだと思う。これまで、何度もお世話になっている。

　つい先日も、電話でその旨お願いして、快諾してもらった。

　N病院の次回診察日は、8月8日とし、午前10時20分のCT撮影後に、診察室に行くことになる。なお、将来、K先生に渡すために、入院中のMRIやCTの映像および血液検査、心エコー、頸動脈エコーの映像などをこの日にいただけるよう依頼した。

　今後の再梗塞リスクの低減のために、血圧の管理を行うとともに、現在77キロとなっている体重について、当面、毎月1キロ程度の減量を継続する。高脂血症対策としては、とりあえず、カロリー対策と、運動療法に努めるが、抗血小板凝集薬の安定的使用ができるようになるまでは、運動療法につ

## 24 退院

いては無理をしない。

　退院後の業務については、当面、1日2回の電子メールでの業務にとどめ、今後の診察状況を見ながらであるが、8月20日過ぎから平常の活動に戻る。

　これで、約3週間お世話になった上本町のN病院ともお別れである。

　もちろん、自分の足で、病室を出、東病棟4階の看護師詰め所であいさつのうえ、本館に移り、1階の玄関から出て、タクシーに乗る。本当は、近くの鶴橋の寿司屋で昼食をとりたかったが、妻から、8日の診察の時に行こうと諭される。夕陽丘から高速に乗るよう依頼し、一路、河内長野の自宅に向かう。

　元気な頃、遅くなると通った道であるが、タクシーの前方を注視しようとすると目が疲れる。反対に、ぼんやりと見ていると二重視となり、これまた目が疲れる。脳梗塞を起こして全く障害が残らないということはなく、いく分かはリハビリの必要があるだろうと思う半面、脳梗塞によって左右の目の視力が変化し、それが、原因かもしれないとも思う。

　しばらく、目を開けていたが、頭の中がぼんやりと雲がかかったような感じがするので、しばらく目を閉じてみる。そのうち、頭の霞がかかった感じも後遺障害かもしれないので、しっかり、前方中止することがリハビリになるのではないかと思って、また目を開けてみたりする。

　約45分で帰宅。7月7日朝には咲いていなかったサルスベリが、たくさんの朝顔とともに迎えてくれる。わが家のサルスベリの花は、明るい紫色で、亡き父の自慢していた庭木である。百日紅と表記し、本当に100日間咲く年もあるが、開花が遅かった今年はどうであろうか。

　玄関の扉を開ける。今年12歳になるレモンが飛び出してきて、母とともに出迎える。これから私が仮眠するベッドの上にレモンが乗ってくるに違いない。

## 25 心神喪失者の不可罰

7月27日（水）

　去る7月22日にオスロで、77名が殺戮される事件が発生した。アンネシュ・ブレイビック容疑者が現行犯逮捕されたようである。
　今日、彼の弁護士が、「正気ではないように思われる」として、精神鑑定を行う見通しを示したとの報道に接した。わが国では、朝から、これを不満としているとしか理解できないようなニュース放送が氾濫している。犯罪者が仮に正気ではなくとも、これを処罰してしまえ。極刑もありとするのが、わが国の常識のようである。
　しかし、これは世界の民主主義国家の非常識である。なぜなら、民主主義国家は、国民1人ひとりの価値を問うてはならないし、もとより人を無価値と評価することは許されないという平等思想を基本とするからである。そして、自分の行為の善悪を弁識し、その結果に従って行動できる能力がある人でなければ刑罰を与えることができない。精神疾患等により、こうした能力を喪失し、あるいは、著しく減退している人には、他の病人と同様に治療が保障され、病気によって犯行を抑止できなかったものである以上刑罰の全部または一部が免除される。
　刑罰を免除する理由の説明には、いくつかの方法がある。犯罪を犯せば処罰されるという社会契約を結んでいることが刑罰の根拠だから、その契約を理解したり、守る能力のない人には、罪を科すことができないというのが、通常よく行われる説明である。
　私は、そのような契約を擬制する必要はなく、近代の平等精神で説明できると考える。
　すなわち、精神疾患が治癒されれば一般の市民と同様に社会生活を送ることができるのに、社会がその治療に尽くすのではなく、病気のために罪を犯

すその人を処罰するということは、精神疾患を患う人に不平等を課すことになる。民主主義社会の平等思想が、精神疾患を患い、それがゆえに罪を犯す人に対して適用される結果が不可罰であると思う。言い換えれば、心身喪失者の不可罰と社会の責任においての治療の受入れこそが、差別のない社会の建設の必須条件である。

　哲学に疎い日本人は、心身喪失によって処罰をすることができないのであれば、心神喪失者には犯罪予防のための身分や行動の制限を設けるべきではないかと言うに違いない。しかし、心身喪失者の犯罪には治療ではなく応報で対処するという考え方と、心神喪失者には社会保護のために各種身分制限を設けるという考え方との間には、大きな差があるのだろうか。心神喪失という自由意思ではどうにもできないハンディキャップによって、社会的に抹殺しようとする点では異なることがない。この場合の身分制限が認められるとすれば、おそらく、この世のあらゆる不平等を合理的に説明できることになるであろう。

　やはり、心神喪失者の不可罰等は、民主主義社会が歯を食い縛って受け入れなければならない哲学であると思う。

　だからこそ、ノルウェーの首都オスロの中心街のオスロ大聖堂で24日に開かれた犠牲者の追悼式典で、ストルテンベルグ首相は、「この危機に立ち向かい、互いを思いやる国民の姿を誇りに思う」と国民に訴えかけ、また、ノルウェー・ノーベル賞委員会のヤーグラン委員長（元ノルウェー首相）もまた、「私たちは（言葉の）火遊びはやめるべきだ。政治指導者の使う言葉によっては、さらに重大な事態を引き起こす恐れがある」との考えを示し、民衆の一時的な興奮に迎合して、イスラム教徒排斥を唱えたり、死刑復活や、厳罰主義を求める発言をしないように、政治指導者に対して釘を刺し、成熟した社会の知恵を示しているのである。

## 7月28日（木）　26　記憶遺産に思う

　昨日、散髪してさっぱりしたついでに、遠近のそれぞれの眼鏡を新調した。脳梗塞の後遺症で、左目の遠視が進んで近くが見えにくくなる一方、右目は近視が進んで、遠くが見えにくくなったと思っていたが、両目共に視力には変化がなく、調整用のメガネのレンズを45％回転してみると、景色がすっきりと見える。そんなことは想像したこともなかったので、最近従前の眼鏡では運転しにくいと感じていたのも同様の原因によるのかもしれない。辛抱していたのは、何だったのだろうかと思いつつ、レンズ合わせをお願いして帰る。

　今日夕刻、妻ができあがった眼鏡を持ち帰ってきた。早速つけてみると、やはり、よく見える。

　妻に車の運転を依頼し、助手席に座って、あたかも自分が運転しているようなつもりで、視野をチェックする。カーブでは曲がり角付近を、直線ではずっと先を見て、車線変更のときはバックミラーをのぞく。絶え間なく視野に入ってくる物や、それとの距離の変化に、自分の目が対応できているか確かめたが、今日のところは、失敗だったと思う。やはり、目が疲れる。そう思って目の力を抜いた途端に、視線の先の物が二重に見える。

　要は、今日のところは、1勝1敗か。後は、この見えにくさがリハビリの対象と考えて、日ごとに回復していくことを願うのみ。

　ところで、福岡・筑豊の炭鉱夫である山本作兵衛氏（1892年～1984年）は、石炭産業にかげりが見え始めた昭和30年代に、自ら体験した炭坑の様子や炭坑夫の暮らしぶりを、絵画や文章で記録したいと考えて、絵筆をとり、自らの記憶に従って丹念に描いた膨大な量の絵画を残した。「孫たちにヤマの生活や作業や人情を残しておこうと思い立った」からだと、生前に語っていた

というが、むしろ、わが国の産業の勃興期にあって、そのすべての下支えとして、過酷な環境の中で、次々と死んでいった仲間に対する鎮魂歌として製作されたものでなかったかと、私は思う。

　説明のための一字一字は、まさに、仲間の戒名代わりに書かれたもので、巧みではないが、何とも言えない味わいを残していて、作者の魂の気高さを感じさせてくれる。

　この絵を整理保存したのが、田川市石炭・歴史博物館（福岡県）の安蘇龍生館長（71歳）であり、彼は、山本作兵衛作品の絵画が、ユネスコの記憶遺産として登録されるよう働きかけ、その結果、みごと、本年5月に登録されるに至ったのだという。

　わが国では、観光主目的の世界遺産登録運動はむしろ過熱気味であるが、世界の人々のために後の世界に残すべき記憶遺産の登録の意義については、これまでほとんど知られていなかった。

　明日、講談社から全国発売される山本作兵衛氏の新装版の画文集『炭鉱に生きる・地の底の人生記録』（1785円）には、詩人、金子光晴（故人）や作家、石牟礼道子さんが過去に寄せた書評、エッセーも収録されているようであり、ぜひ読んでみたいと思う。

　なお、私は、記憶遺産の登録の要件について詳しくはないが、現代日本がぜひ世界に広めたい記憶遺産としては、ほかに、今年生誕100年を迎える香月康男のシベリア抑留シリーズの一連の絵画や、丸木位里・俊夫妻の原爆図の連作（沖縄戦の図や、水俣病の図もすばらしい）があると考えている。人間の冷酷さやはかなさ、そして、人の命の大切さを、1枚1枚の絵が、私たちの魂に訴えかけてくる。

　登録の有無はさておき、これらの絵もまた、日本が世界に誇る遺産ではなかろうか。

## 7月29日（金）
### 27 法科大学院と法曹養成

　K法科大学院の倒産法演習のレポート問題を作成し、朝一番に、大学事務室にメール送信する。7月8日と15日、22日の講義は、K先生に代講をお願いしたが、期末試験は自ら出題するかと大学院事務室から質問されて、問題の作制を承知していたからである。2009年1月以降の最高裁判例をチェックし、面白い3判例を選択して掲げ、いずれかの評釈を試みなさいという課題にした。何しろ受講者は1人であるが、真剣であった受講態度が答案の水準を期待させてくれる。

　ところで、2004年4月から、K法科大学院の専任教授をしているが、私が引き受けた理由は次のとおりである。

　第1は、長年法曹として積んできた経験をまとめて、その心がまえとともに、若い世代に伝えたいという衝動があげられる。古今東西の多くの法曹が等しく考えることのようである。

　第2は、自分を必要とする者のために尽くしたいということである。したがって、最初に依頼してくれた法科大学院に奉職するつもりであった。

　もっとも、K大学グループには経営者や支配者等がおらず、私学であるから、文部科学省からも一定程度独立していて、完全な教授会自治が守られていること、法科大学院の設立にあたり、愚直にも、社会人優先という、新理念に沿って建学しようとしていたこと等も、私には、快かったし、法曹倫理の授業を担当させてもらったことも、私にはありがたかった。

　すなわち、従来の法曹人口は、長く制限されてきたが、2001年6月12日の司法制度改革審議会の意見書は、21世紀のわが国の司法を担う法曹に必要な資質として、豊かな人間性や感受性、幅広い教養と専門的知識、柔軟な思考力、説得・交渉等の基本的資質に加えて、社会や人間関係に対する洞察力、

人権感覚、先端的法分野や外国法の知見、国際的視野と語学力が必要であるとし、従来の法曹養成制度ではその需要を賄えないと指摘し、新しい法曹養成制度の導入を求めた。その結果つくられたのが、法科大学院である。

　しかし、新しい目的のために、必要とされる資質と基本的学力水準に達した者全員に、法曹資格を授与する方向は採られなかった。そして、合格者数は以前より増加させたものの、上限が定められたために、当初から、文部科学省が唱えたような高い合格率が実現されることはなく、また、旧司法試験における短答式問題による足切り制度が継続されたため、その結果、社会人経験者など新制度の趣旨に賛同して集った多くの法科大学院生には知識修得のための時間が不足し、その夢は無残にも破れてしまった。法学部の優秀な卒業生を抱え込んで受験教育に専念させた法科大学院だけが、高い合格率と、したがって、さらに優秀な新入生の獲得を誇るに至った。

　こうなると、本来の理念に沿おうとしたあまりに、ハンドルの急転把が遅れた法科大学院は、逆に低合格率と、新しい学生の確保に窮することになる。羊頭狗肉を非難される文部科学省は、あろうことか、常に合格者数の削減を求める日弁連と同床異夢で、合格率が低い等の成績が悪い法科大学院に、閉鎖を強いようとしている。

　当初は、私も5年程度で退職し、受け持った講義の準備ノートを整理し、出版でも企画していきたいと考えていたが、現在の惨状には私にも責任がある以上、これから長く存続できる基盤が確立するまでは、断念者の就職も含めて、K法科大学院における責任を全うするしかない。

　ただし、脳梗塞を患い、無理できない身体になったことを理由として、専任教授の地位を降りて、講師として私がお役に立てる授業を末永く担当させてもらうことが、法科大学院に貢献できる道であるように思う。そして、専任教授の地位は、できれば、学問と、教育の双方に熱心な新進気鋭の学者等に譲りたいと思う。

7月30日（土）

## ㉘ 法曹倫理

　K法科大学院にお世話になってから、いろいろな科目を担当したが、変わらないのは倒産法演習であり、次に長く担当したのは法曹倫理である。前者は私の専門分野であり、後者は私が本学を引き受ける条件として希望したためである。

　法科大学院設立に先立ち、日弁連は、法曹人口増加によって弁護士倫理が地に堕ちると主張し、増加数の制限に努力する一方で、法科大学院のカリキュラムに、法曹倫理を加え、弁護士の資格を有する実務家教員に担当させることを求めた。

　そもそも、古今東西を通じて、あらゆるギルド社会は、新規参入を妨害する口実として必ず「倫理」を口実にするが、当該社会は、それゆえに腐敗し、世間の新しいニーズに応えることができないのが通例である。わが国の弁護士制度は、明治維新後整備されてきたとはいえ、国は、弁護士を特権階級とする一方で、「知らしむべからず、依らしむべからず」ということを行政の基本とすることによって、弁護士が、勃興期の資本家階級の利益擁護という狭い活動範囲で、それなりの経済的、社会的基盤を確保できるようにしたのである。弱者救済を含めて、日々生起する新しい経済活動の中で、その職務内容を適宜適切に工夫していくことに乏しく、それが、弁護士批判を内容とする司法制度改革審議会の意見書の内容の遠因となったのである。

　したがって、弁護士会には、あるべき法曹倫理を語れるだけの蓄積はなく、現に、日弁連がつくった「法曹倫理」の標準的カリキュラムは、2004年11月10日開催の日弁連臨時総会において可決、制定された、旧弁護士倫理規定に代わる「弁護士職務基本規程」の解説に終始するだけの貧しい内容となっている。

私は、約30年間の法曹生活を通じて考えてきたことを、広義の「法曹倫理」という名の下で整理したいと考えていた。具体的な授業計画としては、①弁護士職務基本規程を学習して綱紀・懲戒事例を研究することのほかに、②プロフェッション議論を中心として広く倫理問題を考えること、③現在の司法制度が政治と無関係ではないことを念頭に置いて法律家の常識を見直すこと、④国民の社会生活上の医師の立場で新しい法的ニーズや対応策について考えること等を教えてきた。もちろん、裁判官倫理、検察官倫理についても触れるように努めた。

①については、規程成立の経過を説明し、旧弁護士倫理下の報酬規程下で存在していた「弁護士報酬を減免することを得」という規範が、今なお、弁護士倫理としては生きていると説明するほか、アメリカ合衆国ABA（American Bar Association）の規範等も紹介し、弁護士職務基本規程には、今後さらに改善すべき点があることに言及してきた。

②については、社会学としてのプロフェッション概念のほかに、欧米におけるノブレス・オブリージュ（高貴な者（この場合には、官許による職業に就く者）の義務）について考え、さらには、わが国の緒方洪庵や、同時代の原老柳の精神や事績を紹介している。

③については、アメリカのリアリズム法学の現状等を紹介し、代表的な考え方を検討したうえで、わが国内に目を転じて、戦後初代の最高裁長官の任命をめぐる裁判官の運動や、一連の違憲判決を契機とした政治の司法介入と、その後の裁判官制度の変質等について学習した。

④については、民事、刑事裁判によって、当事者の人生がどのように変わっていくか考えたり、多くの累犯前科がある被告人の実人生がいかに苦労多きものであったかを考えたり、藤波孝生が刑事被告人としての真情を歌った俳句等を鑑賞した。

私は、依頼者の人生に寄り添うことができる法曹の養成をめざしてきた心算である。

## 29 バンデベルデの悲劇と児童虐待

　今年の全英女子オープンは、カーヌスティ・ゴルフ・リンクスで行われ、台湾のヤニ・チェンが優勝した。わが国の選手としては、宮里美香と、上田桃子、茂木宏美、佐伯三貴が決勝ラウンドに進んだが、宮里美香の14位が最高であった。なお、この春私がコースを回った時は全6405ヤードの杭を使用したが、女子の大会におけるヤーデージは、6490ヤードであった。

　このゴルフ場も、セント・アンドリュース・リンクスと同様、スコットランドのゴルフ場であるが、西暦1400年代にさかのぼると言われるオールド・コースと違い、1840年に開設され、その後、有名ゴルファーによってたびたび改造され、難易度を上げてきたコースである。前者と違って、ブラインドコースが多いこと等にも、コースの設計思想の違いが表れているし、リンクスのゴルフ場であるのに、比較的高い樹木が見かけられた点も印象深かった。

　このゴルフ場では、1999年開催の全英オープンにおける最終18番ホールでの2位に3打差をつけていたフランスのバンデベルデの悲劇は有名である。ティーショットがラフに入り、3打目がバリーバーンに入り、当初4分の1程度頭を出していたボールが増水で沈み、ペナルティを払ってドロップすることになるが、ライに恵まれずに、5打をバンカーに入れ、6打でオン、7打でかろうじてカップインさせ、プレー・オフを迎えるが、結局スコットランドのポール・ローリーに優勝を奪われてしまった。こうしたエピソードをゴルフ場の売り物にするのは、イギリス人のお家芸であろうか。

　ところで、話は変わるが、一昨日、厚生労働省から公表された2010年度の速報値によると、全国の児童相談所が通報や相談を受けた児童虐待の対応件数は5万5152件である。この数字には、東日本大震災のため集計できていな

い宮城県と福島県、仙台市を除く数であるのに、前年度を既に１万件余り上回っているという。

　児童虐待の残酷性が広く知れ渡ったことも、このテータの背景にあるし、児童虐待防止法や民法の改正が行われ、それなりの対策が講じられてきたことについては、また考える時があると思うが、今日は、鬼畜のように思われている児童虐待の加害父兄について触れておきたい。

　大阪府下に設立された「特定非営利活動法人児童虐待防止協会」が児童虐待防止の活動を始めて、昨年で満20年になるが、その周年記念誌の巻頭には、「児童虐待とは、都市文化の成熟した社会病理現象であり、この現象が家庭文化の中に入り込んで、家庭病理現象として生じてきた家庭疾病であると思います」と書かれている。

　社会の病理には種々のものがあるが、カナダ等では、夕方以降未成熟の子を１人にする行為は犯罪として処罰され、場合によっては親権喪失の原因ともされかねないという。わが国では、安価な婦人労働力の活用という観点から、子を鍵っ子とする共稼ぎが奨励されてきたとは言えないか。子の放置を許す文化の存在が、育児放棄の背景の１つとなっていると思う。

　また、自ら虐待を受けた人は、加害者にもなりやすいと言われる。私の依頼者でも、幼児期に虐待を受けていた人は、子を持った時に、人一倍可愛がろうとしがちである。しかし、親の言いなりにならない子の姿を見て、自分を全否定されたかのごときストレスに襲われ、いつしか自ら加害者になってしまうことがある。貧困が再生産され、よほどの幸運がなければ這い上がれないことで固定化しつつあるわが国の階層社会の存在も、そのような類型の児童虐待の背景にあると思う。

　家庭病理も多種多様であるが、虐待者を責めるだけでは解決がないことは確かである。

8月1日（月）

## 30 愛犬レモン

　午前7時30分頃妻が運転する車で、烏帽子形公園に散歩に出かける。85歳の母を介助しながら、レモンと一緒に散歩させるのが妻の日課である。脳梗塞の発作前は、時折、私が代わって、ただし母の喜ぶドライブだけを担当することがあったが、当面は妻に頼りきりである。その散歩に、私が同行し、リハビリに努めるのは、今日で3回目である。
　歩行自体に不安はないが、目線の急な変更をすると、神経がついてこないのか、キョロキョロすると、少し、頭が重い感じがする。母がプールの周辺を1周する間に、私は、レモンと一緒に2周する。
　現在、私のできる再梗塞リスクの軽減策としては、高脂血症対策くらいであるため、退院時に、次回検診時までには76キロ、8月末で75キロ、年内一杯で70キロの目標を立て、退院後は、カロリー計算の勉強をしている。
　しかし、その結果、およそ、1600キロカロリー以上では体重が減ることがないことが分かったので、当面の摂取量を1500キロカロリー以下に抑えることにした。また、室内運動を開始することにして、日に2回20センチメートル余の高さの踏み台の5分間の上下運動を、試みることにした。
　主治医の許可があれば、夕方30分程度の散歩はしたいと考えている。
　ところで、わが家の飼犬レモンは、平成11年春に、捨て犬ネットワークの活動をしているSさんからもらってきたものである。Sさんは障害のある子供さんを育てている母親であり、自宅の室内では、かつて捨てられていた犬を1匹、猫を18匹飼っているそうである。
　そして、捨て犬や猫を見つけては捕え、獣医院に連れて行き、自ら費用を負担して、不妊手術をしたうえで、飼主を探すのである。ところが、無責任に親犬を孕ませ、産まれた子犬等を捨てに来るような飼主に限って、そのよ

60

うな篤志家をあてにするのである。レモンは、兄弟とともに、Ｓさんの門前に捨てられていた。

　わが家には、当時、これも元ノラ犬で10歳になるハッピーがいた。幼い頃バベシアに罹り、全身の血を入れ替えたといえば多少は大げさだが、ともかく死線をさまよったことがあり、大型犬でもあったことから、衰えが早く訪れるような気がして、わが家では、ボケ防止のために次の飼犬を探そうかと話していたことでもあり、Ｓさんの手元に残った１匹をもらい受けた。当時顔中真っ黒であった点が気に入り、私は、「おクマさん」という名称を推したが、わが家には、犬の命名権は妻に与えられるという憲法があり、妻が息子の発案した「レモン」を支持し、それに決まった。

　肺に寄生虫がいて、体が弱く、また、よく嘔吐していたが、次第に健康になり、その後数年経過すると、わが家では私だけを主人と認め、その次の地位を主張し、他の家族の上に君臨するようになった。その後、ハッピーがボケ始め、次第に歩行が困難となってきたため、レモンは、そのハッピーに対しても自分の方が上位にあることを主張するようになった。以来、私の一の子分であり、私が自宅にいると、常にその脇で過ごし、夜間も、私のベッドの上か、付近にいて、私を独占し、守っている。

　ただし、現金なもので、私と妻が出かけて、家にいないときは、母の部屋に入りびたりで、母に甘え、宅配業者等の訪問があれば、盛んに吠えたてて、母を独占しようとする。母もそのような時のレモンが頼もしく思え、可愛いようである。

　したがって、私の入院中もよく母に従っていたようであるが、さすがに、私が帰宅した時は、全身に喜びを表し、以来、私の一の子分を続けている。

8月2日（火）

## 31 犯罪の動機

　2007年に、千葉県市川市のマンションで、英国人英会話講師、リンゼイ・アン・ホーカーさん（当時22歳）を殺害したとして殺人などの罪に問われていた市橋達也被告（32歳）は、先日千葉地裁の裁判員裁判で無期懲役判決を受けたことを不服として、本日、東京高裁に控訴した。
　この事件そのものについては、私は何の知識もないので、無罪の推定が働くということ以上に、結論の是非について語る資格はない。
　しかし、判決内容の報道を聞く限り、この裁判もまた、動機についての審理が不十分なものであったのではないかという危惧を持っているので、その点について述べたい。
　劇画の世界では人は簡単に何でもできるが、生身の人間の場合には、犯罪、特に破廉恥犯や凶悪犯のときは、それなりの葛藤もあるし、躊躇もある。したがって、ある犯罪が、殺意に出たか、傷害その他の意図にとどまるかは、犯行当時の動機を慎重かつ正確に認定することによって、初めて、明らかにすることができる。
　1973年に刑事裁判官として東京地裁に赴任した私は、実務を通じて動機認定の技術を学んだし、当時は動機認定をめぐる刑事訴訟関係の出版物も少なくなかった。そして、実務経験が少ないうちは、刑事被告人や弁護人の主張に引っ張られたり、検察官の主張するシナリオが正しく思えたりして、結論を出すのに四苦八苦した。柳瀬隆次裁判長が、合議の際には必ず左陪席に語らせ、意見留保すると言おうものなら、たちまち、合議は延期され、次の予定日までに自分の見解を持つことを求めたためである。
　しかし、そのうち、動機を形成するには、その原因となる事実と、犯行に及ぶに至らさせた直接のきっかけがあることが分かってきたし、動機形成の

## 31 犯罪の動機

原因となった事実が、犯人の中で重要なものとなるについては、その遠因となる事実があることも分かってきた。したがって、どのような遠因があって、被告人が被害者に対して、どのような感情を持つようになったか。犯行の折に、その感情が爆発するについてどのようなきっかけがあったかを考え、一定の推論を導いたうえで、今度は、その推論には合理的な疑いの余地がないかという点についてあらためて検討を加えてみることが大切なことが分かってきた。要するに、動機のない犯罪は存在しないのである。仮に、愉快犯であっても、それなりに推論は可能なはずである。

翻って、被告人の犯行の動機が、裁判官にはどうしても理解できないとしよう。その場合には、被告人とは別に真犯人がいるのではないか。あるいは、被告人の精神に異常があり、裁判官の常識ではその言動を理解できないということに帰着しないか。この場合の精神の異常とは、自分の行為の是非善悪を弁識し、それに従って行為する能力の欠如を意味する。

もし、刑事裁判において、刑事裁判官や裁判員が動機なき犯行を認めるとすれば、それは事実認定能力の欠如を自認する以外の何ものでもない。冤罪や心神喪失に関する誤判の原因でもある。

また、動機の認定は、量刑にも大きな影響を与える。精神に異常はなく、等しく責任能力を問える事例であっても、理不尽な被害者の仕打ちに耐えるだけ耐えた末に、長年の恨みをついに爆発させた場合と、以前より被害者から多大な便宜を与えられていたのに、たまたま求めた些細な要求を断られたゆえをもって、逆恨みしたような場合とでは、同じ殺人罪が認定されても、量刑には大きな差が生まれよう。

重ねて言う。私が任官した当時は、動機なき殺人などはなかった。

## 32 原子力損害賠償支援機構法は被害者救済法か？

　本日、「原子力損害賠償支援機構法」（以下、「支援機構法」という）が成立した。これは、東京電力福島第一原子力発電所事故の損害賠償を国が支援する法律である。先に、国が賠償金の半額以上を立て替える、野党提出の「仮払法」も成立しているので、原発被害に対する損害賠償を求める関係者に対する速やかな支払いが可能となる。マスコミは、与野党が法案修正で歩み寄り、被害救済へ前進したことは評価できるとしている。
　しかし、本当に被害者救済法であろうか。
　支援機構法は、東京電力による損害賠償の支払いを、公的資金などで援助する内容だ。
　新潮社45別冊『日本の原発』によれば、福島第一原発の立地の一部は、旧陸軍の訓練飛行場であり、戦後は堤康次郎が取得していたことがあるという。1号機はGEの沸騰水型で、1971年に操業開始したが、アメリカでは1972年に構造的欠陥が指摘され、同機より先に運転開始していた敦賀発電所1号機は2009年にいったん廃炉が決定していた（その後延命された）。福島第一原発1号機も、当初運用期間は満了したが、2011年2月に原子力安全・保安院が10年間の運転継続を認可した。2号機から5号機までも同型炉であり、主契約者は、GEや、日立、東芝である。2号機は2010年に電源喪失による炉内の水位低下事故を起こし、3号機も1978年に日本初の臨界事故を起こしている（2007年まで公表されなかったという）
　なお、改良型の炉を採用したのは、6号機からで、その運転開始は、1979年であった。
　また、森功の『泥のカネ』によると、1998年2号機の原子炉格納容器内で

ビニールシートが燃え、5号機タービン建屋内のヒーターから発煙し、1999年1号機タービン建屋内で空気予熱器付近から出火し、また、高温焼却炉施設や廃棄物処理施設からも出火する等の事故を頻発しており、その極めつけが2002年9月の格納容器機密試験データ偽装の発覚であり、福島県では、第二原発を含め、全10基の運転停止を余儀なくされてしまった。

その後の、原子力発電反対に転じた当時の福島県知事の佐藤栄作久と東京電力との激しい闘争は、東京地方検察庁が佐藤栄作久を政商水谷からの収賄容疑で逮捕、起訴したことによって、終了したが、まさに、水谷こそ、当時、前田建設と組んで東京電力から大プロジェクトを受注していた業者である。小沢一郎起訴に関しても重要な役割を果たしている。なお、この事件でも贈賄側の水谷は、公訴時効満了により起訴されていない。

2000年代以後の省庁再編のために、科学技術庁の中にあった原子力安全・保安院が経済産業省に移され、内閣府に祭り上げられた原子力安全委員会は影響力を失った。2007年の中越沖地震で放射能漏れを起こした柏崎刈羽原発の事故の前年、同委員会は安全基準の見直しに着手したが、鳥取県西部地震のマグニチュード7.3、阪神・淡路大震災の同7.3の存在を知りながら、安全基準を同6.8と定めたにすぎない。また、緊急冷却炉新装置の耐震設計に対しても、炉心の圧力容器、格納容器の耐震設計と同様の基準とすべきとの提言があったのに、一段と低い耐震設計にとどめ、良識ある委員が辞職してしまったという事実がある。現在では、東日本大震災の規模はマグニチュード9には至らなかったのではないかと疑う声もある。

原発事故の賠償の過程で、そうした過去の原発の建設、運転、監督等に関する関係者の責任を明確化するためには、公開の裁判手続や、透明な倒産手続が利用されることが好ましい。もちろん、そうした最終的な責任の確定前に、暫定的な支払いを開始することには、異存がないが、ここに表れた「機構」なるものは、バブル崩壊後、政治、経済の責任を隠蔽するための装置として、たびたび政治に利用されてきた仕組であり、その意味では違和感を禁じ得ない。

## ㉝ カロリー制限と新島襄の祈り

　退院してちょうど10日目。再梗塞のリスク軽減のために、とりあえず自ら着手できることは減量程度である。入院時の1日摂取カロリー量が1800キロカロリーであったことから、当初は、1700キロカロリーを目標とするところからコントロール開始、2週間で1キロ程度の減量をめざした。参考書は、上村泰子監修『目で見る食品カロリー辞典』と、妻の母校である女子栄養大学出版部発行の『食品80キロカロリーミニガイド』の2冊。ほかに、さまざまな料理本も参考にする。
　朝は、魚ひと切れで1点（80キロカロリー）、粥が2点、野菜の煮付けと味噌汁、漬物で1点、他に以前から常用のヨーグルト0.7点。日によって、果物1点内外や、あるいはトマトジュース0.5点を加える。
　昼は、パン食の場合には、パンひと切れ2点、ハムやウインナー等1点、牛乳や豆乳1.2点、サラダとドレッシング1点とか、あるいは、麺類を選んで、五目冷やしソーメン5点等。
　夜は、料理の本からカロリーの記載したメニューを適宜選んだり、まず、希望の料理法を決めたうえで、カロリー計算をし、妻に、1日の摂取塩分量を考慮しながら、調理をしてもらう。
　しかし、自宅療養中で、なおかつ、主治医から運動は抑制するようにと言われているためか、一向に体重が減らないため、最近は、1日の摂取カロリー量は1500キロカロリーとする。
　ちなみに、今晩は、手巻寿司。御飯3点、マグロ、タコ、貝柱、卵、海苔等3.5点。もちろん晩酌もささやかながら、缶ビール1.1点。なお、朝、昼のカロリー摂取量が少なかったので、夕食のデザートにはブドウもつけた。この日のトータルは、1502キロカロリー。これと比較すると、以前は、いかに

摂取カロリー量が多かったことか。

　カロリー制限は継続することが大切である。万が一計算違いして予定をオーバーしても体重変化でチェックできるから、妻とは、あまり神経質にならないようにしようと話す。

　ところで、震災被害者のための仮設住宅で、車椅子を利用する身障者への配慮が欠けていて、入口から車椅子が入らないという話を聞いた。

　思い出すのは、親しい清水哲さんのことである。彼は、桑田、清原とともにPL学園から甲子園に出場し、劇的なサヨナラホームランを打ち、準優勝に導いた男である（清水哲著『桑田よ清原よ生きる勇気をありがとう』『生命の話をしよう』『雫』『扉』『歩』等参照。歌手田中雅之さんはこれらの詩に感動し、自ら作曲した「生きる」をリリースしている）。その後、D大学の野球部に進んだが、昭和60年公式試合中に首の骨を折り、大きな障害を負った。彼は、野球は断念したが、大学を卒業したうえで、障害者のための研究に従事したいと願い、大学に対して、復学と、そのための準備を求め、及ばずながら、私も助力した。

　しかし、大学には、すでに創立者新島襄の祈りの姿勢はなく、日本のこれからの社会に対する先見性もなく、彼の希望が届けられることはなかった。その後、彼は、父親の病気を契機として、障害者に優しい枚方市に転居して自立の道を求め、縁があって、結婚もして、幸せな家庭を築いている。そして、頼まれれば、講演活動に従事するほか、身の回りに難病に苦しむ人がいると、彼を取り囲む人の援助を得て、チャリティー・オークションを開く等の社会活動も行っている。

　もし、D大学が、当時、清水さんの願いを受け入れていれば、おそらく、障害者の社会生活援助のための研究が蓄積され、障害者保護の理念のない仮設住宅等が建設されるようなことのない時代を切開く、素晴らしい講座が育っていたのにと、新島襄のためにも悔しく思う。

## 34　いじめ問題と愛国教育

　文部科学省は、2010年度の「児童生徒の問題行動調査」の結果を発表したが、学校が把握した「いじめ」は、7万5295件だという。調査に応じない学校が約10％あることと、義務教育の現場におけるコンプライアンス意識は決して高くないように思えることをあわせ考えれば、実数は、はるかにこれを上回るように思う。

　わが国の教育現場の崩壊が叫ばれて久しく、その原因として、愛国教育や道徳教育の欠如が、しばしば主張されるが、はたして本当にそうなのか。

　先日死去した槙枝元文元日教組委員長が、「私は誰かに役立つ人間は育てない」と啖呵を切ったのが、仮に、「権力の手先をつくらない」との意図にすぎなかったとしても、その結果として、ハンディキャップに対する優しさを子供たちに教えることもまた怠ったことは、罪深いことであったと思う。当時の日教組自らも、「教師は聖職ではなく、労働者である」と主張して憚らず、教師自らが、ハンディキャップを抱える児童生徒を見捨てて、これを恥としなかった。

　私は、「いじめ」は、私たちの子供時代にもあったことを知っている。しかし、子供はそれをいなす方法を学ぶこともあったし、クラスという社会や、地域の社会等に何重にも帰属していたから、困ったことがあると、誰かに助けてもらったり、慰めてもらうことがあった。また、現代の「いじめ」問題は、戦後の社会の構造変化が、より深刻化させている面があるが、当時には、何よりも深い闇を抱える子供には、その心に働きかけようとする、情熱あふれる若い教師がいて、いじめる子もいじめられる子も、そして、その他さまざまな子が、その視界の中にあったことを懐しく思い出す。

　私は、今でも小学校の5、6年生時代に担当してくれた長野宏先生を忘れ

**34** いじめ問題と愛国教育

られない。同和教育の実績を買って尾本和男校長先生が呼び寄せた先生であり、皆に公平な先生であり、貧しい家庭の児童生徒に対しても実に優しかった。他方、学習の進んだ児童に対しては、徳島大学学芸学部（当時）付属中学校を受験するに際し、同志の先生方と交代で、放課後にほぼ１年間にわたって補習をしてくださった。

　そして、わが国において愛国教育が成功しない、もう１つの大きな原因が、第二次世界大戦の責任が不問に付され、戦前の総反省がなされなかったことと、日教組を攻撃してきた施政者自身にすら真の愛国精神がなかったことによると思う。

　お国のために兵役に服することを勧めた教師の多くは、戦後一転してわが国の戦争責任を教えることに抵抗を感じなかった。戦勝国による戦争裁判はあったものの、軍が国民や外国人に加えた残虐行為について、わが国の官憲が自ら捜査し、処罰を加えることはなかった。戦後日本の過去の闇を暴き、人権侵害の再発を予防しようとする愛国精神が、わが国には見られなかった。

　また、諸外国の博物館は、その国の歴史や文化を若い世代に伝えるための努力を重ねている。たとえば、韓国は、ルーブル美術館の施設や展示方法に倣ったと思しい、みごとな博物館を建設し、自国の文化や歴史を自国民に伝える熱意にあふれているように思える。収蔵品の収集、研究、説明、陳列の工夫等はもとより、その目的にふさわしい素晴らしい施設を建設し、常時開館するとともに、遠足、修学旅行等で訪れる児童、生徒には無料開放する等細かな配慮が行き届いている。

　これと比べ、わが国の上野博物館の有様は惨めというほかはない。本物のわが国の文化や歴史を教えずに、何を、どのように愛せよというのか。まさか、「文化」ではなく、「権力」に仕えるのが愛国心だというのではあるまいに。その社会にふさわしい若者しか育たないのである。

## 8月6日（土）

### ㉟ 広島の原爆と人道に対する罪

　発病前の本年6月26日に、妻と一緒に広島の原爆資料館に出かけた。小学生の頃に出かけ、焼け焦げたボロをまとった人形群にショックを受けた記憶があるが、還暦を過ぎての見学では、また、別の意味で考えさせられることが多かった。

　今日から66年前の8月6日午前8時15分頃、テニアン島から飛来したB29が放った原子爆弾リトルボーイが、広島県産業奨励館（原爆ドーム）近くの上空約550メートルで炸裂した。建物は、即時に通常の日光の照射エネルギーの数千倍に達する熱線に包まれ、その直後、衝撃波を伴う秒速440メートル以上の爆風と、350万パスカル（1平方メートルあたりの加重35トン）という爆風圧にさらされ、建物は、3階建ての本体部分がほぼ全壊したが、中央のドーム部分だけは奇跡的に全壊を免れて、枠組みと外壁等が残存した。

　原爆ドームの保存をめぐる争いは、1985年に急性白血病で死亡した楮山ヒロコさんの遺書によって帰すうが決せられ、被曝51年目の1996年にユネスコの世界文化遺産に登録されるに至ったものであり、広島に落とされた原爆と因果関係のある死亡者数は少なくとも14万人と推定されており、なお、原爆死没者慰霊碑に収められた死没者名簿の数は24万人を超えている。

　原爆死没者慰霊碑には、原爆ドームの保存に努めた浜井信三広島市長の依頼で、自身も被曝者である雑賀忠義広島大学教授が撰文・揮毫した、「安らかに眠って下さい　過ちは　繰返しませぬから」という文字が刻まれていたが、極東国際軍事裁判の判事であったインド人法学者のラダ・ビノード・パールが批判したことが知られる。パール判事が東京裁判で無罪を主張したことを政治的に利用する者がいるが、彼は、事後法では施政者の戦争犯罪を裁けないと主張しただけで、わが国の施政者と旧日本軍とがアジア各地で犯し

た人道の罪に対しては激しい怒りを抱いていた。碑文の批判は、アメリカの原爆投下の罪を憎んだことによる発言である。

ところが、児玉誉士夫ら戦争責任を否定しようとする者による碑文の抹消・改正を要求する運動が起こり、やがて、碑文の言葉は、「すべての人々が原爆犠牲者の冥福を祈り不戦を誓う言葉である」であると説明されることによって、騒ぎがひと段落したが、2005年7月26日に右翼団体構成員によって碑文が壊され、修復後もなおこれを汚そうとする者が絶えない。

ところで、リトルボーイは、全長3.12メートル、最大直径0.75メートル、総重量約5トン。パイプの両端に置かれたウラン235の塊の一方を、もう一方のウラン塊に火薬の爆発力でぶつけ、臨界量を超過させて起爆させるタイプである。当時開発中の異なる2つの原子爆弾の1つが広島で、もう1つが長崎で使用されたことと、第二次世界大戦中アメリカでは日系人がさまざまな権利を奪われ、強制収容所に収容されたこと等をあわせ考えると、わが国への原爆投下には黄色人種に対する差別意識がその背景にあったことは否定できないと、私は思う。

パール判事が指摘したとおり、原爆投下は、アメリカが犯した人道の罪であり、いかなる理由をもってしても正当化することはできない。したがって、私たちが後世の人々のためになすべきことは、アメリカの原爆投下責任を追及することであった。アメリカ政府は、過年度、強制収容された日系人に賠償名誉回復措置をとったが、人道に対する罪は、これを問いまた責任を認めるのが近代国家である。なぜなら、それが同様の罪を犯さない誓いに通じるからである。

アメリカの原爆投下責任は追及し、わが国の戦争責任もまた、徹底的に究明する、そのあたり前のことがあたり前とはならないわが国の現状が悲しい。

8月7日（日）

## 36 福島とチェルノブイリ

　福島第一原子力発電所の事故に対比されるチェルノブイリの原発事故の被害者はどの程度なのか。

　広瀬隆が事故翌年に発表した『チェルノブイリの少年たち』巻末の「チェルノブイリ現地の真相」によれば、事故から2カ月後である6月末にアメリカでは49種類の鳥の孵化率が65％減少したと発表され、また、事故から7カ月後に黒海西岸のトルコのテュツェで10人の赤ん坊が脳のない状態で出生したほか、同国のサムソン市でも障害児の出産が22件であったとされており、さらに5カ月後の1987年2月に、ベルリンの自由大学・遺伝研究所はシュペールリンク教授の解析に基づき、同研究所がダウン症を含む障害児の出産が例年の5倍に達したと発表し、ポーランドも、同年の新生児の出生率が例年の3割減少したと発表したという。

　なお、広瀬隆の『福島原発メルトダウン』によると、2005年にロシアの保険社会発展相が、被曝者数は145万人にのぼり、事故後に産まれたが健康を害した18歳未満の人が22万6000人いたことを明らかにしているそうである。

　世界保健機関（WHO）も、今日までにいくつかの推計値を発表しているが、1959年に世界保健総会決議においてIAEAとの協定に署名しているので、その合意なしには核の健康被害についての研究結果等を発表することができない。したがって、2006年には、IAEAが1856年に推計した4000人にウクライナ、ロシア、ベラルーシの3カ国内の住民も含めると9000人になるとの推計を発表し、WHOの国際がん研究機関も、致死リスク係数の変更によって、ヨーロッパ諸国全体の住民も含めると、1万6000人になると発表しているが、当初の4000人の推定に根拠がない以上、これらの報告もとうてい納得できるものではない。

なお、原子力発電所の問題に関する限り、西側先進国の発表も信頼できない。前述の西ドイツのシュペールリンク教授は政府から呼出しを受けて、発表を撤回している。原発推進の政治目的のための圧力の結果だと推測されている。今回は詳しく触れないが、アメリカのスリーマイル島の原発事故に際しても、隠蔽、情報操作が告発されているようである。

　話をチェルノブイリの原発事故に戻して、非政府機関による被害の推計に目を転ずると、環境団体グリーンピースは9万3000件とし、さらに将来的には追加で14万件が加算されると予測しているという。被害者が2004年までの間に98万5000人であったとする説や、今日までの死亡者を約73万4000人と見積もるものもある。そして、現に、1991年に独立した当時のウクライナ人約5200万人が、2010年には約4500万人にまで減少しているようである。

　福島第一原発の放射能漏れの実態は未だに明らかにされていないので、最悪の場合には、チェルノブイリ事故と同様の被害に発展する可能性があると考えておく必要がある。放射能は、人の身体にさまざまな癌を発生させると考えられているが、なかでも、幼児・児童の甲状腺癌が深刻である。10年の潜伏期間があり、目に見えないが、汚染物質の摂取により、確実にリスクが高まると思われる。

　ところで、今、汚染物質の摂取を避けられるのは、ごく一部の富裕層だけである。一般の国民は、国から格別の警告がない限り、普段どおりマーケットで食料品を調達する以外に術がない。たとえば、そうして汚染した乳製品などを摂取し続けた幼児が甲状腺癌を発症したとき、その原因と因果関係とをどのように立証すればよいのであろうか。まさか、裁判できないと甘く考えているわけでもあるまいが、何をおいても実行すべき除染が、どうして進まないのか。

8月8日（月）昼

## 37　退院後初めての診察日

　立秋とは名ばかり、今日も猛暑日のようであるが、庭の水盤に浮かんでいるホテイ草が、儚げに咲いているのに気づく。携帯電話の待ち受け画面にでもと思って撮影するが、手振れして、流れた画像が清らかさを一層引き立てていた。

　本日は、退院後初めての診察日。いよいよ、抗血小板凝集薬の使用が始まると期待して、自宅を出る。妻運転の車で河内長野駅に向かい、特急電車で難波に向かい、タクシーで、上本町のN病院へ行く。予約時間の20分前に、1階のCT室へ行く。早速撮影されて、今度は2階の神経内科の外来へ行く。予約票には、午前10時30分から午前11時と書いてある。

　早く着いたので、順番も早いかと思ったが、予約時間内は予約患者優先と記載された掲示もあって、結局、10時45分過ぎに呼び出される。

　妻と一緒に診察室に行く。CT写真の撮影については格別の異常は見られなかった模様。医師が机の上のコンピュータ画像を見せてくれる。退院時と変わりなく、再梗塞や出血も確認できないというが、説明が途切れがちなので、再梗塞予防薬の処方を依頼してみる。

　しかし、主治医は、救急入院時にMRIに写った血栓の範囲が大きかったために、出血の副作用を恐れて、血栓溶解剤は使用しなかった関係で、抗血小板凝集薬の投与に際しての再出血リスクを非常に気にしている模様。若い主治医なので、なかなか踏ん切りがつかないのだろうとその時感じたが、「薬は、今度の診察日に判断します」と言われてみると、返す言葉はない。次の診察日は、8月23日となる。

　CT画像の詳細な説明をしてくれれば、こちらも納得するのにと、心の中でちょっぴり愚痴ってみるが、案外、診療科長との事前協議のうえでのこと

## 37 退院後初めての診察日

かもしれない。退院時に、セカンド・オピニオンをとってみようと考え、前回、CT画像や血液検査結果を収録したCD-ROMの複製をお願いしていたので、確認すると、準備済みとのこと。お礼を述べて、退室する。

窓口で計算してもらい、診察料を支払うが、妻が、調剤薬局へのファックス送信をしてもらえないと訴える。よく見ると、患者自身が送信するための機械があり、送信のシステムはよくできている。診察料の支払いのカード化もできていて、先ほどの定時診療と合わせて、近代的なシステムになっていることには感心する。その後、放射線科ですでにできあがっている複製のCD-ROMをもらう。手数料無料というのは良心的である。

すべてが終わったのが、午前11時30分、最初入院した時から、退院すれば、絶対に行こうと考えていた鶴橋の商店街の中にある「すし銀」に向かう。徒歩で病院前の通りを東に向かい、大通りを横断して、なじみの焼き肉の「吉田屋」本店のビルの横の路地を東に入る。いつもならば、焼き肉に目移りがするが、今は、カロリー制限中の身。晴れて70キロになれば考えることにして、今日は一路寿司屋をめざす。

約10分でお目当ての「すし銀」に着く。以前は、貫録のある大将がいたと妻は言うが、比較的若い職人が2人、女性従業員が2人いる。早速、「にぎり2人前」と声をかける。本当は、上にぎりを頼みたいのだが、いかんせん、カロリーは、並の方が低くて約500キロカロリー程度。並でも、待ちに待った寿司であることに変わりはなく、うまかった。次の診察日までには、75キロまでの減量を成功させて、「上にぎり」といきたい。その時は、1、2貫、いや、2、3貫、好みの寿司ネタを追加をしても良いではないか。

## 38 法科大学院における未修者教育

　桐蔭横浜法科大学院と大宮法科大学院とが2016年をめどに統合するとの発表があった。いずれも、ロースクール制度がスタートした時点で開講し、制度が目的の1つとした「未修者」と言われる法学部以外の出身者や社会人経験ある者の法曹育成に力を入れてきた。また、大宮法科大学院は、第二東京弁護士会が設置し、運営に協力してきたことでも知られる。

　ところで、文科・法務両省のワーキング・グループは、2010年の報告書で、一部の法科大学院の低成績を問題とし、司法試験合格率と当該法科大学院の入試の合格率とで、補助金に差をつけると発表した。その結果、姫路獨協大学は、能力ある学生の確保が困難として、今年春、学生募集を停止したようだ。

　現在、法科大学院に対しては、設立数が過剰であるとか、合格者の急増で質が低下している等と言われるが、前者の問題は、認可した文部科学省に責任があるし、後者については、毎年3000人への法曹増加に対する法曹内部にある根強い反対意見が、ためにしている議論にすぎず、とうてい、定量的な検証に耐えない。司法研修所の修了生に職がなく、直ちに自宅などで開業する「ソクドク」や、知人の法律事務所に机を置かせてもらう「ノキベン」が増加していることも問題となっているが、そのようになることは初めから分かっている。年間500人の合格者を3000人にすれば、裁判官、検察官の定員が不変である限り、弁護士が急増することは自明の理である。そうして、古い秩序の中では仕事が足りなくなるという競争環境の中で、新しい時代の要請に応える弁護士の出現を期待したのではないか。そこでは、司法試験は資格試験となり、多様な合格者が出現し、その中で時代に合致した弁護士が誕生するのである。

その意味では、司法試験こそ、新しい法曹養成制度の目的に沿って、多様な人格や経験を評価するものでなければならなかったが、正直なところ、旧司法試験と本質的には変わりがない。

　また、未修者を法曹にとの号令に賛同した法科大学院に対しては、法曹人口増に反対する日弁連の評価機関等が不合理な指導を繰り返した。法科大学院の教師の無償奉仕であっても、基礎科目の講座数を増やすことを禁止し、答案練習を禁止し、また、講座の内容にも理不尽なチェックを加えた。これでは「未修者」をたった３年で合格させられるわけがない。

　そうした動向のもたらす意味をいち早く察したのは、全国の旧帝大系の法科大学院をはじめとする旧司法試験の成績優良校である。法学部で４年間教えることによって確保した優秀な学生を２年の「既修者」コースに囲い込み、従前並みの合格率を確保した。囲い込まれた学生も幸せであった。なぜなら、一定の合格率が確保されているということは、自分自身の法科大学院での席次に注意を払っておけば、合格の可能性も知り得るからである。

　「未修者」重視の法科大学院が、当初奨励された「未修者」比率はお題目にすぎず、文科・法務両省自身が、早い段階で未修者切り捨てに踏みきったことに気づいた時には、既に抱え込んだ多くの「未修者」の存在が重荷となっていた。彼らの合格率の低さが、新規の入学希望者の低さに、この人気のなさが、さらなる合格率の低さへと悪循環が始まる。

　奥田昌道元最高裁判事は、新司法試験における「未修者」の取り扱いは設計ミスであったと述べている。敬虔なクリスチャンならではの率直な述懐である。要は、旧司法試験の合格者の多くが、４年制の一部の法学部出身者に限られ、子弟をそこに入れられる経済力競争によって法曹が決まるという問題が、６年間の経済力競争に引き伸ばされたにすぎない。

8月9日（火）朝

## ㊴　長崎の原爆を思う

　66年前の今日、長崎が被曝した。その被災者は、「世界の放射能による被害者は、私たちを最後に」と叫んできたが、今年3月11日、福島第一原子力発電所の事故が起きた。しかし、今朝のY新聞の朝刊、N新聞の朝刊ともに1面には長崎被曝の報道がない。マスコミの劣化の象徴である。

　今年1月23日に、妻と一緒に長崎に出かけた。化石採集が主目的であり、尻久砂利海岸で密集した新生代の二枚貝の化石の塊をいくつか拾ってきた。長崎といえども冬の風の強い日で、大層寒かった印象が残っている。

　翌朝、一番に長崎の平和公園に出かけた。平和公園の北端には北村西望による長崎平和祈念像があり、その姿は、神の愛と仏の慈悲とを象徴し、上に伸びた右の手は原爆を、横に伸びた左手は平和を、横にした右足は投下直後の長崎の静けさを、閉じた目は原爆犠牲者の冥福を祈っていると言われている。あまりにも大きく、堂々としていて、テーマに不釣り合いではないかというのが、当時の私の印象であった。しかし、その後に福島第一原子力発電所の事故を経験してみると、この静かな姿には大きな怒りが潜んでいて、その怒りは他を圧倒するほど強いものでなければならないことを作者は表したかったに違いないと思い至った。北村西望の祈りと怒りの表現は、さすが芸術家の感性の素晴らしさを感じさせる。

　原子爆弾ファットマンは、全長3.66メートル、最大直径1.52メートル、総重量約4.7トン。中心に中性子発生器を置いたプルトニウム239からなる中心核の外側に、爆縮レンズと呼ばれる各種爆弾を順次配置し、この外側の爆弾の破裂による爆縮によって、中心核の内部に置かれた中性子発生器の中で発生した中性子が、中性子反射器を経由して、中心核をして、一気に臨界量を超えさせるというものである。アメリカ軍が当初開発しようとしたのは、長

崎型であるが、開発にさまざまな困難が伴い、途中でできたのが広島型であると言われている。現に、原爆投下に先立ちわが国約50カ所で原爆投下訓練用に投下された模擬爆弾は、すべて長崎型だそうである。

　1945年8月9日午前9時40分過ぎ小倉に飛来して造幣工廠の上に原爆を落とそうとして失敗したB29「ボックスカー」は、目標を長崎に変えて、午前11時2分ファットマンを投下し、上空約500メートルで炸裂させた。ファットマンの威力は、TNT火薬換算で22キロトン相当であり、広島に投下されたリトルボーイ（TNT火薬15キロトン相当）の1.5倍であったほか、東西の高台や山地の間を流れる浦上川のある低地の上空で爆発したことから、この南北に細長い低地に沿って高熱の爆風が走ったことが被害を大きくし、死傷者は広島より多く、当時の長崎市の推定人口24万人のうち約15万人が死没、建物は約36％が全焼または全半壊した。

　広島で使用されたウラン235と比べ、プルトニウム239は毒性が強く、「人類が遭遇した物質のうち最凶の物質に属する」と言われ、それが被害を拡大させたことも否定できない。すなわち、半減期の長いプルトニウムは、アルファ線を出すが、透過能力が高くない。しかし、体内被曝の場合には細胞のDNAの至近距離で出すアルファ線が遺伝子を壊す。被曝量の違いは、1メートルの距離を隔てた外部被曝と1μ（ミクロン）の内部被曝の場合とでは、1兆倍の差がある。この放射能の灰を絶対に子供の体内に入れてはならないのである。

　ちなみに、福島第一原子力発電所3号炉はプルサーマルであったから、半減期が2万年を超えるプルトニウム239が大量に拡散している可能性がある。もし、これが、子供たちの体内に入ることがあれば、永久に身体を蝕み続ける。東京電力や施政者がこのことを発表しないのは、殺人行為にも等しい。

8月9日（火）夕方

## ㊵ 取調べの可視化と誤判の防止

　昼前、昨日入手した CD-ROM を持参して K 病院に行き、セカンド・オピニオンを求める。要は、再梗塞予防措置がとられないまま月日が経過することの是非についての意見を聞きたかった。そろそろ、アスピリン程度の投薬の時期が来ているとの意見。加えて、現在は、梗塞時の高血圧が改善されているが、今後の現場復帰を前提として、軽い昇圧剤を使ってみてはどうかとのこと。当初入院中の病院に見舞いに来ていただいた S 先生には CD-ROM の中のデータを見せていないが、再梗塞予防薬が投与されていないことに違和感を感じられた様子であったことも思い出し、K 先生に処方をお願いする。そして、今後は、K 先生に身を託すこととし、N 病院における次回の診察日に、K 先生への紹介状の作成を依頼することに決めた。妻にも異存はなかった。

　治療に複数の選択肢があって、いずれをとってもリスクはあると思うが、リスクが現実化したときに、自分たちの選択の結果だからと、患者と身内とが納得できる必要がある。私と K 先生との腐れ縁に照らせば、K 先生に託して、万一裏目に出ても、諦めがつくと考えた次第。

　ところで、本日の新聞報道によると、法務省の勉強会は、昨日「容疑者の取調べの可視化は、冤罪の防止のために有効」との報告書をまとめ、これを受けて、江田五月法相が、裁判員裁判対象事件について、可視化の試行範囲を増大すること等を検事総長に指示したようである。

　ところで、1988年11月5日に開催された、国連の市民的及び政治的権利に関する国際規約（B 規約）人権委員会の会合で、日本の捜査制度に対して、①起訴前勾留制度と、②代用監獄制度、③人身保護請求手続、④自白偏重の裁判と密室での取調べ、⑤証拠開示制度の不備を指摘し、こうした起訴前勾

留制度が、速やかに改革がされるべきことが、強く勧告された。

　ちなみに、①の起訴前勾留制度につき問題とされたのは、ⓐ警察の管理下で23日間もの長期間にわたり継続し、司法の管理下に迅速かつ効果的に置かれない。ⓑ被疑者がこの23日間、保釈される権利を与えられていない。ⓒ取調べの時刻と時間を規律する規則がない。ⓓ勾留されている被疑者に助言、支援する国選弁護人がいない。ⓔ刑事訴訟法39条3項に基づき弁護人の接見には厳しい制限がある。ⓕ取調べは被疑者によって選任された弁護人の立会いなしで行われることの6点である。

　取調べの可視化は、上記④の改善策の一部にすぎないが、これらは、戦後の刑事裁判において、数々の冤罪事件が発生したことを教訓として、これを防止するため、言い換えれば、検察官の暴走による危険から人権を守るために必要な措置であるとして、日弁連が早くから主張してきたものである。日本が自らを先進国と思いたいのであれば、これを放置することは日本人の恥とすべきであり、私たちは、すべての指摘事項について、一刻も早く改善しなければならない。

　確かに、取調べの可視化の問題は喫緊の問題ではあるが、それ単独では捜査官憲による国民の人権侵害はなくならない。取調べの可視化は、既述のような、代用監獄問題や令状主義を潜脱して顧みない人質司法の改善等とセットとして実現するのではないと、その目的を達し得ないであろう。

　取調べの可視化だけが表舞台に立つのは、裁判員制度導入時に、素人である裁判員を参加させる以上、誤判の防止のためには取調べを透明化する必要があるとされたためであるが、その折に、これらすべての誤判防止の措置を日弁連が強く望まなかった理由が私には理解できない。江田五月法相は、弁護士出身なのであるから、誤判防止のために必要な措置を十分に講じてもらいたい。

8月10日（水）

## ㊶ 拷問と残虐な処刑

　昨日取調べの可視化について考えたが、これまで、可視化の弊害として検察庁・法務省が説明してきたのは、捜査に支障があるということである。マスコミもこれを当然の主張と考えている節がある。必要に応じて強い尋問もしないと、犯人を自供に追い込むことができないというわけである。しかし、犯罪被害者の恨みを晴らすためには、自供を迫ってでも犯人を捕らえる必要があるという考え方には落とし穴がある。恨みを晴らそうとする余り冤罪の危険を忘れているからである。もっとも、マスコミの勘違いには理由がないでもない。すなわち、本来刑事裁判は、歴史的には、理非曲直を正すための手続ではないのである。

　部族社会の成立に伴い、野蛮な自力救済による社会の混乱を防止するため、部族間では紛争解決の最も簡単な原理として同害報復が採用され、部族内では族長が生殺与奪の権を専有する。

　権力機構の安定に伴い、同害報復のストレスを軽減する贖罪制度が誕生するが、贖罪契約の成立や支払いの有無を決する裁判において、実体的真実を発見し、それを前提として解決を図ることは容易ではないため、裁判を正当化するために、いろいろな工夫がなされた。わが国の盟神探湯（くがたち）や、「イリアス」の中でアキレウスの盾に描かれた人民裁判等である。

　国家が成立し、中央集権化していく過程では、世俗的権力により、統治機構の整備と合わせて、裁判制度も整備されていったが、実体的真実発見のための証拠法則や訴訟手続が意識されることはなく、それらは犯人の断罪を目的とした。たとえば、1532年にドイツでつくられたカロリーナ法典は、被告人が告発された犯行を否認するも、なお、嫌疑が消滅せず、他の方法をもってしてはその嫌疑を晴らすことができない場合には、拷問することを認め

た。ちなみに、全ドイツで拷問が廃止されたとされるのは1828年である。

　また、宗教的権力による宗教裁判では、被告人が悔恨して処刑されるならば、神聖な秘蹟の慰めを与えられ、永遠の地獄の苦しみから救われることができると信じられていて、裁判と処刑とは庶民の娯楽であった。なお、拷問死は無罪の証しとされたが、その場合、被告人は殉教者として尊崇の対象となり、拷問が非難されることはなかったようである。

　同時代のわが国でも、戦国大名にとって、刑事裁判の目的は、誰かを犯罪者としてみせしめのために処罰することを通じて犯罪の発生を防止することにあり、残虐な処刑方法が工夫された。

　明治維新に始まるわが国の近代化によっては、西欧の立憲君主体制に倣って富国強兵を支える体制をつくりあげる傍ら、刑事訴訟制度に関しては、1879年（明治12年）に新律綱領の改訂律例をつくって拷問を廃止し、1890年（明治23年）には、ドイツ法系の刑事訴訟法を導入することによって、弾劾主義や罪刑法定主義も導入したが、その後の政治警察と弾圧的立法に見られるとおり、刑事裁判の本質は、それ以前のそれと大きく異なるものではなかった。

　要するに、誰かを犯罪者と決めつけて処罰し、社会の秩序を維持することこそが、永く、刑事裁判の本質だったのである。「疑わしきは罰せず」とか「疑わしきは被告人の利益に」という新刑事訴訟法の理念が成立したのは、世界的にもごく近年のことにすぎないのである。

　インターネット上に、「近年、日本ではこの疑わしきは罰せずの原則に反して、性犯罪やセクシャルハラスメントに関係する裁判で、『疑わしきは罰する』や『疑わしくなくても罰する』というがごとき判決が相次いでいる」と書き込まれていることは、わが国の法曹に猛省を促しているものと考えなければならないであろう。

　すなわち、わが国では新刑事訴訟法の理念は、未だ定着するに至ってはいないのかもしれない。

## ㊷ 退院後の療養生活

　脳梗塞を発症したのは、5週間前の今日である。退院して2週間余を経過した。この間の療養生活を記録しておくと、概略次のようなものである。
　朝遅くまで寝ていようと思うものの、朝早く目覚める習慣が身に付いていて、退院の翌日から午前5時には起床。洗顔して、血圧測定後、食卓に向かう。退院直後の血圧は最低血圧80台前半と最高血圧130ほどであったが、最近は70台と120程度と、平常血圧に戻っている。食事は30分ほどかけて味わい、食後1時間程度ゆっくりと新聞を読み、テレビを見る。
　午前7時頃から、妻の運転で近所の公園に向かう。母が85歳を迎え、歩行が不自由になってきたので、運動能力の低下を防ぐために、妻は、母を歩かせようと、近くの公園に出かけることを日課としている。レモンの散歩も兼ねていて、母も、妻に支えられて、レモンと一緒に歩くことを楽しみにしている。私も、これに便乗する形でリハビリに励む。烏帽子形公園や美加の台団地の公園に行ったり、滝畑ダムの周回道路を歩く。
　午前8時頃から1時間ほど横になり、午前9時頃から2時間ほど、電子メールをチェックしながら、法人の事務所職員や弁護士と情報交換したり、業務の指示を行う。その後、休憩をとったうえで、正午頃から昼食、これも30分はかけるようにし、食後1時間以上昼寝。午後2時30分頃から午後の電子メール・チェックと業務指示。
　午後6時から夕食、これは1時間近くかけるよう努力する。軽くアルコールも摂る。
　なお、最近では、運動も始め、1日に2、3回、約5分間の踏み台の上下運動をしている。夕食後、読書したり、趣味の化石整理をしたりして、午後9時には就寝。

発病前と比較にならないほど、超スローライフに徹している。N病院の主治医の話では、もっと大人しくとのことであるが、そこまでは勘弁して欲しい。

電子メールでの連絡状況は、退院翌日の7月27日の記録を調べると、離婚調停の期日報告書チェック、遺言執行状況の依頼者への報告、新規依頼事件の処理の指示、刑事公判の打合せ日の決定、請負契約をめぐる紛争に関する担当弁護士への指示、交通事故被害者からの相談、広島高裁の裁判事件についての依頼者との協議、破産手続開始申立事件の経過報告と、建物明渡し和解金受領に関する事務連絡、大阪地裁の民事裁判の期日の連絡、保証債務の任意整理交渉事件の担当者への指示、刑事告訴事件の担当弁護士に示談交渉の進め方について意見する。

7月28日は、遺言執行事務について担当事務員と連絡、詐欺事件の被害者への報告書のチェック、示談交渉事件の報酬連絡、上場会社の常勤監査役との監査役としての連絡、更生債権者への報告書の確認、遺言委託者の死亡連絡と後処理の指示、上場会社の取締役会議事録の受領、J先生からコンプライアンス委員会の報告を受ける、K大学法務研究科と裁判傍聴の企画の調整、交通事故被害者に対し弁護士紹介についての意向を打診、事務局職員作成の私的整理の提案書のチェック、和解交渉中の依頼者への相手方代理人の意向の報告の指示等である。

2日間を例にあげたが、これらは、1日3、4時間の業務量にすぎない。発病前は、午前7時40分頃事務所に入り、午後6時までは執務していた。客との外食や、客先への訪問の予定があればそれから出かけるが、予定がなければないで、事務所内で晩くまで執務しており、いずれにしても、午後9時までに帰宅することはほとんどなかった。

9月以降現場復帰してからの業務処理の仕方については、よく考えておく必要がありそうである。

## 43 獣医療過誤裁判における過失認定事例

　猛暑日が続いているようであるが、自宅療養の身で、終日冷房の効いた室内で過ごす。平素は、早朝と日没後に、リハビリのために甲羅から出た亀のように少しだけ外出する程度であるが、今日は、お盆を控えて、父の墓参りとお迎えのために、観心寺に出向く。

　ところで、K大学の法学部は、少子化問題の対策の一環として、T大学、G大学、O大学との4校で、「動物と法概論」のテーマで、同時中継による遠隔授業を計画しており、私にもお誘いがあった。5月25日各校の関係者が集まり、K大学の関係者が模擬授業をしたが、私も1コマ担当した。娘が、子供の頃一時獣医師になりたいと言っていたことと、T犬猫病院のT先生と親しくしていたことがきっかけで、地元獣医師会の開業部会の顧問となり、獣医師に関する多方面の法律問題に関与してきたことから、私の関心領域の1つである。

　さて、何ということか、入院中の7月10日に、電子メールで18日までに模擬授業の報告書を提出するよう、法学部から連絡が入っていた。気づいた時点で、事情を説明し、期日を9月3日まで伸ばしてもらったが、退院したからには、借金は早く返しておこうと、執筆することにした。

　以下は、その要約の紹介である。

　私が分担していた講義は、「獣医療過誤の責任とコンプライアンス」であったが、今回の発表時間には制約があったので、「獣医療過誤裁判における過失認定事例」に限定して試みた。

　人についての診療契約では、原則として、患者の意思によらない医療の中止が認められないのに対し、獣医療の対象はあくまでも動産であり、飼主が

生殺与奪の権を握っている関係で、獣医療契約の内容は合意によって定まるという大きな違いがある。

　そして、獣医療契約における過失の認定基準については、人の場合の医療水準論が踏襲されている。したがって大学の獣医学科の付属病院であったり、街のペットを扱う個人の獣医院である等の当該獣医院の性格等を考慮して、期待される医療が提供されたか否かによって、過失の有無が判断される。また、人の診療契約に関してさまざまな付随義務が判例上認められるに至っているのと同様、獣医療においても、いくつかの付随義務に関して債務不履行を認める裁判例が現れるに至っている。その第1は説明義務違反であり、その結果飼主の精神的損害に対する賠償のみを命じるものだけでなく、説明の欠如により患畜に対する侵襲行為が不法行為を構成するとして全損害の賠償を命ずるものとが存在することも、人の診療契約の場合の判例と同様である。その第2は転医・転送義務違反である。

　しかし、獣医療の場合には、飼主の意思によって治療の内容と程度とが異なるし、そもそも、飼主も費用を想定して、獣医院を選択していることにも照らせば、人の医療に関する裁判例を、そのまま踏襲することの是非については、一度検討しておいた方が良いように思う。

　ただし、そうした問題を内在しながら、獣医療過誤により損害賠償を命じた裁判例を子細に検討すると、一部の例外を除き、これまでの給付額自体は抑制的であり、そこに微妙なバランスを図ろうとする裁判所の意思を見てとることができる。

　ところで、近年、飼主の精神的損害の賠償については、慰謝料一般の高額化傾向に沿って次第に高額化しているようにも見られる。しかし、コンパニオン・アニマルの時代においては、身近なところに獣医療が存在することが不可欠であり、もし、慰謝料の高額化が診療費の高額化を招くようなことがあれば、低所得層の動物飼育を困難ならしめ、社会の需要に逆行することになりはしないか。

8月13日（土）朝

# ㊹　五山の送り火と放射能汚染

お盆である。朝お寺さんが来られる予定。昨夜から妻や母は、仏壇の掃除や御霊供膳の準備にかかっている。無神論の家庭であり、茄子や胡瓜の馬等を準備するわけでもないが、お世話になる観心寺のご住職に敬意を表するためにも、気持ち良くお経を読んでいただく環境をつくる。

近く8月16日には、恒例の京都の送り火が焚かれるが、今、その時にくべる薪のことで、マスコミが大騒ぎである。

大文字には、「大文字」と、「松ヶ崎妙法」、「舟形万灯籠」、「左大文字」、「鳥居形松明」とがあるが、沿革的にも代表的なものが大文字であり、京都市左京区浄土寺の如意ケ岳の山麓にある通称大文字山で、午後8時に他に先立って点火される。その火床は75カ所、大きさは、一画80メートル（45間・19床）、二画160メートル（88間・29床）、三画120メートル（68間・27床）で、保存会は、浄土院の檀家によって世襲されている。

私は、昭和42年から大学生として京都の一乗寺にあった友禅染の工場敷地の一角に建てられた下宿を住まいとしていたが、当時、如意ケ岳の登山道の入口あたりの下宿に複数の友人が住んでおり、大家の1人が、保存会の会員であったことを覚えている。○○代目○○左衛門といった大時代的な名乗りの方であり、さすがに京都だと思った。

東日本大震災の被災地である岩手県陸前高田市の景勝地「高田松原」は、津波で壊滅的被害を受けたが、被災者の供養のために、枯れた松からつくった薪を京都市の「五山送り火」で燃やそうという話が持ち上がったが、大文字の保存会から、放射能汚染を心配する声があがり、いったんこの話はとりやめになった。

ところが、なぜか、マスコミはこれに対する批判の大合唱で、大文字以外

**44** 五山の送り火と放射能汚染

の四山は受入れを発表し、大文字山も京都市長の骨折りもあって、放射能測定の結果汚染のないことが確認されることを前提として、受入れの意向表明に転じた。しかし、薪からセシウムが測定され、結局大文字では使用されないことになり、再び、大文字に対する批判の声に火がついた。

　しかし、大文字保存会の判断は正しい。今回測定された放射能はセシウムであるが、原子力発電所の事故でセシウムが注目を浴びているのは、半減期が短い関係で被害を小さく説明できるので、行政等がその数値だけを発表しているためだと思う。しかし、セシウムの汚染が推測させる他の放射能物質による汚染こそ大問題である。セシウムの薪の灰を食べても障害がないと言う学者も存在するとのことであるが、もし、薪にプルトニウムが含まれていてこれを食べて内部汚染すると、高い確率で甲状腺癌などを発病すると考えられる。

　薪の放射能測定値に関するマスコミの照会先である原子力学者の多くは、事故の責任者でもある。原子力安全委員会において、公聴会その他の機会において、原発反対裁判の証人尋問において、さらには、今回の政府の原発対策の指導において、数々の誤りを重ねている学者たちに「安全」と言わせ、マスコミが、情緒的なキャンペーンで、反原発の市民の動きを封じようとしているのは、なぜであろうか。

　今朝のN新聞は、「陸前高田市民の、『送り火』に使うことによって、風評被害を解消しようとしていたのに、かえって、逆効果になった」とのコメントを掲載していた。

　勘違いして欲しくない。風評被害ではない。わが国では、深刻な放射能汚染が今なお続いている可能性がある。福島原発の事故によると思われる放射能汚染が、離れた陸前高田市で確認されたことの重要性を、マスコミが一切報道しないのは何故であろうか。汚染物質の除去のための政策は、ほとんど手をつけられていないのである。

8月13日（土）昼

## ㊺ スイスのKちゃんへ

　姪のKちゃんの結婚式が近づいてきた。母国の会社に就職し在日勤務していたスイス人のSさんと恋仲になり、彼の転勤に伴いスイスに移住し、彼の両親の了解を得て同棲生活を続けている。彼女の母親は同意しているが、父親は未だに許していない。祖父は、甲府に住み、印刷屋を営み、地元選出の国会議員金丸信氏の後援会で活躍された。金丸氏が議員失脚の頃次男に仕事を譲り、まもなく亡くなった。先祖は旦那寺再興の10人衆だかの石碑に名を刻まれている。

　この祖父には2男1女がいるが、Kちゃんの父親である長男のほかには、子がなく、Kちゃんと妹のTちゃんのいずれにも、家を継ぐという観念はない。父親は、この点が寂しいので反対するのだろうと思う。しょせん、親は子供の人格を認めるしかないのにと思うのだが。

　そのKちゃんのスイスでの同棲生活もほぼ1年となり、今夏、スイスで親や友だちを招待して、結婚式と披露宴とを催す予定。私も、出席したいと思っていたが、今回の病気のこともあって、出席できない。代わりに、将来、妻とともに、一度表敬訪問に出かけたいと思う。スイスといえば、仕事でドイツからイタリアに向かう飛行機の中から、小さな、しかし、毅然と聳えるマッターホルンを眺めて感動したことがある。若い夫婦に案内してもらって、トレッキングコースを回ってみたい。

　Kちゃんがスイスに転居する際に、わが家では、Sさんを招き、ごく近しい親族の参加も得て、ささやかな結婚披露宴を開き、お祝いをしているが、今回も、他国で生活するKちゃんへのひと言を、その母親に託そうと考えて認める。

　Kちゃんおめでとう。かつての日本は活力に満ちていましたが、現在は、

### 45 スイスのKちゃんへ

　過去の経済競争の結果蓄積された遺産を食い潰すだけで、将来の夢に乏しい国になってしまったような気がします。その理由は、覇気に乏しい国民性にも求められると思いますが、その覇気に乏しい人たちが中枢に陣取っている日本の世の中は、ルソーが説いた自由教育が理想としたとおり、自分の考えや意見を常に持つKちゃんにとっては住みにくかったのだろうと思います。

　特に、Sさんと知り合ってからのKちゃんは、生き生き、潑剌としており、人生の楽しさを謳歌しているように見えます。Sさんは、素晴らしい職業人であるとともに、優しい人柄の紳士です。このたび、お二人は、ご両親を初めとするたくさんの方々の応援を受けて、結婚式と披露宴とを開催されますが、あらためて、心から、おめでとうと申し上げます。

　ところで、伯父さんの仕事は弁護士ですから、身分関係の争いも扱います。その時にいつも思うのは、結婚式の際に、神父さんに対して、「病める時も健康な時も添い遂げます」等と誓うことの意味をしっかりと受け止めて欲しいということです。いざ伴侶が不幸に陥った時に、他の配偶者がこれを支えることを嫌うような夫婦が、最近は多いように思います。長い結婚生活の間には、お互いに支え合うべき時は無数に訪れます。しかし、そうした苦難を共に乗り越えて行く時にこそ夫婦の絆は強くなりますし、それぞれの人生がより深みのあるものとして熟していくのだと、私は思います。

　ところで、マザー・テレサは、最も貧しい人の中にこそイエスがおいでになると信じて、そのイエスと共に居るために、貧しい人のために自分の生涯を捧げました（鎌倉時代の僧である忍性が、わが国のハンセン病の患者の姿に文殊菩薩を見て、自らの生涯を捧げたことを思い起こさせます）。すべての人には支えが必要です。

　Kちゃん、Sさんとともに、お互いに支え合って、豊かな家庭を築いてください。そして、たまには、日本にも顔を見せに来てください。お幸せに。

8月14日（日）

### 46 菅首相の退陣

　いよいよ菅首相が退陣意思を表明した。かねて、民主党の岡田克也幹事長が、菅首相は、平成23年度第2次補正予算案、特例公債法案と再生エネルギー特別措置法案が成立すれば退陣すると述べていたことが、現実のものとなった。

　早速、民主党の野田佳彦財務大臣は、代表選挙出馬と、多数派工作の一環としての大連立構想を発表し、マスコミはこれを応援するかのごとく、一斉に報道している。

　ところで、近年のわが国で最も財政規律に厳しかった総理大臣は小泉純一郎であったが、毎年補助金の一律削減等を強引に推し進めながら、任期中さらに積み上げた財政赤字と、わが国が失った国富の量とは、歴代の総理大臣に比べても最悪であったという現実がある。確かに、わが国の財政赤字の規模は対GNP65％と、先進諸国のそれをはるかに凌駕している。

　ところで、アメリカでは、財政規律を重視する共和党と、むしろ財政出動による税収増を期待する民主党とが存在し、総選挙時の国民の選択に従い、いずれかが政権を担うことによって、公約した政治が行われる。わが国でも、自民党と社会党の2大政党時代が長かったが、後者には政権を担う能力がないことを国民に喝破されて実際には自民党一党支配が続いてきた。その結果続いた利権政治と世襲議員の跋扈とが、国家の財政を危うくして久しいことから、ようやく、民主党が、自民党に代わって政権を担う能力のある政党として議員数を増やしてきた。

　しかし、民主党にはいくつかの克服しなければならない課題がある。1つは、自民党議員の世襲化に伴い、官僚による政界進出の道が民主党によって開かれたため、民主党議員は官僚との親和性が高い。その2は、政党の力の

背景である集金能力はろうたけたベテラン政治家に期待することになるため、彼らを取り巻く財界の影響力も無視できないことである。

　官僚は、本質的には、省益の減少と冒険による失政とを恐れて、財政規律を主張するし、財界も、国民生活の支援による購買力の向上よりも即効性のある企業活動の支援を望み、税の再分配の工夫よりも減税を好む。

　しかしながら、どちらかと言うとアメリカにおける共和党的体質の自民党が存在するわが国には、アメリカの民主党に近い政党が必要ではないかと、つねづね私は思っている。民主党のベテラン政治家も、それを意識したからこそ、子供手当や、農家補償制度を打ち出した。また、日米安保条約を中心とするわが国やアメリカの利権構造等にも切り込もうとした。動機はともかくとして、菅首相の脱原発構想等もその延長線上にある。

　そのため、財界と官僚とは、日本脱出等の脅迫を加え、あるいは、日米の軍事・経済のズブズブの関係を死守することを国是とするアメリカの発言や、官僚に踊らされるマスコミの報道等の支援を得ながら、若手民主党議員の囲い込みを行ってきた。

　同時に、沖縄アメリカ軍基地問題や小沢一郎問題で、民主党のベテラン政治家相互間、あるいは彼らと若手政治家との間に波風を起こさせ、本来、民主党政治家の多数意見であったはずの増税慎重、財政投資積極の姿勢をとる政治家の求心力を低下させる戦略がとられてきた。アメリカにおける共和党的政治を日本において何としてでも続けるためである。

　私は、菅首相には、組織運営能力が全く欠落していたと思うが、後任に、過去の利権構造にそっくり飲み込まれ、組織に操られる人物が就くならば、以前の自民党政治の復活以外の何ものでもないと思う。野田佳彦氏は、国民に期待される民主党像を築きあげることができるのか。できないと私は思う。

## 47 終戦記念日に思う
## ——大仏次郎の憤懣

　本日は終戦記念日であるが、新聞が休刊日なので、とってつけたような戦争記事を読まなくて済むが、テレビでは、戦争秘話のようなものを報道する番組もある。

　これまで、終戦記念日が近くなると、第二次世界大戦に関する書物を読むことを習慣にしていたが、還暦を過ぎて、戦争末期の日本軍の非人間的で無意味な数々の愚かしい戦略等に触れると、腹を立てたり、つらくなったりで、よほど健康な時でないと読み進められなくなった。

　今年は、大仏次郎の『敗戦日記』を買ってきた。終戦翌日には、「驚いてよいことは軍人が一番作戦の失敗について責任を感ぜず、不臣の罪を知らざるが如く見えることである」と憤懣やるかたない気持ちが記されている。

　ところで、終戦前の大阪府知事の池田清は、新進気鋭の民俗学者であった宮本常一に対して、日本の全面降伏を予期して、わが国立直しのために、蔬菜を確保するための協力を要請した。宮本常一もこれに応えて、調査のために大阪府下各地を訪れ膨大な報告書を作成するとともに、それが空襲で失われた後も、農村の指導等に尽くし、やがては自らも農業を営んだり、縁あって、水産業振興のためにも尽力している。宮本常一の行政的能力には疑問もあったようであるが、その後円熟期を迎える「歩く民俗学者」は、農村や、漁村、山村が有していた膨大な文化や歴史を、詳細極まりなく報告するとともに、1972年に刊行した『農村の崩壊』の中では、農業が荒廃し、農村が共同体としての機能を喪失していきつつあることに警鐘を鳴らしている。

　司馬遼太郎も、『宮本常一——同時代の証言』（宮本常一追悼文集編集委員会編・1981年刊）の中でこのことに触れて、「人の世には、まず住民がいた。つ

まり生産を中心とした人間の暮らしが最初にあって、さまざまな形態の国家はあとからきた。(中略)国家には興亡があったが、住民の暮らしのしんはかわらなかった。そのしんこそ『日本』というものであったろう。そのレベルの『日本』だけが、世界中のどの一角にいるひとびとも、じかに心を結びうるものであった。そのしんが半ば以上ほろび、新しいしんが芽生えぬままに、日本社会という人間の住む箱は、こんにち混乱を続けている」と述べている。

わが国の復興は、この田舎の文化の維持と食糧生産という経済活動とを１つの重大な柱としてめざすべきであったという意味では、池田元知事には先見の明があった。高い食料自給率を誇るフランスは、国民の文化と経済の層の厚さとを農業とともに保護してきたものと推測できる。

しかし、わが国では、田舎の「地縁」、「血縁」に代わり、都市の「社縁」が、社会の新しい安全弁として国民生活を保障してくれるという幻想が横溢し、若者は、集団就職で都市部に労働者として囲い込まれ、年功序列型終身雇用制と年金制度とによって、豊かな人生を送ることができると教えられた。一方、農地解放と均分相続制の導入とによって細分化された農業は、その後有効な活性化策がとられることはなく、農村に残った老人による零細農業は自民党政権の集票機構に組み込まれるとともに、農民は、農協による経済的収奪構造にも支配されるようになり、都市部に出て、会社に就職する等した若者が帰郷しても、もはやこれを支える力を失っていった。今や、わが国の食糧自給率たるや独立国の体をなしていない。

その挙句、自民党政権末期に経済のグローバル化の美名の下に、前述の「社縁」の仕組は壊され、年金制度も破綻状態にある。わが国では、早くから内需の振興が叫ばれながら、実際には内需振興の要となるべき地方の経済を切り捨てる共和党型の政治だけが行われてきた。

大仏次郎の憤懣を、今の経済情勢の責任者に対しても吐きたいところである。

## 8月16日（火）　48　化石の整理

　今朝、観心寺に、先日いただいた亡父のお札を納めに出かけた。鬼子母神前の池の中に育った蒲の穂に気がついた。猛暑が続いているが、自然は次の季節の準備に怠りがない。

　脳梗塞で死にかけて気づいたことはたくさんあるが、その1つに趣味で集めた化石の始末がある。

　せっかく集めた化石類であるから、いずれ散逸するにせよ、一時的にであれ、子供たちに知的な刺激を与える道具になればと願い、Sセンターに寄贈することを考えたことがある。しかし、せっかく寄付した以上はその後の催事に何らかの関与をしたいとか、いっそのこと小さな私設博物館等は運営できないものか等と欲が出る等して、自分の寿命がまだまだあると思うばかりに、つい何の決断もできずに、今日まで来てしまった。

　そこで、自宅療養の退屈しのぎに、すでに標本箱に整理している化石だけでも、同定できるものは同定する等してラベルを整備し、いつでも寄贈なり寄託なりできるようにしておこうと思い立ち、先日からその作業を開始した。

　まずは、三葉虫化石の標本箱から整理をはじめ、今日で14箱の整理を完了した。三葉虫とは、縦軸に沿って3つの部分に分かれていることからの命名であるが、頭部、胸部、尾部の3部分にも分かれている。カンブリア紀の大爆発の際に姿を現し、カンブリア紀に栄え、40センチもある大型のものも現れた。私の収集品には、カンブリア紀の物が多く、オルドビス紀やデボン紀の物がそれに続くが、その間のシルル紀の化石は一転して少なく、デボン紀の後の石炭紀とペルム紀の化石の種数は、さらに限られているように思われる。

### 48 化石の整理

　ところで、カンブリア紀末には、海退によって浅海域に栄えた三葉虫が絶滅するということはあったが、それまで沖合で生活していた三葉虫が放散することによって、繁栄を続けた。
　ところが、オルドビス紀末には、浮遊性生物の大絶滅が引き起こされた結果、一生または生活史の一部が底生である三葉虫は生き残ったが、浮遊性の三葉虫は絶滅した。
　シルル紀に入ってから再び放散が始まり、ファコプス目を中心として三葉虫が大発展を遂げたのはデボン紀であった。世界の三葉虫の産地の中でも名高いモロッコとボリビアとでは、この時代の化石が豊富である。モロッコでは土産物産業を形成していること、ボリビアについては元日本大使館員で、和歌山県田辺市にお住まいの大野透太郎さんが紹介に努められたこと等から、私もたくさん収集している。しかし、デボン紀末になるとファコプス目の姿は消え、楕円形状の身体と曲玉（勾玉）状の眼を特徴とするプロエタス目以外の三葉虫は目立たなくなる。そして、石炭紀、ペルム紀と種数を減らし、ついには、古生代と中生代との分け目となったペルム紀の大絶滅のために、三葉虫は滅びてしまう。
　面白いことに、わが国で発見される三葉虫の化石の多くが石炭紀とペルム紀のものであり、その多くは、シュードフィリプッシアの仲間である。ちなみに、以前紹介したＳさんは東北でこの仲間の研究をし、彼が発見した新種の中には彼の名がつけられているものもある。
　もっとも三葉虫の分類方法は研究者によって大きく異なり、特にプロエタス目の扱いは千差万別である。
　標本には、三葉虫やアンモナイトやウニ等のように同一の生物を時代を超えて集めた標本と、わが国の産地別の標本とがあり、それらを整理する作業が私を待っていることになる。
　どちらかというと、私は、ロマンのある古生代の化石が好きで、中生代の化石がそれに次ぐが、あらためて標本を整理する中で、新たな知識を得るのは楽しい。私の身体を心配する妻からの許しの範囲内で作業を進めたい。

8月17日（水）

### ㊾ 安愚楽牧場の民事再生手続の申立て

　先日来、安愚楽牧場の民事再生手続の申立てについてマスコミの報道が続いているが、消費者被害の大きさを騒ぎ立てるものの、それを防止できなかったマスコミの無力については、相変わらず何の反省もない。

　2011年年4月頃発生の宮崎県産の牛の口蹄疫問題は、全国の畜産農家と、これに関連する事業者に対して大きな損害を与え、消費者にも大きな不安を与えたが、5月には、地元の「旬刊宮崎新報社」が、「安愚楽牧場――重大犯罪だ！　口蹄疫発生1ヶ月も隠ぺい」という記事を発表しているが、大手マスコミは口を閉ざした。

　折から、和牛の解体、加工を業とするO株式会社の民事再生手続の申立代理人であった私も、当時、業界の常識として、口蹄疫問題の発生源は安愚楽牧場であると聞かされていた。その頃既に全部の牛には登録番号が付せられていて、国産牛肉ほどトレサビリティーが徹底している食材はないと言われていた。口蹄疫が発覚した牛の登録番号を検索すれば、その飼主を明らかにすることができたのである。福島第一原子力発電所の問題がきっかけで国民にもそのような制度の存在が広く知られるようになったとおりである。

　マスコミが独自取材しさえすれば、口蹄疫問題の根幹に肉薄できたはずである。しかし、大手マスコミは、宮崎県の家畜保健衛生所が口蹄疫を見逃したと報道することによって、事態の収拾を図り、安愚楽牧場の責任や、証拠隠滅その他の工作には、一切触れることがなかった。マスコミだけではなく、行政や、政治家も同様であった。時の宮崎県知事は東国原氏であったが、彼も動かなかった。政治とマスコミとが安愚楽牧場を延命させたのはなぜか。

　真相を公表しさえすれば、それ以外の酪農家や、和牛を扱う事業者を救う

ことができるのに、安愚楽牧場の背後にある政治家や政党への慮りを優先し、公正な報道姿勢を放棄したのである。

　幸いにも、当時私が関与したO株式会社も事業の再建には成功した。しかし、工場見学で印象的であったのは、再生会社が、屠殺した牛から頭部と内臓をとり背骨から真っ二つに割いただけの牛の枝肉を仕入れてきて、これを切り分けて流通しやすいブロックにする作業である。居合わせた数名の作業員はすべて還暦以上であったが、手にした包丁をやすやすと肉と骨の間に入れていく、半身の解体にかかる時間は45分くらいであったろうか。その間包丁がただの一度も骨に引っかかることがなく、それでいて無駄をつくらない。その職人芸の確かさを見ていると、この人たちの生活を、政治がらみの口蹄疫問題ごときで失わせてはならないと考えざるを得なかった。

　知り合いの中には、長年焼肉屋を経営している者もあり、BSE問題に、焼肉のフランチャイズ・チェーンの参入、口蹄疫、そして、最近では福島第一原発の放射能汚染問題と、次々と業界を襲う苦難にヘトヘトになりながら、家族の生活を守るために頑張っている。

　しかし、たくさんの人々の生活にかかわる酪農会社、それもわが国で流通する肉牛の相当割合を供給していた安愚楽牧場の経営は、あまりにも不透明であった。しかも、その必要資金は、銀行借入金や、情報公開が必要な株式投資による資金ではなく、個人からの投資資金の形で調達されていたのである。

　安愚楽牧場は、口蹄疫問題による破綻は政治力で免れられたが、それによる損失等を補うための資金調達のために、従前よりもさらに有利な条件を示し、投資資金名目で、零細な市民の資金を調達したという。その被害については、政治家もマスコミも共犯者ではないか。

　一般負債620億円に対し投資家の損害は4000億円という。本当にDIP再生の事案か。疑問に思う。

8月18日（木）

## 50 歌踊奏

　NPO法人の2010年度の決算について、関係者と連絡を取り合った。
　私が河内長野東ロータリー・クラブ（RC）の会長を引き受けたのは、2006年7月から始まる年度である。その年の11月に、市内のすべての幼稚園と保育園（各10園合計20園）に呼びかけて、市内最大のホール「ラブリーホール」で発表会を催す企画を実施した。
　本当は、私の元依頼者に指揮者がおられたので、その方の支援を得て、南河内で活躍しているママさんコーラスに呼びかけて、コンクールを開催するというのが、私の当初提案であったが、私のロータリー年度の開始前に、役員候補者と一緒に繰り返した綿密な検討の過程で、「集客力が一番なのは子供」という常識的な考えが支持を得て、対象者がグンと若返った。
　そして、幼稚園児や保育園児に晴れの舞台で発表する機会を与えよう、演目は、合唱でも舞踊でも合奏でも良いということで、企画名が「歌踊奏」となった。RCが費用と労働とを提供して、対象の約半分の9園の参加を得て、成功裏に終わらせることができた。その結果、この企画は、2007年7月以降に始まる各年度の会長も引き続き実施してきてくれている。
　しかし、RCの社会奉仕活動は、社会にとって有意義な奉仕活動を旨とはするが、継続的な事業として行うのは、むしろ例外的であると私は考えている。本来、そのような社会奉仕に始まった活動は、RCの関与がなくても存続できるように図ることが求められているからである。そして、RCの方は、絶えず、新しい奉仕のニーズを研究し、実践していく必要がある。
　そこで、私は、「歌踊奏」を継続するための運営母体としてNPO法人を設立することを企画し、まずは、催しの費用を集める組織としてこれを立ち上げた。正式名称は、「南河内子ども応援団」、設立日は2010年3月23日であ

る。私自身がNPO法人の設立事務に関与したので、その後RC事務局のNさんに手伝ってもらうほかは、そのまま私が小間使い兼経理部長兼理事長となった。決算期末は6月末日なので、初年度決算は、2010年6月30日で締めた。会計に不案内な私がNPO法人の説明書と首っ引きで決算報告書をつくった。監督官庁の大阪府は気軽に受け取ってくれたが、今年見直してみると間違いだらけで赤面ものであった。

　ともあれ、私の発病直前の6月末日に、2回目の決算期末を迎えているので、先日、預金通帳を記帳したうえで、その後2日ほどかけて決算書を作成した。そして、監事のYさんに対して監査を依頼し、承認が得られればこのほど新しく監督官庁となった河内長野市役所に届けることになる。今日は、その関係の連絡をしていたわけである。

　ところで、演奏会の持ち時間は1園15分程度であるが、1学年出演には十分な時間である反面、全園児の出演となると参加園の負担も大きくなるので、それぞれの園が最終学年の園児に大舞台での思い出をつくってもらうような催しに育ってきた。また、最近は、体操教育に力を入れている園も参加され、その園の参加者は、舞台狭しと、平均台、回転、跳び箱、鉄棒等々をこなしながら、走り回ってくれて壮観である。

　園によっては、「抱きしめ」を教育課題としたり、集団訓練よりも個性の芽生えを大切にするところもあり、そのような園が参加されないのは納得できる。しかし、開催日である土曜日に出勤することに同意しない保母さんが多くて参加できない園もあり、それはどうなのかなと思う。

　本年11月には、第6回「歌踊奏」が開催される予定である。

## 51 ドイツの学生ローン返済金の判決に思う

　早朝雨が降り、猛暑の中休み。午前7時前には雨もあがったので、恒例の散歩に出かけた。桜の枝先の一部の葉は黄色く変化し、アメリカフウの樹の根元には、茶色くなった大きな葉が少なからず落ちていることに気づいた。8月下旬は再び暑くなるというのが天気予報であるが、次第に猛暑も緩和されていき、やがては案外そこまで近づいている秋が姿を現すのであろう。

　テレビの国際ニュース番組で、ドイツの裁判所が、大学生活を送るための学生ローンの返済金を、卒業後就職した年の収入に対する経費として扱うことを求めた市民を勝訴させたという報道があった。このローンは本人が借入れ、就職後返還をしていくものである。

　ドイツは、わが国と似た法制の国であるし、国民性もわが国とは似通っている部分があると私は思っている。就職後の就労債務の履行費用ではなく、就職前に使用済みの借入金の返済金なのであるから、それを所得から控除することを求める裁判は、容易に勝てそうにないのに、そのような裁判がドイツで提起され、原告が勝ったことは、意外であり、興味深かった。

　そこで、この裁判の帰すうが世の中にどのような影響を与えるかについて考えてみた。

　現代社会の中で、一定の経済的地位に立つためには、それなりの教育が必要である。イギリスの場合には、一般市民は早期に職業学校に進学する関係で、大学に進めること自体が1つの幸運であるが、アメリカの場合には、大学を卒業することがアメリカン・ドリーム実現の第一歩と信じられている。現実には、アメリカン・ドリームの実現に結びつく然るべき大学は限られていて、その入学者は、子供の頃から幅広い知識等を与えられる裕福な市民の

子弟によって占められている。貧しい多くの国民の子弟も、学生ローンを利用して大学に進むが、教育環境におけるハンディキャップのために、大学のランクは高くなく、就職も容易ではなく、逆に、学生ローンの過酷な取立てが現在社会問題になっている。わが国の破産・免責制度はアメリカを範とするが、アメリカでは、30年ほど前に、学生ローンのおかげでアメリカン・ドリームをつかんだ途端に免責を受けて爾後の収入を自由財産とするのはおかしいという理由で、法改正により学生ローンは非免責債権とされた。その後の経過を見ると、金融業界の策謀であったように思われる。

翻って、私たちの大学時代に思いを馳せると、大学には安価な学生寮があったし、多くの都道府県の県人会等も郷里の優秀な学生のために、寮を準備していた。また、公的な奨学金制度のほかに、それらの県人会や、企業、篤志家が準備する奨学金制度があった。家庭教師その他のアルバイトで不足を補うことも不可能ではなかった。したがって、私の友人でも、法学部4年間の生活を、仕送りなしで送った者がいるし、それは、決して不思議なことではなかった。

わが国は、社会のストレスを吸収するためのこうした仕組を、その後の一連の経済優先政策の展開の中で失ってしまった。その結果、東大、京大、阪大等の旧帝大1期校に進学する者とそうでない者の家庭の所得には、極めて顕著な有意差があることが知られている。

こうした地位や身分の固定化を肯定しないことが民主主義の精神であるとすれば、低所得層の子弟が大学進学のために使用する学資ローンは、社会の新しいセーフティー・ネットと言えなくもない。その点に着眼すれば、より、使いやすくすることは大切である。他方、学資ローンの使用者に、社会人1年生時からその返済を強いることは、非利用者との間で経済生活に差を設けることになる。少なくとも、その返済金を経費と考えることによってこの格差を縮小するという考え方は、むしろ合理的であると言うべきかもしれない。

### 8月20日（土）

## 52 プロフェッションとは

　夏の甲子園野球の決勝戦、青森代表の聖光学園と西東京代表の日大三高との間で競われ、11対0で後者がみごと優勝に輝いた。東日本大震災の被災地から出場した聖光学園への優勝の期待が大きく、双方戦いにくくなければ良いがと心配していたが、投打に勝るチームの順当な優勝と言えそう。負けチームも、ハツラツと闘い、結果に対する悪びれない態度にも好感が持てた。

　さて、春学期の期末試験の成績提出期限も迫ってきたが、退院早々K法科大学院に送った倒産法演習のレポート課題の答案が未だに送られてこない。状況確認方々催促することにする。

　ところで、現在のK法科大学院の2年生の学生数が少ないことから、春学期の法曹倫理の講義はもう1人の講師に譲ったが、もし、担当していたとすれば、学期末試験の問題は、恒例に倣って、プロフェッションとしての自覚を問うものであったと思う。自らの使命に対する自覚のある者こそが、司法制度改革審議会の意見書が新しく求める法曹だと思うからである。

　法律上特別な資格を付与されて法律事務を遂行できる以上、法曹が受任を故なく拒否することによって、法律の救済を受けられない人を生じさせてはならないという「使命」を、法曹は負っている。忙しいから、小額事件はやらないことにしているから、○○分野は専門外だから等の口実は、受任拒否の正当事由足り得ない。

　もとより、司法試験の合格者数の増加により、法曹としての自立は容易でなく、長期的戦略を持って自らの法曹像を追い求めていく必要があり、そのことの啓蒙も法曹倫理の授業の大切な課題であるが、最初に、すべからくプロフェッションでなければならないことの自覚が不可欠なのである。日弁連のN元会長が、司法修習生に対する挨拶で、「恒産なければ恒心なし。ま

ず、2億円を稼ぎなさい」と話したことがあるが、彼こそは弁護士の失格者である。

　プロフェッションの概念の沿革を見ると、どうやら、近代市民社会の成立とともに形成されてきたようであり、哲学的な考察の下で、特別な専門職が克己心を持って自らに課すべき責任として認識されるに至ったようである。その意義は、法曹と同じくプロフェッションである医師の先輩である緒方洪庵の言葉に言い換えれば、容易に理解できると私は考えている。

　彼は、ドイツのフーフェランドの病理の教科書を「扶氏経験遺訓」として翻訳し、刊行するに際し、その巻末の言葉を洪庵流に整理し、「扶氏医戒之略」とした。「医の世に生活するは人の為のみ、おのれがためにあらずということを其業の本旨とす。安逸を思はず、名利を顧みず、唯おのれをすてて人を救はんことを希ふべし」、「病者に対しては唯病者を見るべし。貴賤貧富を顧ることなかれ。長者一握の黄金を以て貧士双眼の感涙に比するに、其心に得るところ如何ぞや。深く之を思ふべし」、「其術を行ふに当ては病者を以て正鵠とすべし。決して弓矢となすことなかれ。固執に僻せず、漫試を好まず、謹慎して、眇看細密ならんことをおもふべし」、「不治の病者も仍其患苦を寛解し、其生命を保全せんことを求むるは、医の職務なり。棄てて省みざるは人道に反す。たとひ救ふこと能はざるも、之を慰するは仁術なり。片時も其命を延べんことを思ふべし」、「病者の費用少なからんことを思ふべし。命を与ふとも、其命を繋ぐの資を奪はば、亦何の益かあらん。貧民に於ては茲に斟酌なくんばあらず」等々法曹にも求められる戒めが散りばめられている。

　彼は、「虎狼痢治準」を著したり、ジェンナー牛痘種痘法の普及のために除痘館の設立等に寄与する等、先進的医療の導入に努めたが、その原点は、プロフェッションとしての高い精神性だったのである。

# 8月21日（日）
## 53 原老柳にみるプロフェッション

　医師緒方洪庵に触れた以上は、同時代の浪速の医師である原老柳こと原佐一郎についても紹介しておきたい。

　洪庵の開いた適塾は、弁護士法人淀屋橋・山上合同の大阪事務所から至近の距離にあり、幕末蘭学、医学等の資料がたくさん展示してあるが、その中に、いくつかの浪速医師番付がある。洪庵の位は次第に上がっていくが、常に、彼より上位にいたのが、老柳である。彼は、洪庵が東前頭4枚目の時には西大関に、洪庵が大関に就いた時には総後見役の地位にある。

　老柳は、江戸時代後期に西宮の札場筋で生まれたが、3才の時に父を亡くし、母に育てられた。播磨で数年間の医者の修業の後、最初西宮で、次いで大阪で開業した。しかし、身持ちが悪く、ついには、母に医者の道具を取り上げられたことがきっかけとなり、長崎、江戸に遊学して研鑽を積む。その後、老柳は伊丹で開業した際に、伊丹で1、2番目の資産家の病気を診察する機会があり、京都で名医として名高い新宮涼庭が居合わせて、知遇を得、その資金援助により、再び大阪で開業できた。

　その後、老柳は、従前とは一転して職務に励み、浪速の医師としてもっぱら臨床医学に貢献し、「学の緒方か、術の原か」と言われたという。

　その彼には、診療の対価として診療に見合った報酬を得るという観念がなく、いつでも誰にでも治療を施した。貧困者に対しては無料で診療に応じたし、「飯より好き」な囲碁をしていても、病人が来れば、すぐに碁石を投げて立ち上がったという。

　また、貧しい患者にも高価な薬を惜しまない一方、患者が支払う治療費の多寡に影響されないように、治療の謝金は、紙に包ませたうえで玄関先に置いた盥の水に投じさせたという。1日の診療を終えた後に盥の底に沈んでい

## 53 原老柳にみるプロフェッション

た金銭が1日の収入であった。

このため、老柳の生活は決して楽ではなかったようであるが、たくさんの患者や協力者と全国から集まった生涯130人を超える門人とに囲まれ、常に、病人の立場に立ち、病人に安心感を与えながら治療することに専心し、浪速医師番付にも見られるように、ついには、大阪で1、2番の名医とまで言われるようになったものである。ちなみに、洪庵は、武士の出身であったことから、正装して診察するようなところがあり、この点は老柳と対照的であったようである。

老柳は、年老いてから、生まれ育った西宮に帰ったが、家を建てる時にはお金がなかったので、支持者が資金を出し合ったと言われている。また、老柳が72才で亡くなった時には、薬代等多額の債務があったが、誰一人として遺族に請求する者はなく、老柳の葬式には1000人以上もの人が集まり、老柳との別れを惜しんだという。

洪庵が理性の人であれば、老柳は感性の人である。もちろん、洪庵の感性、老柳の理性も卓越している。この2つの要素を兼ね備えた者こそ、プロフェッションの理想像だと思う。これからの法曹をめざす人々には、この2人の先覚者の記憶を心深くとどめておいてほしいと願う。

ちなみに、当弁護士法人の東京旧事務所所在地の虎の門にある栄閑院には、医師・蘭学者であり、解体新書の翻訳で有名な蘭学者の杉田玄白の墓がある。洪庵らも同じように腑分けを行ったが、同じように罪人の腑分けをした蘭学者でも、罪人の死体を物として扱った東京人と異なり、山脇東洋を嚆矢とする関西人は、罪人の人生に思いを馳せ、懇ろに弔ったようである。これも、私が、関西人としてひそかに誇りに思うところである。

8月22日（月）

## 54　阿波踊り

　東日本大震災の被害者を慮って、派手な催しごとの自粛が流行り、それが、わが国のGNPをいくばくかは低下させたと思う。
　大阪弁護士会内の各派閥の周年事業も、近在のロータリークラブ（RC）の記念事業も規模が縮小されたし、私たちのRCの細やかな記念事業も廃止された。しかし、このような一時的な時代の風潮は、過度に同情を表し、あるいは感傷的になる結果として、一国の経済活動を縮小させるものである。また、現実には、コスト削減のための便乗自粛も多かったように思う。いつものことながら、世間の流れに従い、結果的に「逆張り」ばかりを続ける財界首脳には失望するばかりである。
　しかし、震災後半年近く経って、再び、祭りや催事に対する国民の関心も大きくなってきたようで、今夏は、福岡県の博多山笠や、青森県のねぶた祭りだけではなく、高知県のよさこい祭りや、徳島県の阿波踊りまでが、賑やかに報道されている。
　徳島県出身の私にとっては、阿波踊りが有名になるのは嬉しいが、他方で、郷愁の中にある昔の阿波踊りとの間に落差を感じないというと嘘になる。
　私の思い出の中では、8月の12日から15日にかけて、県下津々浦々で阿波踊りが繰り広げられる。私が幼い頃に住んでいたのは、小松島市の中田という地にある引揚者住宅であったが、住宅入口は、桜並木が続く参道の奥にある建嶋女祖命神社の階段の横手にあった。近在の人々は、その参道に集まって阿波踊りに興じた。子供たちは、浴衣を着させてもらって、踊りの列に加わって、ちょっぴり大人の仲間入りをした気分になった。各村々で踊るのが12日で、その後地方の中心地に舞台が移り、15日には全県下の腕自慢が徳島

## 54 阿波踊り

市内に集まったように記憶している。

　1970年頃、私は大学の県人会の世話役を引き受け、卒業生から寄付金を募り、先輩から鳴り物を借りて、「連」と呼ばれる踊りの一団を形成して、徳島市の中心部に繰り込んだ。観客向けの桟敷が設けられるようになってしばらくの時期であったが、見せることよりも、踊ることが目的なので、多くの「連」が、それ以外の場所でもおかまいなしに、踊りを楽しみながら、あらかじめ設けた休憩所へと向かい、やかんから注いだ酒を浴びるように飲んだ。今でも一丁回り（演舞場できらびやかに舞うのに対し、繁華街の路地裏で、簡素な衣装と鳴り物で踊ること）という言葉が残っているらしい。

　阿波踊りは、男踊りも女踊りも、単純なステップを踏むだけのものであるが、個性や、疲れや、酒の勢いで、おのずから面白味が生まれるものだと思う。しかし、桟敷が生まれた後は、見るために桟敷に座る人々の出現によって、踊る側も、技巧によって楽しませる阿波踊りを極めようとするようになった。そして、次第に、素人の「連」は桟敷から追い出され、一方、桟敷が設けられた場所と場所との間の空間は、もはや踊る空間ではなく、休みながら歩く空間になり果てていったように思う。その挙句にプロの「連」が生まれ、桟敷は芸を競う場所となった。昔、夏祭りの際に踊られた阿波踊りとは、似て非なるものではないか。

　しかし、文化は、産まれたままの姿で承継されることはない。時代に応じて、変化していく。確かに、今、徳島県下でも各村々の共同体としてのつながりが希薄となり、昔のような形では、踊り子を確保できず、徳島市内にたくさんの観光客を集めることもできないのかもしれない。

　また、阿波踊りのプロ化や普遍化が、ショービジネスとしての道を開くかもしれない。大阪でも、阿波踊りの「連」が特別養護老人ホームの周年事業や、同窓会等の各種会合のアトラクションに呼ばれて好評のようである。新しい産業が生まれたとまでは言わないにしても、新しい文化とは言えるのかもしれない。

## 55 公務員制度改革

　2回目の退院後検診があった。午前9時20分CT撮影し、10時から診察。出血はなく、この2週間も異常なし。友人の循環器内科の医師への紹介状の作成を依頼。地域連携の実績になるかと思ったがそうでもないらしい。主治医としては、脳外科のない循環器内科への紹介には若干抵抗があるようなので、しばらくは、当病院にも通うことを約束して、2週間後のCT撮影も承諾した。いよいよ抗血小板凝固薬としてアスピリン100ミリグラムの処方をしてくれたが、2日に1錠服用とのこと。
　帰途、経済産業省大臣官房付の古賀茂明氏著の『日本中枢の崩壊』を買って帰る。経産省の現役官僚であるにもかかわらず、テレビにも出演し、福島第一原子力発電所の事故についても語り、歯に衣を着せない説明の仕方と、その内容の的確さから、興味を持っていた著者である。
　安倍晋三内閣時代の2006年頃に公務員制度改革が始まったが、担当となった渡辺喜美行政改革担当大臣のブレのない姿勢と優秀な補佐官の力とで、政官財の猛反撃をかわしながら作業を進め、その後、麻生太郎内閣の下で、任務を引き継いだ甘利明行政改革担当大臣によって、「国家公務員法改正案」として成文化されて2009年3月に国会提出された。その時は立法には至らず、民主党政権下で大幅に骨抜きにされたうえで、2010年2月に再提出され、強行採決によって立法化された。民主党は、これによって、改革を続行しているように装ったが、元の法案とは似ても似つかぬものとなっており、すでに公務員制度改革の目的を失っているばかりか、世間の批判を浴びる天下りすら許容する法案でしかなかったという。
　著者は、公務員制度改革に情熱を持ち、当初の法案化と、その実現に期待していただけに、失望が大きく、その間の経緯を国民に明らかにしたかった

のであろう。

　思うに、自民党一党支配時代には、官僚と政治家との緊張関係が世間を騒がせることは少なかったが、それでも、橋本龍太郎内閣は、大蔵省から国税庁をはずして歳入庁をつくろうとしたために、敵に回った大蔵省によって倒閣されたとする霞が関情報が今もある。

　まして、せっかく、民主党政権が誕生し、従来の政と財との関係が断絶した。言い換えれば、従前の利権グループが存在感を失った時こそ、新しい政策を展開する一大チャンスであった。そのためには、古い政策を従前推進してきた官僚の中枢部を解体し、新しい政策の推進に努力しようとする後進をトップに据えることが不可欠であった。政官財による統治システムの政と官との役割だけを入れ替えようとしても、政治家には継続的で整合的な行政を自ら司る能力はない。

　そして、官は、政と財との結び目にあることで業務を行ってきたし、生涯の所得を保証され、かつ、天下りという余生も与えられてきたのであるから、官による民主党の政治家の囲い込みのための動きは極めて激しかったと推測される。とりわけ、民主党議員は、官僚出身や旧社会党等の出身の政治家が多いために、官僚に対して親和性があり、容易に官僚に取り込まれてしまうことになる。

　公務員法の改正のぶざまな顛末は、このことを如実に物語ると思う。そして、福島第一原発事故によって、国民は、資源エネルギー長官が2011年1月に東京電力に天下りしていることを知った。民主党政治の下でも、官は財との緊密な関係を維持しているのである。この関係が「もちつもたれつ」の関係であることは、事故後の経過に照らせば、火を見るより明らかであろう。ポスト菅が話題になっているが、この本を読んでいると救いのない気持ちになる。菅首相は組織を動かせなかった。しかし、組織に操られる首相も必要ではない。

8月24日（水）

## 56　日田の思い出と日田焼

　脳梗塞発症後約50日が経った。本日午後１時30分に、大阪家裁堺支部において指定された離婚の家事調停の期日に出頭する。いよいよ、仕事再開である。

　とはいえ、主治医から散々出血の危険を告げられていることもあって、妻は私の単独移動に対する心配を隠せない。折から、人身事故で南海高野線の運転が止まっていたこともあって、タクシーで出かける。調停手続は１時間余り行われたが、その後次回期日が指定されて終了。

　帰途、この間の妻の看病等への感謝の気持ちを表すために、南海堺東駅の建物に接続した高島屋の工芸品売場に行く。最近、妻がワインを嗜む姿を見ることが多いので、気の利いたカット模様が入った切子のワイングラスでもあればと思ってのことであったが、興味を惹くものはなかった。しかし、美術・工芸品売場のある８階には催事売場があり、大分県の日田焼の即売会の初日であったので、そちらに向かう。約10年前に、妻とともに、小鹿田焼や小石原焼を求めに出かけた際に宿泊したのが、九州の小京都と言われる日田の旅館であった。当時は日田焼に気づくことはなかったが、日田の文字が懐かしかった。

　日田は、江戸時代幕府の直轄領であり、古くから有名な日田杉の商いや大名貸などで経済的にも潤ったことから、町人の文化が栄え、小京都と呼ばれた街である。盆地であることから、多くの川が流れ込み、水郷としての美しさが称えられている。街の中央を流れる三隈川には、夏の夕暮れに屋形船が浮かび、鵜飼いを見ることができる。最近は、長良川の鵜飼いを真似てあちらこちらで鵜飼いを見物させるが、日田のものは天領時代から受け継がれてきたものである。

## 56　日田の思い出と日田焼

　私たちが訪れた時には屋形船の季節は終わっていたが、朝の散歩の好季節となっており、川にはたくさんの水鳥の姿を見ることができた。そして、川の畔の「日の隈神社」にも参詣し、祀られている楠正成に思いを馳せた。楠正成こそ、父が好きであった人物で、そのために彼の首塚が築かれた観心寺のある河内長野に居を求めたほどである。日田は広瀬淡窓が開いていた咸宜園のあった町でもあるが、咸宜園での生活を詠んだ漢詩が私の高校時代の教科書に掲載されていたことや、彼の弟の広瀬旭荘が江戸時代末期に浪速に私塾を開き、洪庵との間で交流があったこと等もあって、私は、いっぺんに日田が好きになった。

　そのように懐かしい日田の焼き物をよく見ると、粘土が鉄分を含んでいるからと思われるが、地肌の赤い焼き物であり、草木の葉を張り付けて焼成し、葉紋を浮かび上がらせているのが特徴である。緑色の釉薬とともに草木の葉を用いるものもあり、さまざまな工夫を凝らしていた。ユニークな焼き物であるが、日田で発見された土でないと葉を焼成しても文様はつかないとのことであり、不思議なことに、木の葉天目のように葉脈だけを残す器は未だ焼けないようである。高島屋には３代目当主の夫婦が来られていて、日田の思い出話をし、妻への感謝の品を探した。すべての模様がかつて生きていた葉の文様であるから、２つとして同じものはない。形だけでなく、整形の仕方や、窯の温度や、灰のかかり具合等々にもよって、それぞれが微妙に違っている。銘々皿を２枚探したが、赤い地肌の少し大きめの八角の銘々皿のつりしのぶを用いたものと紅葉を用いたものとの２点が、模様がくっきり美しかったので求める。

　運転を再開した南海電車で河内長野に向かい、出迎えてくれた妻に渡す。思い出の地の焼き物ということで、喜んでもらえたようである。

　夕食後、早速、デザートのぶどうを載せて出してくれる。

## 57 55年体制下での深刻な問題

　20年前に心筋梗塞寸前の狭心症を患った後、O病院で定期的に診断を受けてきたが、脳梗塞の治療との兼ね合いもあったので、今朝同院を訪れて、主治医に挨拶をし、K病院への紹介状を書いてもらった。

　マスコミは、民主党の後継首班指名選挙の有力候補として当初野田佳彦財務相を取り沙汰し、次に前原誠司議員に注目している。前原誠司議員が頼るのは仙石由人代表代行とされるが、彼ら財務省の傀儡だけが、いかにも民主党の党首にふさわしいかのごとく報道されている。野田財務相が立候補時にぶちあげた消費税増税は、あまりにも率直にすぎて国民の反発を買ったので、違法献金問題を抱える前原議員が浮き上がってきた。彼は、増税は時期尚早と言っているが、野田財務相の轍を踏まないためのごまかしではないか。マスコミが演じさせたいように演じるだけのベテラン渡部恒三議員が、野田財務相と前原議員との一本化を進める役回りを演じている。

　わが国は、民主党が政権を奪ったことで、55年体制下での深刻な問題がたくさん暴露された。

　1番目は、歳出を通じて国民所得を再配分するに際し、土木インフラ整備や各種建築を中心とする投資の方法がとられ、大小のゼネコンと、族議員と官僚とのなれ合いによる利権構造が構築されてきたため、建設投資が一巡し、その経済波及効果が薄れても、これに変わる再配分方法が工夫されなかった。本来、経済波及効果の大きい、新しい富の再配分形態が工夫されなければならなかった。その結果、国民1人あたりのGNPを見ても、平価の購買力を見ても、世界二流国というしかない国に堕してしまった。

　2番目は、わが国の外交は、アメリカに完全に依存する道が選択されたため、わが国の領土も、資本も、アメリカの産軍複合体制の下位に置かれ、日

本国が、独自の視点で、外交や、アジア経済圏を構想する等の活動を行うことができなくなったばかりか、経済活動によって、わが国が得た外貨の多くはアメリカ債に変わり、それを売れないがために、せっかくの国富も、国民に還元できないし、国際為替変動にも対処できず、ドル暴落でも一方的に損をしている。

　3番目は、わが国の産業に安価な電力を提供するために、原子力発電所をたくさん建築し、安全を等閑視してきたということである。原子力発電は安価なのではない。欧米に倣って、メンテナンスコストや廃棄コストをあえて計算しないために安価に見えるだけで、当面、安い電力を産業界に提供してその国際競争力を支えるための茶番を続けているのである。

　4番目は、そうしたわが国の産業構造を支えるための都市労働者を増加させるためと、工業品輸出の見返りに農産物輸入をするために、農業の小規模化を維持し、同時に長年米価というセレモニーで、農村を自民党の集票マシンにしてきたことである。そのため農業自給率は極めて低くなった。

　5番目に、小泉内閣時代に、経済のグローバル・スタンダードの名の下に、そうした長年の社会の仕組の破綻を防ぐために築いてきたセーフティー・ネットを壊してしまったことである。規制緩和、解雇の自由化、社会保障費の削減等々である。

　東日本大震災からの地元再建の困難さは、こうして地方都市の資本が収奪され、枯渇していることと、土木予算を除き、地方への財政支援のシステムが存在しないことによる。

　民主党のマニフェストには確かに問題があるが、子育ての環境の改善や、農業自立支援に向けて予算を割こうとしていることは正しい。今有力と言われているのは、増税を狙う財務省と、政府の保護を求める財界と、その手先のマスコミとに都合の良い政治家だけである。

8月25日（木）夕方

## 58 大阪泉南アスベスト訴訟

　本日、午後2時泉南アスベスト訴訟の控訴審判決があった。

　泉南地域では約100年前に石綿を扱う紡績工場が操業を開始。最盛期の昭和40〜50年代には国内出荷量の7割を占めたという。大阪地裁に提訴した原告は、こうした石綿工場などで働き、石綿肺や肺癌などの石綿関連疾患になった元従業員や遺族、工場の近隣住民ら32人であった。私は、訴訟係属後に、大阪法務局の訟務部長から受任の要請を受けて、国の訴訟代理人たる指定代理人に就任した。

　私が国の指定代理人となるのは、1981年に大阪地裁判事補を退官して、大阪弁護士会に登録した直後に、かつて私が所属していた同庁倒産部の裁判官が国家賠償訴訟の提起を受けるという事件があり、その訴訟手続を受任したのが契機である。爾来、いくつか国家賠償事件を担当し、そろそろお役御免にしてもらおうと思っていた矢先に持ち込まれた話であった。

　弁護士職務基本規程80条には、「弁護士は、正当な理由なく、法令により官公署から委嘱された事項を行うことを拒絶してはならない」と定めるが、誰しも敵役にはなりたくないし、この種訴訟は、被害者団体が傍聴席を埋め尽くし、しばしば被告側の訴訟行為を嘲笑したり、野次るようなことがあって、かかる仕打ちを受ける側にとっては決して愉快なことではない。また、過去の行政行為の是非を見直すという作業であるから、無謬性を貫徹したい官僚の言い分は、十分に訴訟に反映させながらも、第三者としての冷静さは維持して、適正な訴訟手続の進行を期さなければならないという、常に代理人の人格が問われる難しい立場にある。引受け手に乏しい裁判である。私は、「他にお願いしては」とは言えず、自ら引き受けた。

　しかし、大阪地裁におけるアスベスト訴訟の審理は、原告弁護団の抑制の

効いた紳士的な訴訟態度もあって、粛々と進み、原審は、2010年（平成22年）5月19日に判決を宣告した。

その内容を公刊された法律雑誌（判例時報2093号3頁）によって紹介すると、①労働大臣が、旧じん肺法の成立した昭和35年以降、工場に局所排気装置等の設置を義務づけず、また、②石綿粉塵暴露によって肺癌や中皮腫に罹患することが医学的または疫学的に明らかになった昭和47年以降、屋内作業場の石綿粉塵濃度の測定結果の報告および抑制濃度を超える場合の改善を義務づけなかったことは、それぞれ違法であるとし、原告らのうち昭和35年以降労働者であった者につき、それら違法行為との因果関係を認め、被告国に約4億3500万円の賠償を命じるものであった。

これに対して、国側と原告側の双方から控訴が行われ、原告側から和解への強い働きかけがあったが、国がこれを拒否し、今日の判決を迎えた（大阪高等裁判所2011年（平成23年）8月25日判決。判例時報2135号60頁）。

原告側は、一部原告に対して被害が認定されなかった点と、石綿粉塵に関する労働法制上の規制違反は労働者以外の者に対する国の違法の根拠とはならないとして、一部原告の請求が排斥された点等を争い、国側は、上記違法判断の見直しを求めた。

本日の大阪高裁の判決は、原審判決の①については、被害防止のための工学的知見に関する事実認定の誤りを指摘し、②については、労働大臣にはアスベスト被害の危険の重大性等とアスベスト製品の社会的必要性と工業的有用性という相対立する利害関係の調整という裁量があるとの判断を示し、原判決の原告勝訴部分を取り消して請求を棄却し、原告側の控訴も棄却した。法律問題ではなく、利害調整の結果発生した被害をどのように扱うかという政治問題であると言うのであろう。

争いの場は、上告審だけではなく、政治の場にも広がることになる。

8月26日（金）

## 59 リビア革命と欧米の目論見

　午前11時30分からのＧ株式会社の取締役会に出席するため、午前9時過ぎの河内長野駅発の特急電車で難波に向かった。発病後初の事務所出勤である。たまたま、久しぶりの猛暑日、終始冷房の効いた部屋で休んでいたわが身を思うと、世間の皆様に申し訳ない気持ちになる。

　事務所に到着して約1時間、たまっていた書類の整理や、決済判の押捺、簡単な書面づくりをし、午前11時過ぎにＧ社に向かう。取締役会に先行した経営会議が長引いているのか、同じ非常勤監査役のＫさんと2人応接室で待つ。総務の方が私たち新役員紹介記事の載った社内報を持参してくれたので読む。考えてみれば、この会社では、私より年配なのは社長のみ。いつまでも新進気鋭の弁護士のつもりであったが、随分草臥れてきたのもむべなるかなというところか。

　正午頃から取締役会議が始まるが、さしたる議題はなく30分程度で終了する。昼食は、カロリー制限中の身であるし、出勤初日であることから、大事をとってお断りする。

　その後姫路市内のＨ社の取締役会に監査役として出席予定であったが、格別の議題がなく急遽中止になったので帰宅することにする。その前に難波で昼食をと思い、ナンナンタウンを歩く。妻は弁当づくりを提案してくれたが、これからの生活を考えると、外食でのカロリー計算に慣れる必要があると考えて断った。幸い、蕎麦屋を見つけ、温玉冷そばを注文する。ざる蕎麦は280キロカロリー、卵は100キロカロリーと考えたが、出てきたものには天カスが載っていた。これまた50キロカロリー程度か。難波では、幸い午後1時34分発の特急電車があったので乗車。午後2時過ぎに出迎えてくれた妻の車で帰宅。少々昼寝をして今に至っている。

59 リビア革命と欧米の目論見

　ところで、世界ではリビアの反政府勢力が首都トリポリをほぼ制圧した模様。ここにきて、反政府勢力が急に強くなったのはなぜかと疑問に思っていたが、2月頃、反政府勢力と欧米とが共同でカダフィ政権の資金の源泉であった産油基地を確保することに成功し、その後矢継ぎ早に、欧米による政府資産の凍結、NATO軍による空爆、フランス等による反政府勢力に対する武器の供与、軍事顧問団の派遣等、イギリスの特殊部隊の投入等の梃入れが続けられてきた結果であることに思い至る。その頃から、親欧米派のカダフィ大佐の政権を支えていた人物が次々と離反して救国戦線を結成し、突如、反政府勢力をまとめ上げる地位に就いている。
　イスラエル生存・発展のためパレスチナを抑え続け、また、欧米に協力的な産油国を確保するために、カダフィを生かしてきた欧米が、彼を見限り、産油基地を奪い取るとともに、親欧米勢力を引き抜き、第2の親欧米政権を打ち建てようとしているのである。現に、封鎖したカダフィの資産を、救国戦線に渡すことで、彼らを資金支援しようとしている。
　中近東の最近の政変がジャスミン革命と呼ばれるような若者の民主化要求を背景にすることは否定できないが、その支援を装いながら、石油支配と、中近東におけるパワーバランスだけは維持し続けようとする欧米の国際戦略、戦術のみごとさは立派というほかはない。
　しかし、イスラム社会は部族社会であり、かつ、神と政治とは不分離であるとする文化を持つ。長く、反政府軍事行動を続けてきた勢力は、まさに、そうした社会・文化を背景としている。最近になって、ようやくにしてカダフィを裏切り、新政府を率いて欧米の利害を擁護しようとするグループが、本当に求心力を持つことができるのであろうか。欧米の目論見は、イランで、イラクで、そして、アフガニスタンではずれてきた。そして、ここリビアでもはずれそうな気がする。
　戦いが簡単に終了しないことが、今後の混乱を予測させているように思う。

## 8月27日（土） 60 大曲の花火大会

　夕食後、雄物川畔の大曲で開催された花火大会をテレビで鑑賞した。午後7時から3時間、全国の花火師の競技花火と、主催者の仕掛け花火等が、次々と夜空を彩る。

　競技は、課題玉と自由玉、そして音楽に合わせた制限時間2分半の打上げ花火の3種目で行われる。課題玉は、同心で何重も円が描かれるものであるが、3重はもとより、4重、5重のものもある。「玉屋！　鍵屋！」と言っても良いのはこの課題玉である。

　子供の頃、若かった父に肩車をしてもらい、人混みの小松島港の岸壁から見た、海上に打ち上げられた花火は、丸く広がるだけの花火であった。写真が時とともにセピア色になっていくのと同様、花火の色の記憶も単色化してしまった今、ほとんどが黄色ではなかったかと思う。

　また仕掛け花火も、大曲のはコンピュータに入力したとおりに点火される仕組となっているのだと推測する。人力では、速度と正確さにおいて音楽に合わせた点火等できるはずがない。

　これに対して、私の思い出の仕掛け花火は、花火大会の当日までに、花火師が、木と縄と火薬とでつくり上げた仕掛けに、大会のフィナーレとして点火する代物であった。毎年、いろいろな工夫はあったが、代表的な出し物は、「ナイアガラの滝」である。点火された火が、横に一直線に張られた縄に沿って走り、等間隔に仕掛けられた火薬が、滝のように火の雨を降らせる。その迫力は、1日の興奮をさらに盛り上げるのにふさわしかった。幼な心に、父の温かみとともに、故郷への誇りを感じたひと時でもあった。

　大曲の花火大会の競技に参加した作品には、洗練されたものが多く、緩急を用いて、花火に物語を語らせている。第1楽章、第2楽章、第3楽章の3

部構成になっているように見えるものや、恋人同士のデートから結婚までを語るもの等々、洗練された技術によって、深い情感や大きな興奮が引き出されるように仕組まれている。仕掛け花火にも、それぞれ、明白なテーマがあって、そこに観客の気持ちを引っ張り込もうとしているように見える。

　わが国では、花火は、俳句の季語であるばかりか、全国津々浦々の風物詩として、いたるところで打ち上げられている。私の住む河内長野市に隣接する富田林市では、PL教団の打ち上げる花火が、昔から有名であるし、昨年私が蓼科方面に出かけてたまたま見物した諏訪湖の花火も、最近は観客を集めているようである。今年知った安芸の宮島の水上花火も、それらとは異なる意味でみごとである。

　しかし、それらの花火大会も、基本的には、連発する大小の尺玉の組合せを見せる大会である。これに対して、大曲の花火は、尺玉とそれ以外の花火とを組み合わせるだけではなく、それによって、花火に語らせることを求めている。言い換えれば、この大曲の花火大会は、進化した花火に芸術性を求めているもののようにも思う。もちろん、芸術には永遠性は不要である。消えゆく雪や氷も芸術作品の素材となり得るのだから、花火も、十分に芸術であり得る。

　ところで、大曲の花火大会の膨大な費用のことを考えていて、はたと気づいた。ひょっとすると、主催者たちは、この花火大会を日本人ではなく、世界の人に見せようとしているのではないかと。わが国では政治不在であるため、日本の平価の購買力は著しく堕ちた。PL教団の花火の打上数も減ってはいないか。しかし、この高い技術を十分に活かせる外国貨幣も少なくはないであろう。大曲の花火大会が他の伝統的花火大会とは異なった催しとして開かれる背後に、世界に飛躍しようとする現代花火師の意気込みが潜んでいるのだとすれば、頼もしいことである。

　私の思い出の花火大会は、私の心の中にだけ生き続けるのだろう。

## 61　化石分類考

　化石の整理もだいぶはかどり、標本箱にして55箱程度整理できた。最初に着手した三葉虫の化石は15箱であり、他に、日本各地の古生代の化石が25箱、中生代の箱が15箱程度である。中生代の日本各地の化石はもう少しあるほか、国内のアンモナイトばかりの化石も少なくとも10箱はある。その後に残る日本各地の新生代の化石も20箱程度はあるから、全部で、90箱程度か、合計点数は、およそ1000点くらいだと思う。

　化石採集を趣味にして20年以上が経過しており、そのつど、収集した化石と図鑑やインターネットの情報とを照合しながら、化石の同定に努めてきたつもりであるが、このほど、化石を他に寄贈することを視野において同定作業を開始すると、今まで見えてこなかったことが見えてくるようになる。

　三葉虫については、せっかく整理する以上、時代と三葉虫の属する目とを指標に整理しようと思い立ったが、このことによって、それぞれの目の盛衰が理解できたし、同じ目に属する種でも、形や大きさの変遷があることに気づいた。オルドビス末の生命の絶滅のありさまを、目の前の化石を通して、より視覚的に理解することができるようになった。

　また、わが国で市販されている古生物図鑑としては、朝倉書店の『日本化石図譜』と、北隆館の『学生版日本古生物図鑑』とがあるが、前者の初版は昭和39年に、後者の初版は昭和57年に刊行されていて、その後の改訂は最小限度にとどまっている。いずれの収録点数も決して少なくはないが、古生物の分類については、発見後の研究によって、しばしば目や属の分類が変わっている。しかしそれらの図鑑には、新たな情報による修正が加えられておらず、また、初版発行後に発見された重要化石もほとんど収録されていないように思う。

そうした欠点を補うものとして、各化石産地の博物館が編集発行した書籍・パンフレットや、化石愛好家の出版した図鑑もあるが、前者については、博物館所属の研究員に厳格な同定作業までを職務として遂行させているところが少ないように思われる。多くのパンフレットは、種名の特定には使えない。また、充実した刊行物であっても、刊行後の時間の経過とともに、新しい学問の成果から遠ざかっていくという致命傷がある。
　結局は、新種発表の際の論文にアクセスするしかないが、それは、昔はラテン語で記載することが求められ、現在では用語には特別な限定はないが、英語でなければ、多くの国際的な学術定期刊行物には掲載されないようである。したがって、ラテン語や英語を使いこなせないと、種の同定のために過去の文献を検索することはできず、私のような外国語音痴には不可能である。
　そうすると、結局は、それらの図鑑や、書籍、パンフレットに加えて、インターネットでたくさんの情報を集め、また、信頼できる化石商から買い入れた化石の同定は正しいものだと仮定して、多分に推測を交えて、同定を試みることになる。種名については、「？」を付すことも多いが、種名、属名は無理でも、せめて科名はまず間違いないと思うところまで調べたいと思う。
　日本各地の化石について例をあげると、古生代では、サンゴの化石については、かなり目を養うことができたと思うし、フズリナについても、代表的なものについては、産出する化石層を参考にしながら、ある程度見極められるようになったと思う。中生代白亜紀については、中期以降のアンモナイトについては横井隆幸さんの書籍によって、ナノナビスについてはインターネットで、それぞれかなり分類の力が付いたと自分では勝手に思っている。

## 62　日本の差別問題①
## ——在日韓国人・朝鮮人

　民主党の党首選挙で野田財務相が当選した。してみると、前原候補は、自派の議員をまとめ上げたうえで、決選投票で野田氏の支援にまわることを念頭に置いた高等戦術を採ったことになる。前原候補が消費税の増税に消極的な態度を装う以上、小沢氏や鳩山氏は、前原支持者を増税慎重論で切り崩す道を封じられた。民主党の若手も、なかなかやるようになったが、おそらく、財務省官僚のシナリオが存在したのであろう。

　なお、馬淵澄夫候補が、増税慎重論の考え方が自分と一番近いとして、決選投票で海江田万里候補に投じたが、彼は、かつて自民党政権時代、渡辺喜美行政改革担当相の公務員改革のための奮闘を支持した人物である。アメリカ民主党型の政治家としての手腕が期待できるか？

　ところで、アメリカ共和党型の政治家である前原氏や野田氏に対して、私が期待するところは何もないが、推測するに、前原氏自身が首相になれない原因の1つとして、彼には、政治資金規正法に違反して、外国人から政治献金を受けたという弱点があげられると思う。

　しかし、この点については、私は、批判にも、前原氏の対応にも、納得ができない。

　辛淑玉さんは、（日本人以外の）外国人から、「なぜ日本人ではないのか」とよく尋ねられることについて、「日本生まれの3代目なのに、日本の国籍がないということが彼らには信じられないのだ。欧米では、多くの国が生地主義を採用したり、二重国籍を認めている。旧植民地出身者に今なお市民としての『国籍』という権利を与えないのは、旧植民地宗主国では日本だけである」と言っている。

## 62 日本の差別問題①――在日韓国人・朝鮮人

　わが国では、外国人選挙権問題として取り上げられることがあるが、マスコミは、「日本人に関する政治に、外国人を参加させるなんて」というノリで報道する。朝鮮併合・植民地化はわが国の恥ずべき歴史であり、当時、従軍慰安婦、炭鉱等の労働者、兵隊として、朝鮮人をたくさん日本に連れてきたし、戦中、戦後にかけてそれ以上に多くの人々の移動もあったであろう。「戦後、サンフランシスコ平和条約によって朝鮮が日本でなくなったから、彼らは外国人だ」という論理が、世界に通用するはずがない。

　2006年1月には、国連の人権委員会は、日本には人種差別と外国人嫌悪が存在しているとし、日本政府に「日本社会に人種差別および外国人嫌悪が存在することを正式にかつ公的に認めること、人種主義、差別および外国人嫌悪を禁止する国内法の採択」を勧告している。日本の人権状況を調査した担当者がセネガル国籍であったことに対する差別感情や、S新聞を中心とするマスコミからの、この調査の端緒をつくったNPO法人の代表者が北鮮系の団体と関係が深かったとする批判活動もあって、わが国は強制力のないこの勧告を無視している。しかし、この勧告は、同和問題や、アイヌ問題、さらには沖縄問題も含めた、広範囲なわが国の人種差別を対象としたものである。この勧告の無視は、それらの差別を糊塗するものである。

　私は、それらの差別を、周りに見ながら育ってきた。この勧告を日本人は尊重すべきであり、過去の差別・人道への犯罪については、今でも法的な償いが必要であると考えている。そして、この勧告に実質的に違反する国内法令は、平等原則をうたった憲法に違反するものであり、即時撤廃すべきであるし、法としての拘束力は持ち得ないと思う。

　したがって、前原氏の問題については、彼自身、「知らなかった」で済ますのではなく、「外国人とりわけ、在日韓国・朝鮮人からの献金を禁ずる法律は、違憲であり、従う必要はない」と、毅然として主張して欲しいと考えるものである。

## 8月30日（火）
### 63 日本の差別問題②——アイヌ民族

　2006年の国連人権委員会の勧告に結実したNPO法人の活動のきっかけの1つは、2001年頃相次いだ自民党議員による「アイヌ民族同化説」に対する抗議である。もともと、1986年に、当時の中曽根康弘首相が「日本は単一民族」と発言し、アイヌ民族から反発を受けるということがあった。さすがに、その後の古人類学等の研究成果もあって、そこまで荒唐無稽な議論はなくなったが、アイヌ文化の蔑視思想は、一貫してなくなっていなかったことが、あらためて浮き彫りにされた。

　チューネル・M・タクサミほか1名が著した『アイヌ民族の歴史と文化』を読むと、アイヌ民族は、カムチャッカ半島、千島列島、樺太、北海道にまたがる地域に住み、独立の文化圏を構成した民族であることが理解できる。

　江戸時代末期から今日に至る北方領土問題の歴史は、先住民を無視し、あるいは彼らを支配し、収奪する権利を奪い合ってきたという面があることを、決して忘れてはならない。

　現在の日本の領土において、アイヌ民族は、江戸時代には松前藩から過酷な収奪を受け、明治以後は和人の入植により土地や産業を奪われ、政府は明治32年に医療、生活扶助、教育などの保護対策等を行うためとして「北海道旧土人保護法」を制定したが、これは、アイヌ民族を日本国民に同化させ、固有の文化を破壊することを目的としたものであった。

　この法律は、戦後も生き続けたが、それは本法によって北海道に投じられる予算に群がる利権の消滅を危惧する連中が、本法の廃止に反対したからだと言う。この法律は、『イヨマンテの花矢』や『二風谷に生きて』の著者である萱野茂氏が参議院議員として活躍した1995年に、「アイヌ新法」の制定と同時に、ようやく廃止された。なお、この法案を審議した環境特別委員会

の1994年11月9日の議事録には冒頭に萱野議員がアイヌ語を用いて行った挨拶が残されている。

　アイヌ新法は、旧法と一転して、アイヌ文化の振興並びにアイヌの伝統等に関する国民に対する知識の普及および啓発を図るための施策を推進することにより、アイヌの人々の民族としての誇りが尊重される社会の実現を図り、あわせてわが国の多様な文化の発展に寄与することを目的とするものであった。ただし、新法における過去の謝罪は不十分である。

　私は、オーストラリア政府がかつて原住民に対して行ったように損害賠償もして欲しかった。また、シドニーオリンピックの機会に世界に披露した、原住民も含めたオーストラリアの全民族和解のセレモニーのようなものを行い、世界に向かって差別断絶を宣言して欲しかった。それが、現代先進国の見識である。

　そして、仮に、違法状態回復の措置がとられていれば、せっかく、わが国は、アイヌ文化の復活と尊重を宣言したにもかかわらず、21世紀を迎えてなおアイヌ文化の消滅を高らかにうたう自民党議員が複数現れるようなことはなかったであろう。

　彼らの怒りは決して小さなものではなかった。国連の人権委員会から派遣された担当者は、ウタリ協会を訪れたが、これは、元「アイヌ協会」と名乗っていた。「アイヌ」とは、行いの善い「人間」を指し、怠惰に暮らしている者は「ウェンベ」と言うのだそうであるが、長年、「アイヌ」の文字が差別語として使用されてきたことから、差別がなくなるまでの間、臨時の協会名へと名称変更がされているのである。

　私には、マスコミが、人権委員会の勧告を外国人参政権問題だけに矮小化し、そうしたアイヌ差別の問題等についてほとんど報じなかったことが不思議である。

## 64 日本の差別問題③──同和問題

　同和問題について考えるためには、私の住む河内長野の東側を南北に走る金剛山地を東に越えた柏原から起こった水平社運動に触れないわけにはいかない。この地に、「柏原の三青年」と呼ばれた阪本清一郎・西光万吉・駒井喜作が生まれ、あたかも兄弟のようにして育った。

　明治維新後に解放令が出されたが、解放されるべき人々が、将軍にとって代わった天皇を頂点とするヒエラルヒーの最下層、わが国の底辺におしとどめられる実態には変化がなく、就職、結婚その他の社会生活の上で、ことごとく差別された。

　これを解決するために、富裕層の援助で部落の環境を改善し、教育水準を高めて、自ら地位を高めようとする融和運動が起こったようであるが、当時のわが国が、上記ヒエラルヒーの厳守を前提として、文明開化と富国強兵、そして資本主義勃興期における資本集積を進めていくためには、一般市民の不満をカモフラージュするうえでも、差別を温存することが好都合であるという政治状況にあり、そのような運動で差別を克服できるはずはなかった。

　そこで、第一次世界大戦中のロシア革命や米騒動等の影響を受けた柏原の三青年が、これまでの運動に見切りをつけ、自らの力で解放を勝ちとろうと、ピューリタン革命の最左派であった水平派にちなんで命名した運動団体「水平社」を設立し、1922年（大正11年）3月3日に京都市内岡崎公会堂で創立総会を開いたのである。その際、西光万吉によって起草され、駒井喜作によって朗読された宣言は、「水平社宣言」と名づけられ、世界中の人々に感銘を与えた。

　宣言は3つの部分に分かれる。最初に過去半世紀間の運動が自分たち自身を冒瀆するものでしかなかったことを反省し、次に、自分たちが陋劣なる階

級政策の犠牲者であり、男らしき産業的殉教者であったことを確認し、最後に、自ら立つことによってそのくびきから離れることを宣言している。

　美文でも饒舌でもないが、いつ読み返しても、私の全身は鳥肌立つ。末尾の言葉は、「人の世に熱あれ、人間に光りあれ」であった。ちなみに、この出来事は、外国では、「日本で初めての本来民衆による解放運動が起こった」と、報じられたそうである。西光万吉はその後日本共産党に入党して昭和3年に検挙され投獄されて運動から一時遠ざかり、駒井喜作は大正12年に国粋会に襲われて騒擾罪で逮捕されて服役し、1945年（昭和20年）に死去。坂本清一郎は、戦後、部落解放同盟中央委員を務め、運動を長く指導したという。

　私は、1948年（昭和23年）徳島県下に生まれたが、四国にも近畿と同様に激しい差別があった。同級生の父母が亡くなった時に、学級長として先生方と一緒に弔問に出かけて見た村の貧しさは今もって忘れられない。結婚興信所は出自調査を売り物とし、その費用のない者もそれなりの工夫をして婚姻相手の出自を調べた。小学校高学年時の担任の長野宏先生は同和教育に熱心であった。その時には気づかなかったが、私はその後になって、「君たちは親のために働いてはいけない」等と仰っておられた言葉の深淵に気づき、先生には本当に頭が下がる思いである。若くして亡くなられたことが悔しい。

　戦後の部落解放運動には、一部の行き過ぎ、エセ同和問題、同和対策予算をめぐる利権問題もあるが、まず最初に過酷な差別の歴史があったことを、決して忘れてはならない。そして、現在も同和問題が終わっているわけではない。

　わが国では2002年（平成14年）12月に、「人権教育及び人権啓発の推進に関する法律」が制定され、その7条では、「国は、人権教育及び人権啓発に関する基本的な計画を策定しなければならない」とされた。にもかかわらず、国連の人権委員会から勧告を受けるというお粗末さである。

　いつになれば、住井すゑの『橋のない川』が道徳の教科書に掲載されるのであろうか。

## 65 日本の差別問題④
## ——ハンセン病患者

　わが国の人権の歴史の中で忘れてはならない問題の１つとして、ハンセン病患者に対する人権蹂躙問題がある。「旧らい予防法」が1931年（昭和６年）４月に先行法令の改悪により成立したことに端を発している。

　日清・日露戦争に勝利し列強の仲間入りをした日本では、醜い後遺症を抱えるハンセン病患者は国辱者であり、祖国浄化、国民浄化のため、ハンセン病を根絶しなければならないという広範囲な国民運動が起こり、大東亜共栄圏構想を推進する国家権力がこれを後押しした。

　わが国現存最古のハンセン病療養所神山復生病院は、1887年（明治20年）水車小屋に捨てられたハンセン病患者と出会ったテストヴィド神父が家屋を借用して患者を収容したことをきっかけとして、1889年（明治22年）５月22日に静岡県御殿場市神山にて設立され、翌年開院したものである。

　同病院の運営に尽くされたレゼー神父は、1907年（明治40年）に、ハンセン病が病型によっては伝染しないこと、すべからく感染力が極めて弱いことを、「らい病予防法実施所見」として発表している。京都帝大講師の小笠原登は、当時の権威に抗して1930年代に断固として外来治療を続け、東京帝大教授太田正雄もハンセン病根絶の最上策は科学的治療であるとして在宅治療を提唱した。神父らが行った遺棄患者や浮浪患者の収容の範囲を超えて、全患者の隔離、終生収容、患者の血統を断つための断種、妊娠中絶を強制する「らい予防法」の改悪は、すでに合理性を欠いていた。

　太平洋戦争終結後に発生したハンセン病患者による人権奪還目的の「らい予防法闘争」は1953年（昭和28年）に頂点に達した。1943年（昭和18年）にアメリカでプロミンが開発され、戦後まもなくわが国でもそれによる治療が

開始され、日本らい学会で有効性が次々と報告され、ハンセン病は、治せる病気、早期発見により後遺症が残らず、外来治療でも対応できることが知られるようになっていた。しかし、1949年（昭和24年）施行された弁護士法により、弁護士は「基本的人権を擁護し、社会正義を実現することを使命とする」とされていたにもかかわらず、日弁連もこの運動を黙殺した。同年、旧法下での既成事実を強引に維持・強化等する「新らい予防法」があらためて成立した。1956年（昭和31年）にローマで開催された「らい患者の救済と社会復帰のための国際会議」では、新法下での日本の隔離政策、断種・妊娠中絶強制に対し国際的な非難が集中したが、これも無視された。

　私は、1998年（平成10年）3月に大阪弁護士会内部の派閥の1つ「五月会」の会報にこの問題を報告し、日弁連内部の猛省を促した。奇しくも、同年7月徳田靖之・八尋光秀両弁護士らにより、熊本地裁に対して訴訟が提起された。そして、2001年（平成13年）5月同地裁は、「ハンセン病予防上の必要を超えて過度な人権の制限を課すものであり、公共の福祉による合理的な制限を逸脱していたというべきである」と新法の違憲性を指摘したうえ、「1960年以降、ハンセン病は隔離が必要な疾患ではなく、らい予防法の隔離規定の違憲性は明白になっていた」として、当時の厚生省と国会の不作為に国家賠償法上の違法性および過失を認める判決を下し（熊本地方裁判所2001年（平成13年）5月11日判決。判例時報1748号30頁）、この判決は被告国の控訴断念により確定した。

　その後、財団法人日弁連法務研究財団ハンセン病問題に関する検証会議は、2005年（平成17年）3月1日に最終報告をまとめたが、その詳細な検証の努力は多とするとしても、自らの責任に対する言及については、「法律家が現実的なものを理性的なものと考えるヘーゲルの哲学的呪縛から開放され、専門外無知、臆病などの職業習慣病に対する免疫を獲得するには、余程の、おそらく他の職業人以上の努力が求められるだろう」等とするいわば他人事にとどまっている。私は、津田治子全歌集、村越化石の句集『八十八』を前に、日弁連に対し、ギルド社会としての限界を感じる。

## 9月1日（木）　⑯ 仕事復帰

　今日から、事務所内外からの照会に対しても、私が業務に復帰したことを伝えるようにしたが、それに先立って、事務所内の弁護士と事務職職員に対して、次のような電子メールを発信した。

　「7月7日脳梗塞発症以来、皆様に大変なご迷惑をお掛けいたしましたが、その間、多大なご助力を頂きましたことに対し、心から御礼を申し上げます。ありがとうございました。

　さて、その後、再梗塞なども起きずに推移し、また、さしたる後遺症も見当たらず、お陰様で、9月からは、水曜日を除き、事務所に出ることにしましたので、宜しくお願い申しあげます。

　療養中いろいろと考えることがありました。そして、自分の体は、まだまだ事件処理のストレスに耐え得ると過信していましたが、還暦を2年以上前に迎え、そうでもなくなってきていたのが、病気の原因であると、思い至りました。

　そうなりますと、今後長生きするためには、事件処理のストレスを軽減することが早道です。つきしては、これまで、新件については、アソシエイトに対する指導の機会と捉えて、私の経験や知識を承継するために、なるべく一緒に処理させて頂くことを心がけてきましたが、今後は、そうではなく、新件の処理をアソシエイトにお願いする場合でも、担当者に主として処理して頂き、私は、必要な時の助言などに留めることを目指したいと考えるに至りました。

　その意味では、私の主催していた『アソシエイト勉強会』も、私の指導の下で事件処理をして獲得していただいたノウハウの開示等を目的としておりましたので、その使命を終えたことになります。したがって、ここに終了し

たいと思います。

　そのような訳で、今後の事件処理については、今まで以上に、皆様にご負担をお掛けすることになりますが、どうぞ宜しくお願い申しあげます」。

　これまでのように、事件は共同で受任するが全責任は私が負担し、若手弁護士には、先輩という私の姿を見て育つことを期待するというのではなく、事件を共同受任するだけでなく、処理もチームで行う。それも、若手弁護士に主に担当してもらい、疑問に思うようなことがあった場合には、私に尋ねたりして自ら乗り越え、成長してもらおうと、発想を転換したのである。年齢を重ねるということは、いささか寂しいことでもあるが、無理できない身体になったためだと、自分にも言い聞かせる。

　ところで、私は、勉強会のほかに、「洪庵記念杯争奪戦」と命名したゴルフコンペを、年3回ほど主催している。参加有資格者は、アソシエイトと、広く当法人と縁のある方である。

　これは、その日1日でも、プロフェッションの鑑である緒方洪庵の事績に思いを馳せて欲しいという願いから始めたものであり、尚美堂で求めたそこそこの値打ち物の優勝カップに会名を刻み込んである。洪庵を慕う気持ちになってくれる人がどの程度いるのか自信はないが、彼を慕う私の気持ちは受け止めてもらっていると思う。こちらは、「教える」という企画ではないので、私がゴルフを続けられる限り、開催していこうかと思っている。ただし、皆に心配をかけていて、早速ゴルフに出かけるというのは、さすがに不謹慎であろうから、コンペも来春から、再開したいと考えている。

　コンペにしばしば使うのは、私がRゴルフ場の更生管財人をしていた時に、総支配人をしていて、手続に協力してくれたKさんが総支配人をするTカントリークラブである。ある程度の参加者を引き連れて、少しでも喜んでもらいたいのであるが、しばらく待ってくださいと、心の中で願う。

9月2日（金）

## 67 小林和作画伯の絵画

　午前10時から大阪地裁の弁論準備手続期日に出頭し、相手方弁護士と和解協議し、その後、事務所で事件の依頼者と打合せをする。数件の民事・刑事両事件が係属しており、従来他の弁護士が依頼を受けていたものを、縁があって、私も共同受任し、若手のM先生と一緒に業務を遂行しているものである。

　ちょうど台風が日本に接近しつつあるが、朝から気温も上がらず、妻に河内長野駅まで送ってもらう途中、栗の実が色は青いけれども大きく膨らんできていることに気づき、いよいよ、そこまで秋が訪れている気配を感じたので、私の執務室の小林和作画伯の絵を掛け替える。

　小林和作画伯は、1888年（明治21年）山口県の裕福な地主の子に生まれ、1974年（昭和49年）に奇禍にあって亡くなった吃音の画家であるが、私は大好きである。前年の1973年（昭和48年）にお会いし、直々に、6号の「秋山早雪」を分けてもらった。私は、大学生、司法修習生時代を通じて勉強がてら株に手を出したりして、手元に若干の現金があったので、青春の記念にと思って、私の祖母が画伯の奥様と懇意にさせていただいていたご縁で、無理をお願いしたものである。

　画歴を調べていると1959年（昭和34年）に国立近代美術館で開催された戦後の秀作展に出品されているものに同名の絵画があるので、万が一それだとすると、画伯自身が気に入って身近に置いていたものと思う。若い美術愛好家だということで、4号の値段で分けていただいた。

　その後、伯父から海を描いた油絵をもらい、私自身も、春を描いた油絵と、水彩絵の具を使用したスケッチ2点等を買い求め、四季折々の絵画を執務室の中で楽しんでいる。病気中掛けていたのは、夏にふさわしい海の絵

で、今度掛けたのは水彩で山と林とを描いた絵である。

　高橋玄洋の『評伝小林和作』は、同郷の著者が画伯の全人格に触れ、その優しさに敬愛の念を抱いていて、画伯死亡後4年にして発表した作品である。「あとがき」に、「現代は如何にも人間が委縮し、痩せ細ってしまった。その矮小化は、有史以来最高のものではないかと思われる。こういう時代にこそ、小林和作の生き方は我々の生き方に多くの教訓と示唆を与えてくれると思う」と書いている。

　和作画伯は、長男でありながら画業に進み、1921年（大正10年）父の急死に伴い莫大な遺産を相続した。そして、豊かな資金で、貧しい新進画家（梅原龍三郎や岸田劉生、中川一政ら）を援助する傍ら、自らの腕も磨いた。しかし、1929年（昭和4年）にウォール街の株暴落から始まった大恐慌がわが国にも波及し、1931年（昭和6年）には、画伯が資産の運用を委ねていた弟が、株の思惑買いに失敗したことから、全財産が無に帰してしまう。これがきっかけで、画伯は、1934年（昭和9年）に尾道の長江の借家に転居し、その後再び中央に出ることはなかった。

　中川一政は、画伯について、「和作は眠ったような尾道に旋風をおこし、多くの人に慕われた」と言っているが、私の祖母だけではなく、尾道中の人は皆和作画伯が大好きである。それは、画伯自身の心がけた姿勢のゆえんでもあり、数々のエピソードが残っている。

　画伯の油絵は、ほとんどが筆ではなく特別に誂えた腰の強い鋼のナイフを用いて荒いタッチで描かれ、絵の具は、パレット上ではなく、キャンパスの上で一気に混ぜ合わされるが、その色は、晩年に近づくに従い、いよいよ澄んでくるように思う。やや濁りの見られる時代の絵も、すっきり清らかな時代の絵も、見るほどに、画伯の深い人間性を感じさせてくれる。

　奥様が「やきもちやき」であったとされる点は、私の妻と似ているようである。

## 9月3日（土）

### 68 島田叡と荒井退造

　いよいよ台風が襲来間近であるが、河内長野には大した雨も降っていないため、古紙回収業者が巡回してくるとのことで、妻を手伝って古本等を出す。

　以前の大病の時以来読み終えたさまざまな本が、書斎と自宅２階のオープンスペースとにあふれている。法律関係の書籍では、いくつかの法律雑誌と、倒産・事業再編関係と、法科大学院の講義準備のための民事訴訟・法曹倫理・会社法関係が中心、趣味では、宇宙科学・古生物学、読み物では伝記類と随筆、その他美術品等の図録・図鑑、さらには、贈呈を受けた出版物や、折々に心に感じて取り置いていたものがある。

　しかし、しょせんは、私に万が一のことがあればすべてが空しくなるわけであるから、思いきって処分を開始することにした。法律関係の本では法律雑誌と改訂版が出る以前の旧版等、宇宙科学関係の出版物の大部分、古生物学でも初心者向けの本、既に興味を失った美術品の図録、贈呈本の著者等が死去されて久しい刊行物等である。今日が第１回目の作業、身体を労わりながらのことであるが、これからは、もっと大胆に作業を進めていきたい。

　整理していて、積み上げた本の向こう側から、かねて所在を探していた１冊の本が出てきた。田村洋三著『沖縄の島守り』である。早速読み直す。

　内務省は、1873年（明治６年）に創設されて以来、敗戦後の1947年（昭和22年）に解体されるまで霞が関に君臨した名門官庁であり、そこでは極めて簡素な行政機構と効率的な地方行政とが実現されていた。そして、内務官僚が都道府県知事となり、自分たちの役割を牧民官という言葉で表した。しかし、沖縄戦直前の沖縄県知事は転勤工作に懸命で、内政には関心がなく、県民の県外疎開に反対したり、空襲時に県庁を逃げ出すばかりか、ことあるご

## 68 島田叡と荒井退造

とに内地に出張し、その期間は在任期間の3分の1に達したという。

更迭されるその県知事の後任として、アメリカ軍侵攻の2カ月前に赴任した内務官僚島田叡は、沖縄到着後、同じく内務官僚であり県警本部長に任命され、護民官と呼ばれる荒井退造とともに精力的に働いた。荒井は、前知事および内政部長の反対を押しきり、県民の県外疎開に尽力していたが、島田もこれを支持した。1944年（昭和19年）7月から翌年3月までの間に約6万2000人の疎開者が延べ187隻の疎開船で運ばれたとされている。そして、島田知事は、1945年（昭和20年）1月31日に赴任して1週間後の翌月7日、32軍参謀長の要請を受けて、県民を県北部に県内疎開させることになるが、その人数は15万人と推計されている。また、島田は、沖縄戦開戦直前の3月中旬台湾の基隆港から米450トンを運び込むことにも成功しており、これは、県民と軍の飢えをいささか癒したものと思われる。制海権、制空権を全く失った後の偉業である。

アメリカ軍機動部隊が本島南部具志頭村港川沖合に出現して艦砲射撃を開始したのは3月24日であり、アメリカ軍が慶良間列島に上陸したのは26日、住民約700人が集団自決したのは28日である。その後島田県知事と荒井県警本部長とは、参謀本部の南への移動に伴い、行政責任者として行動を共にした。アメリカ軍が沖縄作戦の終了を宣言したのは7月2日であるが、2人はその前後に死去したものと思われる。享年島田43才、荒井44歳である。沖縄は、わが国で戦場となった数少ない地の1つであり、県民60万人のうちの15万3000余人が犠牲となった。もし、2人がいなければさらに多くの犠牲者が出たであろう。

島田は家族に、「俺は行きたくないから、他人にも行けとは言えない」と言ったという。

9月4日（日）

## 69 スイスの結婚披露宴

　スイスから帰国した妹が、その娘の結婚披露宴等の写真をCD-ROMに保存し、妻に渡してくれたので、朝から妻と一緒に見る。
　新郎の実家はジュネーブの郊外にあるが、小規模な牧場ほどの庭がついていて、一面に芝生のようなものが生えている。最近日本でも勝手に動く円形の電気掃除機が建物内で使われるようになったが、スイスでは、そのような構造の芝刈機が庭でせっせと働いているとのこと。
　結婚披露宴の当日、業者が仮設テント等を持ち込んでくれるので、一家総出で、庭の一角に、テントを張り、テーブルや椅子をセットする。その横にアーチを置き、布や美しい紐で飾り付けをする。
　食器は、新郎の母親が近所で借り集めてきた物を使い、料理も家族や三々五々集まってくる友人たちが調理し、バイキング用の料理置台に並べる。新郎の両親や、新郎新婦は、それらの仕事の傍ら、ダンスの練習をしたり、披露宴の打合せをする。
　結婚式に招待された友人たちは、思い思いにプレゼントを持参する。手づくりの品や花束等実に多種多様であるが、そんなに高価なものには見えない。しかし、それぞれがお祝いの気持ちを表すために精一杯工夫してつくった一品のように思える。
　結婚披露宴の開始は午後5時、新郎新婦がアーチの下に行き、挨拶のうえ、新婦の母親が結婚指輪を新婦に渡しそれを新郎の指に嵌め、新郎も新婦の指に結婚指輪を嵌める。これで披露宴開始。銘々が好きな料理を食べ、語り、また、音楽に合わせて、新郎新婦と新郎の両親とがダンスを始めると、参集した人たちも、これに参加する。アルコールも出るが、飲み潰れるようなことはなくて、ひたすら、食べ、語り合っているように見える。ちなみ

に、楽器の演奏者の招聘は、ご両親のはからいであったとのことである。

　妹は、そこそこの時間で、披露宴の場から失礼したらしいが、若い人たちは、祝いを続け、延々翌朝の午前4時まで続いたそうである。

　私は、以前デンマークで結婚式をのぞいたことがある。仕事で出張の際に宿泊したホテルで、バイキング形式の朝食時間終了と同時に、片づけとテーブルの新たなセッティング等が始まったので、何があるのかと尋ねると、結婚披露宴が予定されているとのこと。この時は、昼食をはさんで行われていたが、新郎新婦の親族がいろいろな国籍の配偶者と結婚している関係で、世界中から出席者が集まっていた。披露宴開始の相当前に到着し、参集した者同士が久闊を叙したり、近況報告したりで、いつのまにか披露宴が始まったという感じであった。

　もちろん、開会の挨拶や若干のセレモニーはあったと思うが、ほとんど記憶に残らないほどであり、サンルーム形式の食堂の中で、銘々に好きなものを食べ、あるいは隣接する庭を歩きながら、あるいはその庭に据えられた椅子に座りながら、談笑していた姿が記憶に残っている。

　スイスの結婚披露宴の写真を眺めていて、デンマークの記憶も呼び起こした。デンマークでも、スイスでも、結婚式には、せっかくお祝いのために、新郎新婦の親族や友人が集まったのであるから、それぞれの参加者が皆主人公になって、銘々にその場を楽しみ、交友を深める。したがって、新郎新婦だけではなく、参加者全員にとっても良き想い出になるように準備され、運営されている。

　CD-ROMに保存された結婚披露宴を見ていて気がついた。日本の披露宴は、新郎新婦だけが主人公であることに。

9月5日（月）

### 70 事業再編のための企業価値評価の実務

　事業再編実務研究会の会員である㈱グラックス＆アソシエイツからの提案で、同社と私の所属する弁護士法人との間で、事業再編のためのデューディリジェンスに関する書籍を発行することになった。民事法研究会からの出版であり、現在ゲラの第二校の最中である。グラックス＆アソシエイツは大手外資系投資家をメイン・クライアントとするが、独立系コンサルティング会社でもあり、デューディリジェンスや事業再編のコンサルタント業務等を営んでいる。当法人も、10数年ほど前に、国外の事務所と提携する東京のT法律事務所のK先生の協力を得、デューディリジェンスを行ったのを手始めとして、数々の事業再編に関与し、そのためのデューディリジェンスを行ってきた。

　私たちには虚名はないが、地道な業務の中で培ってきた豊富な経験やノウハウを文字化するのが企画の目的である。今般、はしがきの作成依頼があり、次のとおり認め、出版社に送る。

　「平成23年3月11日に発生した東北大震災と福島第一原発事故が国民に甚大な災禍をもたらしている。その再起のためには、我国経済全体の活性化による後押しが不可欠であるが、平成20年9月のリーマンショック、あるいは平成22年からの欧州債務危機や、最近の超円高によって、多大な影響を受け、我国の企業は元気を失っている。

　しかし、最早、国内で経済を完結できる時代ではなくなっている以上、この難局を乗り切るためには、国内各企業が、世界を見据えた積極的な事業活動の中で活路を見つけ、我国経済の活性化の推進役となる必要があり、そのために重要な手法の一つが事業再編である。

ところで、事業再編には、フィナンシャル・アドヴァイザー（FA）を中心とする各種コンサルタント、監査法人、不動産鑑定会社等広範囲な人的資源が関与し、弁護士、弁護士法人ももとよりこれに関係しているが、その最も重要な業務の一つであるデュー・ディリジェンス（DD）業務については、これまでのところ詳説した出版物に乏しい。

一方で、このDDは、従前FAが中心となって行うことが多かったために、その基本方針等は、依頼企業が、FA等を利用してトップダウン方式で決めることが多く、依頼企業の担当者は、書類や情報の受渡しの窓口となるに留まり、個別のリスク判断等に関与しないことも少なくはなかった。

そうしたことが、実際に行われているDDの現場を一般の経済人が見ても、その状況を理解することを困難にしてきた。その結果として、当初は、一部の専門家に案件が集中する傾向が見られたが、今日では、多くのコンサルタント会社や弁護士法人等がDD業務に関与しており、それぞれに、その経験の数だけのノウハウを蓄積してきている。

本書は、グラックス&アソシエイツと弁護士法人淀屋橋・山上合同とが、DDに関する豊富な経験とノウハウとに基づいて、業務の全般にわたって詳述したものである。おおまかに、第一編は総論、第二編は各論、第三篇は実践論として著述を進めた。両法人に所属し、DD業務の経験が豊富な者が執筆したが、各自それぞれにDDに対する思い入れもあって、著述が重複する部分もあるが、むしろそのことによって、業務の全体が判りやすくなったのではないかと思う。

考えてみると、この超円高は、外国企業の事業買収の機会でもあるし、国内企業淘汰の過程での国内事業買収の機会でもある。我国の元気な企業が、DDというものについて正確に理解し、DDに基づき合理的な経営判断を行い、積極的な事業再編に乗り出し、そのことによって、我国経済全体の浮揚の先兵となって頂くことを願い、発刊の辞とする」。

この出版物は、民事法研究会から平成23年12月13日に発行された『事業再編のための企業価値評価の実務』である。

9月6日（火）

## ⑺ 台風12号とアイリーン

　台風一過。とはいえ、台風12号は、日本列島東側に張り出した高気圧と、日本海上空の高気圧の隙間を北上したために、進行速度が遅く、その間、太平洋上の湿った空気を吸い込み、近畿、四国地方に雨雲を供給し続けた。このため、両地方で豪雨による崖崩れが頻発し、土石流で多くの家屋が破壊されたほか、川の流れが変えられたり堰き止められることによって、多くの河岸の家屋が水に飲み込まれた。今までの報道では、死者、行方不明者100名ほどに及ぶ。

　マスコミの中には、この災害について、地元市町村が住民に対して緊急避難指示をしていなかったことを問題にする向きがあるが、国土交通省の官僚の無責任なリークではないかと疑われ、その報道態度には疑問があると思う。市町村は、避難指示のマニュアルをつくっているが、それは、崖等が崩れる兆候となるような一定の事象が発生したときに緊急避難を開始することを前提としており、もちろん、それらは国土交通省の指導の下に作成されたものであろう。

　しかし、たとえば紀伊山地は、壮年期の地形であり、雨風による浸食の続いている場所である。大雨でどこが崩れてもおかしくはない所に村や町ができているのである。台風時に、無数にある崖崩れの危険個所を、限られた村や町の職員で見回ることは不可能である。

　そんなことよりも、今回のすさまじい大雨が気象予報士の解説どおり容易に予測できたのであれば、なぜ、国自身が、危険地帯の住民に対して、直接、避難勧告を出さなかったのか。つい先日のアメリカの台風アイリーンの上陸前、オバマ大統領はアメリカ東部の広範囲な地域に避難勧告を出した。台風が歴史的規模の超大型で、大きな災被をもたらすことが予想されたため

71　台風12号とアイリーン

である。
　私は、その報道に接したときに、「大袈裟なことだな。それが大統領の仕事か？」と一瞬思ったが、よく考えてみれば、今回の台風12号と同様に、過去に作成した避難指示に関するマニュアルだけでは被害を防ぐことが不可能な場合がある。
　だからこそ、そのような特別の被害が予想されたのであれば、国が直接、国民に危険を発すべきである。そのような意味で、マスコミが検証すべきなのは、今回の被害が予想できたか否かと、もし、できたとすれば、政治、官僚に不作為の責任があったか否かということである。
　同時に、アメリカにおけるアイリーンとわが国における台風12号とに対するそれぞれの政府の関与の違いが何に起因するのか。わが国の反省点はどこにあるかということを深く考えるべきであろう。
　昨日発足した野田内閣の対応も、全く他人事でしかないように思う。
　ところで、今日は退院後3回目の診察日。午前11時にCT撮影。その後11時30分の予約でT先生の診察を待つ。ちょうど昼休みの時間で、受付関係者等適宜順番に昼休みをしているのではと疑いたくなるが、労働基本権は守らないといけないのだから、やむを得ないことか。結局、診察のために呼ばれたのは、午後1時をだいぶ回ってからであった。本日のCT写真も前回と同様で、出血の痕跡等の異常はなく、アスピリンの処方量を倍にしてもらう。なお、前回、地元のK先生への紹介状を書いていただいたが、脳外科分野のサポート体制を聞かれ、本日の診察日が決められた経過から、K先生と相談のうえ、彼の紹介で、S病院のサポートを受けることになったので、あらためて同センターの医師宛ての紹介状の作成も依頼した。既に、来週14日の診察を予約済みである。同センターの診察券を作成しておき、今後、平素はK先生に診察願うが、検査が必要な時に行ったり、万が一の時に緊急入院できる体制をつくっておけば、私も心強い。承諾いただき、これまでの約2カ月間の治療に感謝してT先生と別れる。

9月7日（水）

## 72 混合診療問題

　2カ月前の今朝、脳梗塞になったが、よく生還できた。また、自覚するような後遺症はない身体にまで戻ったものだと思うと、感無量。さまざまな幸運に感謝する。

　野田内閣が始動したが、マスコミは、今回の民主党総裁選挙で小沢一郎と鳩山由紀夫の求心力が落ちたことを喧伝するとともに、財政均衡論を盛んに唱えており、野田新首相を、仙石由人等財政規律派が支えていることを示唆している。

　私は、かねてから、小沢一郎は戦略なき戦術家であるため、戦争で良い形をつくるところまでは威勢が良いが、その後、自陣をまとめきれずに崩れてしまうことの連続であると考えている。その原因は、しばしばささやかれる「哲学がない」というところに起因するのかもしれない。鳩山由紀夫については、豊富な実家の経済力と、華麗な閨閥には恵まれているものの、その分、今壊れつつある日本社会の底辺の実相を知らず、国民の生活の実態、わが国の抱える問題に対する危機感が薄いように思う。しかし、それでも、私は、小・鳩が官僚主導の財政均衡論に対する警戒感を持って政治に臨んでいる姿勢は、野田新内閣や、影の応援者、あるいは若い大臣連中の政治姿勢よりは正しいと考えている。また、この2人が完全対米従属型の従来のわが国の外交政策からの脱却を志向していることも正しいと考えている。

　ところで、世帯の可処分所得から世帯員数の違いによる差を控除した（世帯の可処分所得を世帯員数の平方根で割る）等価可処分所得（値）が、全国民の等価可処分所得の中央値の半分に満たない国民の割合を、「相対的貧困率」というが、OECDの2000年半ばの統計では西欧諸国は大半が10％以下であり、全調査国中最も低いのがスウェーデンとデンマークの5.3％であった。

72 混合診療問題

　その時日本は、14.9％であり、2009年の厚生労働省の調査結果は16.0％であったとされる。したがって、日本は既に大きな格差社会になっていて、私たちが若い頃信じていた「1億総中流社会」は完全に雲散霧消しているということである。この現象を前提として発生した新しい議論の1つに混合診療問題がある。

　わが国の健康保険制度が瀕死の状態にあり、厚生労働省は、診療報酬を引き下げたり、各種医療ガイドラインを作成させること等により、医療の限定化を図る等さまざまな小手先の工夫をしているが、政財界では、高額医療費負担能力のある者は、自費で保険の効かない高度医療を受けることができるが、保険医療で賄える部分は保険も使えるという混合診療制度の導入を主張する者が増えてきている。高額所得者の費用で、わが国の医療技術の革新等を支え、他方で、高額所得者の高度医療への需要に応えれば良いではないかという考えである。

　しかし、戦後のわが国再建の過程で、国民すべてが必要な診療を受けられる社会をつくろうとした人たちが、国民皆保険制度確立に向けて行ってきた尽力を虚しくするものではないか。なぜなら、この論は、高額医療費負担能力のない者は、限られた保険会計では支払えない高度医療が受けられなくても仕方がないという考え方だからである。戦後まもない頃、わが国には、沢内村を初めとして、病院に行くのは最期の時だという寒村は少なくなかった。わが国が健康保険制度の立直しに成功するまでは、混合診療の解禁は禁句ではないかと思う。

　その点、健康保険制度に歯向い続けた日本医師会の武見太郎は、生涯、保険診療はせずに、自分の立場を貫いた。混合診療解禁の主張は、健康保険制度の恩恵は享受しながら、なお高度医療も受けたい階層と、一切の保険診療を拒否したところでは採算の確保が難しい高度医療専門病院との利害が一致するところで、国民皆保険というわが国のセーフティーネットの1つをさらに破壊しようとする試みにほかならない。

　高度医療を受けたい人は保険診療を辞退すれば良いだけのことである。

145

9月8日(木)

## [73] 検察庁特捜部

　大阪地検特捜部主任検事証拠改ざん事件の大坪弘道元特捜部長と佐賀元明元副部長の公判期日が近づいている。これは、2010年9月21日に、同部が捜査した障害者郵便制度悪用事件において、担当主任検事前田恒彦が証拠物件であるフロッピーディスクを改ざんしていたことが発覚し、同人が証拠隠滅容疑で、捜査当時上司であった大坪弘道元特捜部長と佐賀元明元副部長とが犯人隠避容疑で、それぞれ逮捕された事件である。

　捜査の端緒は、厚生労働省の局長であった村木厚子被告が、同月10日大阪地裁で無罪判決を言い渡されたことにあるが、かくも短期間で強制捜査が着手されるについては、捜査を担当した長谷川充弘最高検刑事部検事兼大阪地検事務取扱が、大阪地検特捜部固有の腐敗による特別な事件という外観を作出しようとしたためだと、私は考えている。

　しかし、前田恒彦検事のみならず、大坪弘道検事もまた、東京地検特捜部検事を歴任しており、彼らの捜査手法は、大阪地検特捜部固有のものではなく、東京地検特捜部の捜査手法、ひいてはわが国の検察庁全体の病理現象を現していることを看過してはならない。また、佐賀元明検事は、2004年から2007年まで最高裁司法研修所教官、法務省新司法試験考査委員（刑事訴訟法）を併任していたことからも明らかなとおり、法曹界のエリートとして認められていた人物である。

　ところで、前田恒彦検事は、2006年9月に収賄容疑で佐藤栄佐久福島県知事（当時）が逮捕・起訴された事件（「[32] 原子力損害賠償支援機構法は被害者救済法か？」参照）でも、東京地検特捜部在籍時に捜査に参加し、前田に事情聴取された福島県庁幹部から、「言っていないことまで供述調書に作成された」等と批判されている。佐藤栄佐久の公式サイト上にも、「重要な供述

をした土木部長が自宅に2600万円もの出所不明の現金を隠し持っていた事実が特捜部に隠蔽されていたことが公判前整理手続で明らかになり、彼が特捜部に『弱み』を握られていた可能性が大きいことが判った」、「検事は、自白していない共犯者について、『弟はもう自白している』と欺罔して、自白を強要していた」等の記載があり、仮に、これらが真実であるとすれば、当該事件における違法捜査は、東京地検特捜部ぐるみで行われたことが明らかである。ちなみに、佐藤栄佐久事件の捜査の最終責任者であった当時の東京地検特捜部長は、大鶴基成検事で、ライブドア事件や村上ファンド事件の捜査を指揮していた人物である。

　こうした検察庁特捜部全体が抱える問題点に対して、元東京地検特捜部長の宗像紀夫弁護士が警鐘を鳴らしている。彼は、特捜部検事時代に、総理府汚職事件、ダグラス・グラマン事件、ロッキード事件等の捜査や公判を担当し、東京地検特捜部副部長時代の1987年にはリクルート事件、東京地検特捜部部長時代の1993年には、主にゼネコン汚職事件、金丸信の脱税事件等を取り扱ったが、検事退官後は、「あらかじめ決められた検察のストーリーに合うように歪んだ捜査が行われている」と特捜部批判を行っている。

　元最高裁判事の団藤重光東大名誉教授も、松川事件の第1次上告審で、最高裁の提出命令によって法廷に出された「諏訪メモ」が転機となり、その後紆余曲折はあったものの、最終的に無罪となったことに触れたうえで、「検察官の手元に被告人側に利益な証拠が眠ったまま、あるいは押さえられたままでいたら、どういうことになったでしょうか。誤判の危険はいたるところに潜んでいるのです。恐しいことです」（『死刑廃止論〔第5版〕』162頁）と指摘している。特捜部は、いったん全面解体したうえで、その要否を徹底的に検証すべきである。

## 9月9日（金） 74 検察官はもはや独任官ではないのか

　平成23年度の新司法試験の合格発表があった。K法科大学院の合格者は3名であったが、合格者2名までの法科大学院が9校あり、早速発表された補助金削減校6校からははずれることができた。3名の合格者は、合格する可能性が大きいと判断していた数名の中に入っており、要領の良い秀才型というより、継続が力となることを実証する努力型である。他の受験生や、後輩が、彼らの背中を忘れることなく励んでくれれば、合格者が増加すると思う。同窓生等が、今後8カ月間の努力で、同程度の実力を蓄えてくれることを期待したい。

　電子メールで、合格者からの報告もあったが、今年で3回目の受験に失敗した学生からの連絡もあった。毎年、優秀でありながら3回目の落第で受験資格を失う卒業生がいて悲しい。法学部学生時代にある程度の実力を蓄えた者は、法科大学院で授業を担当する教授の研究者としての関心の所在と面白さが理解できるだけに、その専門的な部分に関心をとられて、知識と技術との詰め込み型の新司法試験への準備が遅れてしまうことがある。法科大学院制度が、発足当初の狙いと似て非なるものになり果てたことと、自分の非力さとに対し、憤りを感じる瞬間でもある。

　さて、昨日検察官問題について触れたので、もう少し付言しておきたい。

　実は、公訴権を有するのは検察官であることから、検察官は、独任官であるとか一人官庁と呼ばれる。独任官制は、起訴裁量権の行使を通じて公訴権の行使をする立場にある検察官をして、個々の良心に基づいて職務を全うすることを通じて、冤罪を防止し、適正な公訴権を行使させるために採用された制度である。

　わが国は国策捜査の凄まじさを経験している。1948年10月芦田均内閣が組

閣後わずか7カ月で倒れる原因となった昭電事件は、民主日本の建設を後押ししようとしてきた民生局（GS）から、世界の冷戦構造の中で占領政策を転換し日本をアメリカの強力な軍事パートナーにしようとする参謀第2部（G2）へと、GHQの中での主導権が移る過程で、リベラリストを政治の中枢から追放するために仕組まれた事件である（宮野澄『最後のリベラリスト芦田均』）。取調べられた者約2000人、逮捕者は芦田首相含めて64人（現職国会議員10人）に及んだが、裁判の結果は枝葉の犯罪での有罪2名のみにとどまり、他は冤罪であった。そして、わが国の完全対米従属外交は、芦田内閣に替わって成立した第2次吉田内閣に始まるのである。

　組織ぐるみの違法捜査の安全装置が独任官制であるが、個々の検察官の公訴権の行使が常に適正、妥当であるとは限らないし、検察官の職務は行政作用でもあるから、その恣意的な運用を排除する必要もある。そのために、検察官同一体の原則も採用されていて、個々の検察官の職務は上司の指揮・監督に服する。そして、独任官としての検察官の判断と、上司の監督・指揮権との間で衝突を生じ、話合いでは歩み寄りが得られない場合、独任官たる検察官は、上司に対して、事務引継移転権の行使を促し、自らの意思に反する職務の遂行を回避することができる。

　しかし、上司が事務引継移転権を行使しない場合には、独任官制の重要性と、その独任官に対して検察庁法が与えている厚い身分保障制度（検察庁法25条）に鑑みれば、当然に消極的不服従が許されるべきであり、かつて、多くの検察官はそのように理解していた。

　この考え方を変えていったのが1985年に検事総長に就任した伊藤栄樹であり、彼は、「特捜検察の使命は巨悪退治です」と述べ、上司の監督・指揮権に従えない検察官は辞職すべきであるとする見解を打ち出し、独任官制を形骸化した。

　特捜部問題は、暴発防止のために設けた安全装置をはずしたところに病気の原因がある。

## 9月10日（土）　75　死刑制度

　野田内閣の発足と同時に、前法務大臣の江田五月が退任した。同元法相は死刑の執行をしなかったことから、マスコミは、死刑囚が120人に及んでいて早期執行が望まれる旨、こぞって報道している。

　ところで、わが国の差別問題につき調査した1998年の国連（B規約）人権委員会は、同時に、死刑制度に関しても調査し、同年11月19日日本政府に対して重要な勧告をしている。

　この勧告内容は次のとおりである。

　「委員会は、死刑を科すことのできる犯罪の数が減らされていないことについて厳に懸念を有する。委員会は、規約の文言が死刑の廃止を指向するものであり、死刑を廃止していない締約国は最も重大な犯罪についてのみそれを適用しなければならないということを、再度想起する。委員会は、日本が死刑の廃止に向けた措置を講ずること、及び、それまでの間その刑罰は、規約第6条2に従い、最も重大な犯罪に限定されるべきことを勧告する」。

　ちなみに、国連人権B規約6条は、1で死刑廃止の原則をうたい、2で死刑を廃止していない国のために、「死刑は、犯罪が行われた時に効力を有しており、かつ、この規約の規定及び集団殺害犯罪の防止及び処罰に関する条約の規定に抵触しない法律により、最も重大な犯罪についてのみ科することができる。この刑罰は、権限のある裁判所が言い渡した確定判決によってのみ執行することができる」と定めており、1989年12月15日同規約の第2選択議定書、いわゆる死刑廃止議定書として採択されて、1991年7月11日に発効している。

　日本とアメリカとは、この選択議定書の採択に反対したが、そのアメリカでも、2009年までに死刑を廃止した州は13州、死刑が憲法違反であるとされ

た州が2州、1976年以降死刑を執行していない州が2州であるという。そして、目を世界に転ずると、他の西側先進国のすべてを含む95の国が死刑を廃止しているほか、9の国が通常の犯罪に対する死刑を廃止し、35の国が事実上死刑を廃止しており、それら死刑廃止国は139に及んでいる。

　人権尊重の精神は死刑制度廃止と切り離せないものであり、世界の潮流もその方向にあるが、死刑制度存置国が死刑の廃止に向かう時点では、しばしば死刑の執行を停止するという試みが古今東西で行われている。アメリカのある州では、知事の決断で確定死刑囚全員が仮釈放なしの終身刑に減刑されたことがあるが、わが国の歴史の中にも長い期間死刑執行がなされなかったことがある。平安時代であった810年に薬子の変で藤原仲成が処刑されたのを最後に、以後、1156年に保元の乱で源為義が処刑されるまでの346年間にわたって死刑の執行は行われなかった。また、近時、短い期間ではあるが、佐藤恵が1990年12月から1年間の法務大臣在任中、宗教的信条から死刑執行命令書に署名しなかったという出来事がある。

　死刑執行の停止もまた、国連人権委員会の言うところの「死刑の廃止に向けた措置」の1つであり、江田五月の行為は、前記勧告に沿ったものであり、マスコミの批判は的はずれである。

　なお、2008年6月初旬に開かれた国連人権理事会（国連人権委員会を改組、発展させた機関）の作業部会でも、多くの国が日本の死刑執行継続に懸念を表明し、日本政府に対し死刑の停止を勧告し、国連総会は同年12月にも、死刑執行の一時停止などを求める決議案を採択している。日本政府は一貫して、これらを無視し続け、その根拠を国民世論に求めるが、国連人権理事会は、早くから、国民世論は死刑制度の理由としてはならないとしている。世論は政治によっても動かし得ることは、ノルウェーの大量虐殺事件の際の、同国政府の冷静な対応等に見るとおりである。

## 76 アメリカ同時多発テロ事件から10年

9月11日（日）

「秋海棠を見に行こうか」と妻に誘われ、朝の岩湧山のドライブに出かけた。山の麓では満開に近かったが、高度のある岩湧寺脇の群生地の秋海棠はそれよりは若く、黄色のおしべが固く閉じた2枚の花弁を通して透けて見えて可憐であった。駐車場の上に茂る栃の木から実が落ちて弾けているのを見つけたので、いくつか拾う。自然は、すっかり秋の準備を完了している。

今日は、東日本大震災から半年目であるが、ニューヨークのテロ事件からちょうど10年目でもある。当時、娘が、進学していた獣医科大学の実習のため中標津で酪農を営む農家に住み込んでいたので、私は妻と一緒に、実習明けのご挨拶と娘の出迎えとを兼ねて、北海道旅行中であった。

折から日本に接近中の台風から逃げるように、11日に知床入りしたが、ホテルでの寝入りばな、妻から「何だか大変よ」と声をかけられてテレビを見ると、貿易センタービルに航空機が突き刺さっているのが見えた。あまりにも現実離れしていたため、かえって、さしたる興味も覚えず、「えらいこっちゃな」と言いつつ再び爆睡してしまった。ことの仔細が分かったのは翌朝であり、ビル崩壊の映像等が、繰り返しテレビで放映されていて肝を潰した。

この時、計4機の航空機がハイジャックされ、3機が貿易センタービル2棟とペンタゴンとに激突し、1機は乗客が反撃に出たが墜落するに至った。この一連の事件の犠牲者は、すべての死者を合計すると2976人とされていて（今年の報道では2977人）、その内訳は、航空機の乗員・乗客が約250人、ペンタゴン約130人、世界貿易センタービル約2600人である。ただし、救助関係者らが被った健康被害の実態は解明されるに至っておらず、実際の事件による死亡者数は、これをはるかに上回るかもしれない。

**76** アメリカ同時多発テロ事件から10年

　ブッシュアメリカ合衆国大統領（当時）は、「アルカーイダ」のテロ事件と断定し、アフガニスタンのタリバーン政権が犯人の引き渡しに応じなかったとして、2001年10月7日、アメリカが主導する有志連合諸国および北部同盟とともに、アルカーイダその他の集団との武力衝突に踏みきり、やがて、タリバーン政権を崩壊させ、現在のアフガニスタン政府を成立させた。本年8月6日までの多国籍軍の死者は、アメリカ1768人、イギリス380人、カナダ157人、フランス75人等である。誤爆による民間人の死亡者数は記録されていないが、国連アフガニスタン支援団（UNAMA）とアフガニスタン独立人権委員会（AIHRC）は、本年3月9日、アフガニスタンで2010年中に戦闘に巻き込まれて死亡した民間人は277人だったと発表している。
　ところで、この戦いは、わが国では「紛争」と言われ、過去のソビエト連邦との「戦争」とは一線を画しているように装われるが、開戦当時、アフガニスタンを実効支配していたのがタリバーン政権である以上、これも「戦争」以外の何ものでもない。したがって、その崩壊に伴って成立したカルザイ大統領は傀儡政権にすぎず、多国籍軍の撤退の動きに合わせて、多国籍軍の死亡者が激増しており、彼に治安維持能力がないことは周知のこととなっている。
　タリバーンが麻薬密売をしていたとか、女性の人権を侵害すると言われるが、中村哲の『アフガニスタンで考える』によると、タリバーンは厳格な宗教主義で麻薬の栽培をやめさせる側にいたが、多国籍軍の空爆開始が麻薬栽培の自由をもたらしたという。本年7月12日に暗殺された大統領の実弟のアフメド・ワリ・カルザイこそ麻薬密売王であると糾弾されている。女性の人権についても、イスラムの文化として理解し、国民自らの選択として許容する余地のあることは、内藤正典の『イスラムの怒り』が示唆するところである。何のために血を流し続けるのであろうか。

## 77 ロナルド・キーンと渡辺崋山

9月12日（月）

　中秋の名月である。仕事を終えて帰宅すると、妻が、伊賀焼の徳利に、スーパーで買ったススキと、庭の萩の花とを活けて、居間の小さなテーブルの上に置いてくれていた。花見団子も備えてあったが、カロリーは随分高そうであった。

　ところで、今般、ドナルド・キーンが訪日し、帰化の予定であると報道されている。

　ドナルド・キーンは、1922年生まれのアメリカ人で、1953年に京都大学大学院に進学、その後、日本文化を世界に紹介し、多くの著作を発表した。コロンビア大学の教授を経て、現在同大学やケンブリッジ大学等の名誉教授である。日本で生活した経験も豊富であり、1993年に勲二等旭日重光章、2008年に文化勲章を得ている。東日本大震災を契機にコロンビア大学を退職し、日本国籍を取得し日本に永住することを決意したようである。被災者を激励したいと話しているそうであるが、彼が、東北大学の名誉教授であることも今回の決断を後押しした要素であるかもしれない。

　私は彼とはずっと無縁であったが、2007年発行の『渡辺崋山』を読んで感銘を受けた。

　渡辺崋山の鷹見泉石像は忘れられない絵であるし、彼が蛮社の獄にあい死去したことは知っているものの、それ以上の知識を得ることもないままに最近まで打ち過ぎてきたが、ドナルド・キーンの著作によって、彼の研究を通じて組み立てられた１つの人生に接することができた。

　崋山は、1793年（寛永5年）生まれで、20代半ばで画名をあげていたが、1832年（天保3年）5月に田原藩（愛知県）の年寄役末席に就任し、藩政改革に尽力する。俸禄形式の変更等もさることながら、農学者大蔵永常を田原

## 77 ロナルド・キーンと渡辺崋山

藩に招聘して殖産興業を行い、食料備蓄庫を築いておいたことから、1836年（天保7年）からの天保の大飢饉の際に、貧しい藩内で誰も餓死者を出さなかったという。

しかし、蘭学者の高野長英等と親しくしたこと等から、もともと幕府の儒学（朱子学）を担う林家の出であった幕府目付鳥居耀蔵らに警戒され、ついには、幕府の海防方針を批判したとのでっち上げの罪に陥れられ、有罪となって国元田原で蟄居させられる。そして、謹慎生活を支えるために絵画を売ったことが追及されているとの情報に接し、藩に迷惑が及ぶことを恐れて、自らの命を絶つことになった。

ドナルド・キーンは今回の来日の際にも政治に疎いと自ら白状しているとおりに、渡辺崋山が陥れられた蛮社の獄に関する記述等にはぎこちない点があり、彼の著述だけから当時の時代背景を頭の中に再現することは、必ずしも容易ではないが、渡辺崋山の絵画の紹介や解説は生き生きとしていて秀逸である。そして何よりも素晴らしいのは、近時、ほとんど日本人が論じることがないのに、アメリカ人のロナルド・キーンが、渡辺崋山の一生を描き出して見せたということである。

おそらく、渡辺崋山が1838年（天保9年）に藩主に退役を願う際に、かつて家族が味わった貧窮の生活を記述して提出した「退役願書之稿」が、戦前忠孝道徳の模範として修身の授業に利用されたことが、敗戦後、逆に彼が敬遠される理由になったのだと思う。忠君愛国の宣伝に使われた楠正成と同じである。しかし、幕末の政治史、美術史の中で忘れられない人物であり、ただそれだけのために、日本の美術界や歴史学者が敬遠してきたのは残念なことである。

ロナルド・キーンは、現代日本人がその人生を知っておかなければならない卓越した歴史上の人物の1人を、私たちに紹介してくれたのである。その美意識、渡辺崋山の心情の描写の卓越さ等においても、日本人以上のものがある。このような大学者の日本帰化を心から喜ぶものである。

## 9月13日（火）

## 78 刑罰の正当性の根拠

　近代民主主義国家において、刑事裁判によって犯罪者に刑罰を科すことの正当性を基礎づける根拠はいったい何なのかと考え出すと、答えは必ずしも簡単ではない。

　かつて、私たちは、大学法学部の授業で、一般予防（刑罰による社会的抑止力）と特別予防（犯人への教育）の目的から刑罰が科せられ、そのことによって応報（仇討）も果たされると教えられていた。応報それ自体は、「仇討」的な目的で人の生命や身体を損なうもので、非近代的なものであり、他の目的のために科される刑罰の副次的効果にすぎないとされた。

　それでは、罪を犯せば罰することによって、他の者をして罪を犯すことを躊躇させるという一般予防の目的のみで、刑罰を合理化できるか。地球よりも重い犯罪者の命をみせしめの道具として扱うものであり、やはり近代民主主義が実現しようとする個人尊重の理念とは抵触する。

　そこで、刑罰は、再犯を抑止するために犯罪者を教育することをも目的とするという特別予防の考え方が、近代民主主義の精神に最もかなうと考えられているが、刑罰の量は、通常は教育の効果とは無関係に裁判時に定められるし、死刑は特別予防の考え方では説明が困難である。

　そこで、是非善悪を弁識し、それに従って犯罪を躊躇する能力のある者は、犯罪を犯せば罪を受け入れることを承諾しているのだという社会契約説が唱えられる。この社会契約の存在を擬制することで、一般予防と特別予防とが相まって刑罰の根拠となり得ると言うのである。

　翻って考えるに、知的能力が著しく劣り、是非善悪の弁識能力がない者、それはあっても、弁識したところに従って自らの行為を律する能力に著しく欠けている者は、社会契約を締結するに由なく、したがって、一般予防のた

めの刑罰を科すことはできないし、特別予防における教育の対象ともなり得ないことになる。

　刑法が是非善悪を弁識し、それに従って犯罪を躊躇する能力のない心神喪失者を無罪とし、この能力が著しく劣る心神耗弱者の刑を軽減しているのは、このためでもある。

　仮に、この心神喪失者の不可罰を認めないとすると、たとえば、死刑が予定されるような犯罪の場合、自分ではどうすることもできなかった人格を抹殺することに等しく、言葉を変えると、社会に用のない者は生きる資格がないというに等しい。それは民族浄化を含む、すべての差別の正当化理由と根を同じくしている。私は、生まれつき知能が著しく低く、ベッドの上で固まったまま生き続け、すでに成人に達している人を知っている。もちろん彼が話すこともない。しかし、彼にも生を全うする権利があり、用不用を問わずに、自らの責任には帰属できないハンディキャップを持つ人格を保護し、支える国こそが、近代民主主義国家ではないか。

　ことは、犯罪者をどうするかという単純な問題ではなく、自らの責任には帰属できないハンディキャップがある者をどのように保護するのかという、社会の成り立ちの問題である。

　私は、当番弁護士制度発足当時、デパートでたまたま居合わせた女性客の首に柳刃包丁を突き刺した事件の犯人と接見したことがある。殺人の前科があり、前回は男性を殺したが、今回は女性を殺せと電波に命じられたと言う。自分は全社会から無視されているとも言う。完全に精神に異常を来していたと思う。その事件は、結局は起訴猶予となったものの、捜査機関は、しばしば簡易鑑定で犯罪者は正常人であるとして、起訴に持ち込み、厳罰を求めようとする。被害者からの応報の要請に応えるためであり、常にマスコミはこれを支持する。

　しかし、これは、現在のわが国社会の後進性を物語るというべきである。

9月14日（水）

## 79　セカンド・オピニオン

　午前11時からＳ病院で脳梗塞の診察を受ける。入院していたＮ病院からの紹介状と、Ｋ病院の紹介状とを渡し、今後、日常の診療はかかりつけ病院のＫ病院でお願いする心算であるが、外科的処置や検査の必用なとき等は、当院でもお世話になりたいと説明する。実は、Ｋ病院のＫ先生と、Ｓ病院に併設されている研究所の所長と私とは、高等学校の同学年の同窓生であり、今回の受診は、両先生のご指導とお骨折りによるものである。

　担当のＴ部長から、今回の診療にはあわせてセカンド・オピニオンを求める目的もあるのかと問われたので、入院していた病院では、入院時以外MRIの撮影が行われていない等、疑問に思うこともあるので、今、必要な諸検査を実施し、今後の治療方針決定に必要なご指導をいただくことができれば嬉しいと、伝える。

　診察の予約は午前11時であったが、実際に開始されたのは、12時を回ってからであった。診察室前には未だ何人かが診察待ちであったことから、私の方は手短に話そうとするが、Ｔ部長は、それを制して、入院していた病院から預かったMRIの映像をコンピュータの画面上に開いて、詳しく説明をしてくれる。梗塞部位は、中脳の底部であり、一見梗塞が大きく見えるが、縦方向には広がっておらず、大脳周辺の障害はない。梗塞血管は、鎖骨付近で他の血管から分岐してくる右側椎骨動脈であるが、梗塞部位は、その分岐の近くであり、脳内ではない。

　この血管は、左右にあり、脳内では合流しているので、梗塞により一方の血流が止まっても、その先の血流を確保できるし、その手前も、他の血管からある程度の血流が確保される。また、そもそも、左右のいずれかの血管の血流が悪くなった場合に、他の血管から血流が補われることによって、悪い

方の血管が一層流れにくくなるということは、しばしばあることで、現にT部長自身も同様の状態になっているとのことである。

　N病院では、MRIは、梗塞時にしか撮影していないので、その後の血流の状態が分からないし、CD-ROMには、エコーの検査結果が記録されていなかったことから、あらためて再検査して、治療の要否を検討したり、機能している血管からの出血の可能性等も判断したいとのことで、9月26日に検査の予約を入れた。あわせて、その画像次第では、諸検査を実施するため1週間ほど検査入院することを勧められ、10月3日からの週の入院も予約する。

　入院していた病院で一命をとりとめられたことには感謝はするが、この日のような説明は受けたことがなく、梗塞部位が大きくて、出血が怖いとの説明に終始していたばかりか、それだからどうするという治療方針の説明を受けたこともなかった。今日の診察で、今後の検査に基づき、より明確に治療方針を決定できることを知り、少し、安心することができた。何しろ、自分の身体状態について、分からないことが多いほど不安になるものである。

　入院などの予約のために、事務所とも連絡をとり合ったが、明日から予定変更のため若干の作業が必要になると思いながら、帰宅した。

　帰途、高島屋の難波店に立ち寄り、Ｉさんに結婚祝いの品物を送る。酒の好きな人なので、薩摩切子のおちょこを2個選んだ。その後、隣接売場にも寄り、琉球ガラスの手法に泡ガラスの技法を取り入れた素朴な民芸品のガラスの器等に目が止まった。パラミタミュージアムに出したばかりとのことであり、また、工房は、私の義父が産まれた岐阜県にあるということで、縁を感じ、ビールグラスを2個求めた。晩酌に使い、手触りの良さを確かめた。

9月15日（木）

## 80　校外学習

　午後1時から、K法科大学院の3年生5人と法曹実務の見学を行うことになっていた。
　午後1時に大阪地裁正面玄関で待ち合わせ、「民事訴訟実務の基礎」の講義を共同で担当しているY裁判官の出迎えを受け、期日の予定と、午後2時からの証人調べについて事件の概要のレクチャーを受ける。
　午後1時15分から判決宣告、消費者金融に対する過払金の不当利得返還請求訴訟の判決であった。2件目も同種事件の口頭弁論期日、原告が出廷し、傍聴席に司法書士が控える。思うに、昭和50年代にサラ金問題が顕在化して以降、各弁護士会等が営んできたサラ金相談活動に伴う手数料は、当初は債権者1件につき1万円、後に少し上がったが、それでも長い間1万5000円であった。その頃、私は、大阪弁護士会のサラ金被害者救済センターの委員や、その後設立された総合法律相談センターの委員として、それらの立上げに関与した。その後、世の中がバブルに向かう過程で、直接受任義務を負うはずのセンターの法律相談担当者が、小規模事件の受任を嫌がって、事実上受任を拒否する事例が増加したが、私は、事務所内ではこの手数料基準を守って、業務を遂行してきたし、かかる手数料でも事件処理ができるように、事務員の専門教育やシステムづくりにも工夫を重ねてきた。近年のサラ金への不当利得返還請求を認める最高裁判例を契機に弁護士の事件介入が激増したが、弁護士はその対価として高額報酬を請求し、それが嫌われたためか、裁判への司法書士の関与が増えている。私の所属する法人でも報酬基準が変えられたが、私は、基本的には、以前に自ら決めた報酬基準を踏襲している。そんなことを思い出した。
　さて、3件目は家屋明渡訴訟であるが、和解条項ができ、相手方も同意し

ているが、出頭しないので、しかるべくという案件である。裁判所は、付調停の決定をして、調停主任裁判官として、和解条項どおりに、「調停に替わる決定」（民事調停法17条）をした。
　4件目の証人調べは、労働契約の安全配慮義務違反による使用者への損害賠償請求事件であり、過失の存否と、過失割合の認定とが争点。開廷までには少し時間があるので、東洋陶磁美術館で、国宝の窯変天目茶碗と飛び青磁の花瓶を鑑賞。帰ってきてから、原告本人尋問を約1時間にわたって聞く。主尋問15分、反対尋問10分で十分な内容。後ほど、学生に、その点の感想と争点に対する心証とを尋ねたが、熱心に模擬裁判授業に参加していた学生からは鋭い判断が示された。
　被告代表者本人尋問は見学せずに、退出して近くの適塾へ案内する。学生の中には、法曹倫理の受講者もいて、授業でも話した洪庵の生涯、医師としての功績、なかでも扶氏医戒の略の精神、同時代の医師である原老柳、適塾で学んだ人たち、あるいは大阪蘭学の潮流等につき、展示品を示しながら説明をした。ついでに、近くの懐徳堂跡を案内したほか、同時代の広瀬旭荘の私塾についても説明した。こうした場所で研鑽に励んだ人を思えば、司法試験突破は目的達成の意思の強弱にかかっており、合格ライン到達に必要な知識と技術とを継続して学びさえすれば、必ず合格できること。その先には、必ずしも富貴が待っているわけではないが、得た資格の下で、さまざまな価値ある人生を歩み得ることを、強く自覚して欲しいと願いながら。
　せっかくの機会なので、適塾の閉館時間の午後4時から当法人の事務所に案内、事務所見学のうえ、歓談をした。そのうえで、将来司法試験に合格した後の就職その他の問題についても、ざっくばらんに話してもらおうと新人弁護士のM先生にバトンタッチをお願いし、私は、静養のために帰宅。

## 81　退官の理由①

　庭ではカッシアが満開である。自宅の隣近所では手軽な花卉(かき)の栽培を楽しむ方が多く、購入した種からたくさんの苗ができると分け合っている。カッシアは、妻がもらう際に、「アルプスの少女」だと説明を受けて開花を楽しみにしていたが、調べてみると、「アンデスの少女」が正しい。黄色い花は清楚であるが、たくさん咲いていて、丈も2メートルは優にある。「少女たち」だなと思いながら、ふと、少女というと独りを連想するのが日本人であるが、アンデスでは健康な少女の群像を連想するのかもしれないと思いついて、面白かった。

　是非善悪弁識能力のあることが、近代刑法における刑事処罰の前提であることを、以前に説明した（「79　刑罰の正当性の根拠」参照）。その際、人は、社会契約によって犯罪を犯せば甘んじて処罰を受けるという契約をしているのだという考え方の説明もした。しかし、司法修習を終えて任官し、東京地裁の刑事部に配属されて重い合議事件を担当するうちに、およそすべての人が、同じような能力を持っているのかということについて、疑問を抱くようになった。

　人の能力は生まれつき千差万別である。自分の感情や行動をコントロールする能力は、躾や一般教養によっても涵養されるが、躾や教育を受けないで育った者もいる。また、自分を大切に思ってくれる人を裏切ってはならないという思いもこの能力の一部を形成するが、そのような愛情を知ることなしに育った者もいる。

　また、この世の中で、何の苦労もなく生活できる人がいる一方で、生まれながらにして差別を受け、泥水を啜りながら生きてきた人もいる。法律を守っていては命をつなげなかった瞬間もあったかもしれない。このような生物

## 31　退官の理由①

としての命もさることながら、人としてのプライドを維持することが著しく困難な環境に生まれ育った者もいる。思い出すが、私の思春期の頃は、暴力団も威勢が良くて、「こいつらは、わしらがいるから、世の中の役にも立つんや」と威張っている親分もいた。弁解がましい面もあるが、確かに、多感な青春時代に、人として真っ当な扱いを受けられず暴発寸前の若者の受け皿的な側面もあったことは否定できないと思う。

そこで感じたのが、私は、法壇の上から被告人に、「約束だから処罰を受けよ」と言える立場にいるのかという疑問であった。たとえば、知的能力に劣り、また、庇護してくれる者もなく、無銭飲食を繰り返して、ついに「常習」とされ、刑務所と社会を行き来している人物が、厳冬期を迎えては、拘禁生活の中で与えられる暖を求めて無銭飲食を働くのに対し、私は本当に処罰する資格があるのであろうか。私が被告人と同様の境遇にあったとすれば、やはり同様の生涯を送るかもしれないのである。

社会契約説は、説明の論理としてはすっきりしているが、すべての契約主体が平等である場合に成立する議論であり、実際には不平等であることを前提とすると、しょせん刑罰とは、ハンディキャップを持つ者に対して、社会秩序の維持のためのみせしめとして加えるものにすぎない。これは、人の命や身体を、合理的理由なく損なってはならないという現代の人権思想には反しないのか。

また、刑罰が無期懲役までの場合には、国家が犯罪者の生命を全うさせるという点で、人格を全否定するわけではないが、死刑による抹殺は、ただ単に、復讐とみせしめのために、犯罪者を抹殺するということになりはしないか。

退官して30年経つ。今までは、任官を勧めていただいた人を裏切ったという気持ちもあり、退官の理由を、他に説明することはほとんどなかったが、実は、刑事裁判官として刑を宣告することに抵抗を覚える自分を自覚したことが、退官の大きな理由である。

## 82 哲学のない団体は滅び、事業は破綻する

　赤と白のコントラストの美しいセージが、未だ、夏の名残を惜しむかのように玄関先で花を咲かせているが、その数はめっきり減ってきたように思う。

　近年、年賀状や暑中見舞いをいただくのは3000枚くらいであるが、その中で古くからおつき合いしている1人が林光行公認会計士である。私は、任官中、大阪の吉田訓康先生や東京の松尾翼先生らが始められた倒産研究会に、所属部の東條敬裁判官とともに参加したが、林先生も、当時新進の公認会計士として、先輩の中村弘毅先生とともに参加されていた。東條裁判官も、中村公認会計士も早く亡くなってしまったことは、残念であるし、寂しいことでもある。

　林公認会計士は、高校の同窓生の林幸先生と結婚され、共に、林光行公認会計士事務所を経営しておられ、私は、仕事の関係でも緊密な連携をとらせていただき、事業再編実務研究会も共同呼びかけ人を引き受けていただいている。

　この事務所では、事務所報「シェアリング・レター」を発行しておられて、今般、9月20日締切で、500字程度の寄稿を依頼され、喜んで引き受けていたので、本日、「平成維新の会」について、原稿を認めた。

　「哲学のない団体は滅び、事業は破綻するというのが、私の信念である。橋下知事に率いられた大阪維新の会の綱領は、『広域自治体が大都市圏域の成長を支え、基礎自治体がその果実を住民のために配分する新たな地域経営モデルを実現することである』ことを理念とするが、これは理念ではなく方法論に過ぎない。綱領記載の通り、『福祉、医療、教育、安心・安全等に係

る住民サービスの向上こそが地方政府の存在理由』なのであれば、住民サービスについての基本的な考え方、哲学こそが理念である。それにつき触れるところはなく、なお、維新の会には、整備された規約もない。橋下知事は、メディアでの人気に支えられた単なるタレントに過ぎない。維新の会の活動は早晩破綻するし、破綻しなければならないと、私は考えている。

　大阪都構想も、府の行政権限が政令都市に及ばず、府全体の行政計画を立てられない矛盾から、東京都に倣おうとするものであるが、東京都では、逆に知事の権限が強過ぎ、石原知事の暴走を止められず、築地魚河岸移転問題、東京銀行破綻問題等が発生している。行政の不能率は、暴走の抑止効果を持っているかも知れない。理念なき権限の集中には恐怖を感じる。橋下知事は、府庁移転問題で政治家としてミソをつけたが、安田弁護士懲戒請求問題や起立条例案問題では法律家としての能力の限界を、はっきりと露呈している。

　最後に一つ、歴史と文化に恵まれた大阪の知事でありながら、歴史と文化を掘り起こし、研究、史跡整備、次代への教育等に目を向けたメッセージを一度も発信していないことは、橋下知事に落第の評価を与える私の最後の根拠である。大阪の歴史が泣いていないか」。

　字数をオーバーしたが、原稿依頼の電子メールを再点検し、許容範囲かと思いながら、送信する。

　正午前、K病院に行く。K先生にS病院の診察の経過等を報告し、これから患者としてベスト・チョイスをするための指導を受ける。S病院のT部長からも情報がFAXで送られていて意見交換する。私は、先走っているのかもしれないが、椎骨動脈にプラークが発見され、血管カテーテルによる除去を勧められることが怖く、その場合のリスクについての参考意見を聞きたかった。しかし、検査前の現在ではK先生も説明しようがなさそうで、せめて26日のMRI検査後の説明を聞いた後に、あらためて相談しようということになる。

9月18日（日）

## 83 誤判の危険性

　河内長野では、秋祭りが近づき、各町会は山車巡航の準備に余念がない。その前に刈り取られるはずの稲の穂もずいぶん大きくなった。田んぼの畔等に咲き乱れるであろう彼岸花が、そろそろ姿を現し始めた。未だ数は少ないけれども、すっきり立つ姿が瑞々しい。

　刑事裁判には常に誤判の危険性があることはつとに知られていることであるが、単に訴訟手続を厳格化し、違法収集証拠の排除を徹底しても、誤判の危険性を回避することはできない。

　なぜなら、収集された証拠に関与する裁判官も人間であるから、その判断が、人間としての愚かしさによって影響を受けることを、排除することが難しいからである。

　わが国の新刑事訴訟法も、制定と同時にそのような誤判事件によって蹂躙されている。

　その代表的なものが古畑鑑定である。古畑種基は、1891年（明治24年）三重県に生まれ、1923年（大正12年）金沢医科大学の法医学教授となり、1936年（昭和11年）から東京大学や東京医科歯科大学の教授を歴任し、1960年（昭和35年）科学警察研究所所長となった人物である。彼が、弘前大学教授夫人殺人事件で被告人のシャツに被害者の血痕が残されていると鑑定したことで、被告人の有罪判決が確定したが、その後、真犯人が名乗り出て、冤罪事件であることが判明した。財田川事件、島田事件、松山事件でも、被告人の犯行とする鑑定結果を提出したが、その後の再審裁判により、鑑定結果が覆された（ちなみに、私が法曹をめざした理由の1つに、正木ひろし弁護士の著作『首なし事件』を読んで感動したことを掲げることができるが、その事件で、誤って被害者の外傷を確認したのも古畑種基である）。

このケースを一個人の特別な栄誉欲や功名心に帰せしめるべきではない。自分の業務の結果が自身の栄達や利益に結びつくことが明らかな場合には、その目が眩むのは、わが国の1000円札に印刷された野口英世博士の細菌発見の功績が、近年次々と覆されてきていることからも明らかなとおりであり、私たちは、常にそのような過ちの存在を前提としておくべきである。

　ところで、最近のDNA鑑定の技術の発展には目を見張るものがある。アメリカでは、有罪判決を受けた無辜をDNA鑑定によって救おうというイノセント・プロジェクトで冤罪を疑わせる事例が続出しているのであり、死刑執行待ちの受刑者全員に執行停止を命じたイリノイ州知事のケースが報告されている。わが国にはかかるプロジェクトがないばかりか、東京電力女性社員殺害事件で無期懲役が確定したネパール国籍のゴビンダ・プラサド・マイナリ受刑者（「18　刑事司法は死んだのか」参照）の再審請求審で、弁護側が新たなDNA鑑定結果を東京高裁に提出したのに、東京高等検察庁はその証拠価値を否定し、刑事司法の後進性を暴露している。

　しかし、反対に、DNA鑑定も過信すると、空想の犯人「ハイルブロンの怪人」を生み出すし、その手法によっては、冤罪の原因ともなり得る。1990年5月に、栃木県足利市にあるパチンコ店の駐車場から女児（4歳）が行方不明になり、翌朝、近くの渡良瀬川の河川敷で遺体となって発見された足利事件は、科学警察研究所のDNA鑑定を基に捜査が行われたが、すでに再審無罪が確定し、その鑑定結果は覆されている。

　同じ手法の鑑定が用いられたのが、1992年に発生した女児誘拐殺人事件である飯塚事件である。自白は得られなかったが、足利事件と同一のDNA鑑定によって有罪判決が確定し、死刑が執行された初めての事例である。当時の森英介法務大臣は、死刑執行の命令書に捺印するのが、法相の職責と考えていたきらいがあり、再審申立て直前の受刑者に、数十人の順番待ちの受刑者を飛び越えさせて死刑を執行したものである。

　足利事件の再審無罪は、飯塚事件も冤罪であった可能性を示唆している。

## 84 死刑制度再考

9月19日（月）

　台風15号が近づいている。台風12号でつくられた多くの堰止湖が決壊する恐れが報道されている。土石流の発生による被害が出なければと思う。

　退院後開始した化石の整理も進み、三葉虫とアンモナイトのほかに、中生代の化石の整理もほぼ終えたが、新生代に入った途端、まず、手がけた植物化石の同定作業が難しく、半日苦戦したものの、結局手に負えなかった。今年の秋塩原温泉に行く予定なので、塩原化石館で、ある程度の化石資料を入手したうえで、あらためてチャレンジすることにした。こうして、昨日から、新生代の貝等の化石の整理に着手した。瑞浪の貝化石についての詳細な資料を入手していたので、これを手がかりとして、各地の化石の同定を進めていった。新生代の第3紀では、中新世と鮮新世の化石産地の標本を既に整理し、明日以降は、第4紀更新世の化石に挑戦することになっている。ようやく、当初の作業の目的は達成することになり、標本箱は100箱余りに達する予定であるが、とりあえず、展示予定の標本がSセンターの関係者の注意を惹くかどうか。

　昨日まで刑事司法、なかでも刑罰について考えてきた。そして、死刑制度がさまざまな問題を孕むばかりか、わが国の運用には、死刑制度の乱用と言える面があることを国際社会から糾弾されていることを語ってきた。今日は、その際に、国連人権理事会が、わが国が、死刑制度存続の理由として国民の世論をあげることを批判していることについてあらためて考えてみたい。

　フランスで死刑制度が廃止されたのは、ちょうど30年前の1981年であるが、これを推進したのは、当時のフランソ・ミッテラン大統領である。彼は、「私は良心の底から死刑に反対する」と公約して大統領選に当選したが、

マスコミは死刑制度廃止に対する反対キャンペーンを強力に推進し、当時の世論調査では国民も63%がこれに同調したという。ミッテラン大統領は、弁護士のロベール・バダンテールを法務大臣に登用し、「世論の理解を待っていたのでは遅すぎる」と死刑廃止を提案、国民議会の4分の3の支持を得て、西ヨーロッパで最後の死刑廃止国となったものである。

フランスでは、1958年に成立した第四共和制下の憲法によって、大統領にだけ死刑執行の決定権限が与えられ、大統領の恩赦という形で、死刑を無期に減刑することが可能となり、当時既に、年間の死刑判決はおおむね20件程度、執行数については数件前後という運用になっており、死刑廃止を受け容れる社会的基盤は醸成されつつあったとも言える。

それでも、死刑廃止により凶悪犯罪への抑止効果がなくなるとして、激しい批判が展開されたが、死刑廃止が凶悪犯罪の増加に結びつかないことは、すでに死刑が廃止された各国で実証されたことであり、フランス国民自身が約四半世紀の実験で十分理解しているはずであった。

バダンテール法相は、議場で、彼が弁護していた凶悪犯への死刑を求めて活動していたパトリック・アンリ自身が、後日、凶悪な殺人事件を犯し、この時も彼が弁護を引き受けることになったエピソードを語り、死刑には犯罪抑止効果がないことを論証したと言われている。

ちなみに、その後世論も死刑制度廃止賛成者が過半数を占めるに至り、2007年2月19日にフランス国会は圧倒的多数の賛成により、死刑廃止を明記する憲法修正案を可決した。

マスコミの行動は、いつの時代でも庶民が抱いている、応報としての死刑の執行による興奮への渇望を擁護しているにすぎない。国連の人権理事会が日本政府に対して、国民世論は口実にできないとするゆえんは、ここにあると私は理解している。

9月20日（火）朝

## 85 パキスタンとタリバーン

　脳梗塞の発病前は、午前5時前に起床、朝食をとり、新聞を読み、洗面をし、6時40分過ぎに家を出て、6時56分発の特急電車で難波に向かっていた。

　発病後も、当初は、午前5時前に目を覚ましていたが、最近は、5時30分過ぎまで寝ていられるようになった。朝食に向かうのは6時過ぎ、食後しばらくソファーに横になり、身体を休めながら、テレビのニュースを見る。

　体調は決して悪くないのであるが、S病院でのセカンド・オピニオンを得て、治療方針が定まるまでは、まずは、再梗塞リスクを最低限に抑えるために、血圧の管理と、体重の減量とを実現すると腹を決めているためである。

　そのニュース番組であるが、日本の放送局のニュースには何の掘り下げもなく、また、報道すべき事実も官僚提供のものを無批判に垂れ流すだけのことが多いので、あまり面白くない。そのため、海外のニュース番組の提供を受けて、同時通訳の形式で伝えているBS放送の番組を優先して見るようにしている。

　最近の世界の各報道機関のニュースを見ていると、アフガニスタンではアメリカが侵略開始するまでほぼ全土を支配していたタリバーンが、欧米軍引き上げに合わせて支配の回復を進めていることが実感として理解できる。

　ところで、アフガニスタンとアメリカとの戦争に関するパキスタンの立場には、複雑なものがあった。そもそも、アフガニスタンとパキスタンの国境を含む一帯は、パシュトン人の居住地であり、そのパシュトン人は、全アフガニスタンの人口の過半数を占めていて、侵略者であるソビエト連邦を撃退したのも、アメリカが軍事援助したパシュトン人であった。彼らの代表がタリバーンである。

85 パキスタンとタリバーン

9.11テロ後に、ビンラディンの背後にいるのがタリバーンであるとして、アフガニスタンとの戦争でアメリカが壊滅させようとしたのが、このパシュトン人の世界である。

中村哲の『アフガニスタンの診療所から』によれば、もともと、両国の国境は、当時植民地であったインド防衛を至上目的とするイギリスと、南下策をとるロシアとが、1893年暫定的に設けた軍事境界線デュランド・ラインである。これは、スレイマン山脈を中心に広がるパシュトン人の居住区を真っ二つに分けており、この迷惑な遺産はパキスタン政府に引き継がれたが、パキスタンの連邦政府は、自由部族地域として、ほとんど完全な自治を与えているという。

このパキスタンが大国からどのように扱われているかということの象徴的な事件の1つが、1988年8月ソビエト連邦軍のアフガニスタン撤退に関する米ソの頭越し交渉に抵抗した当時のジアウル・ハク大統領が白昼大統領機とともに爆殺されていることである。

しかし、欧米の軍事・経済援助やアラブ産油国からのオイル・ダラーの還流なくしては国家経済が成り立たないパキスタンは、アメリカによるアフガニスタン戦争に際しても、表向き欧米の政策を支援し、前線基地とならざるを得なかった。

2007年12月27日、イスラマバード郊外のラーワルピンディーで選挙集会の参加中に暗殺されたベーナズィール・ブットー（54歳）は、1988年と1993年の2度首相に選出されたが、彼女もタリバーンを支援していたようである。ブットーの暗殺には、タリバーンが犯行声明を出したと言われているが、内務省による当時の公式見解は世界中に流された映像と矛盾しているし、一説には、政府側保安要員は警備をサボタージュしていたとも言われ、闇から真相がのぞいているのではないか。

## 9月20日（火）昼

## 86 欧州債務問題

　昨今のニュースの中で私の理解の外にあるのが、昨年来の欧州債務問題である。ギリシャや、イタリアの債務問題が盛んに報道されている。報道されているばかりか、わが国の経済に多大な影響を与えていることは、弁護士の仕事を通じても日常ひしひしと感じるところである。

　確かに、それらの国は経済が停滞し、国債も増加しているが、経常収入と経常赤字との差にしても、国民総生産に占める国債残高にしても、それらの国は、アメリカや日本よりも健全なはずである。わが国では、ハイパー・インフレがまもなく到来すると主張する論者も増えてきているように思われる。それなのに、なぜ日本ではなく欧州債務危機なのか。

　ギリシャやイタリアの経済指標などが日本よりも良いとしても、日本と本質的に異なるのは、ユーロに参加することによって、自国通貨の発行量や為替相場を管理することによる経済政策を遂行することができなくなっているということである。両国の債務の弁済原資は、国債のほかには、自国の歳入の範囲にのみ限定されるから、国債の約定どおりの償還が困難となり、一国の信用が毀損すれば、即時再建策を講ずる必要がある。

　ところで、財政の健全化のためには、本来、一定の期間が必要である。しかし、今日では世界の資本は、超高速で世界を駆けめぐっており、世界のマネーゲームは短期化の一途をたどっている。加えて、利益の源泉である経済変動に対する思惑が、さまざまな人為的な仕掛けをもつくり出す。

　その結果として、ユーロ参加国それぞれは自ら為替管理することができないというユーロの弱点がみごとに暴かれ、ギリシャ、イタリア等からの金融資産の逃避が止まらないのではないか。あるいは、ユーロ崩壊を含めた経済激変時の高額の利潤を狙った動きが背後にあるのかもしれない。

もし、そうだとすると、ギリシャ、イタリアの国民にとっては、ユーロの支援を受けるために、極度の窮乏生活を受け入れて緊急に債務処理を進めることと、ユーロから離脱して、自国の為替政策を通じて、経済の活性化を図るのと、いずれが賢明な選択になるのであろうか。

　もちろん、ギリシャ、イタリアがユーロから離脱し、大量の通貨を発行してインフレを誘導し、経済力をつけ国際競争力を高めると同時に、既存の国債による負担を相対的に軽減するということは、これまでの国内の富裕層の蓄えを一挙に形骸化させるし、経済の激変のために、国内産業にも大きな影響を与えるであろう。そういった弊害の激しさがどの程度であるかは、簡単に推測しがたいところである。

　しかし、反対に、年金生活者や若年労働者等、失う物のない者にとっては、過去に使用するために発行された国債を返還するために、急激に生活が切り下げられるより、国債の負担そのものを軽減する方策の方が、より好ましいもののように思われるかもしれない。

　結局、欧州債務問題の解決は、資本市場からの信用を失ったユーロ参加国が、財政再建のために、一定期間をかけるに必要な支援を、他のユーロ圏各国が与え得るかということにかかっているように思う。

　今、私たちは、国際経済の高速化、マネーゲームの短期化に対して、ブレーキをかける方法を考える時期に来ているのではないか。野田内閣は、財政均衡と言うが、それは、おそらく欧米が言うところの均衡を受け売りしているだけで、わが国の歳入と歳出とのアンバランスは、消費税を10％にしても、20％にしても、とうてい解消できないであろう。他国の圧力や官僚の示唆によってではなく、膨大な国の債務の処理策を、国民に夢を持たせられる政策とともに語って欲しい。

　あるいは、すでに共産主義は崩壊したと言われるが、資本主義もまた資本の動きを政治がコントロールできない時代になってしまったのではないか。

## ⑧⑦ 台風15号と危機対応

9月21日（水）

　今日は、国宝である金堂と七星如意輪観音や、楠正成の首塚と、建掛けの塔等で有名な観心寺で、河内長野東ロータリークラブの月見例会の予定日であるが、台風15号が襲来したため、雨月である。

　四半世紀以上前に観心寺のご住職の推薦で同クラブに入会した私は、本年6月末日すなわち国際ロータリーの平成22年度末に退会した。それは、平成23年度の同クラブを含む地区の責任者が正式に決定され、ガバナー・エレクトという地位を与えられていたのに、平成22年度のガバナーが規約に定める手続にはよらない排撃活動を開始し、元ガバナーの中にもこれに追随する者があり、エレクト擁護派に対して、インターネット上でのいわれのない誹謗中傷攻撃が繰り返された挙句、排撃活動擁護者による国際ロータリー日本事務局への働きかけもなぜか功を奏し、結局、エレクトが変更されるということがあった。そのようなロータリーの精神に欠けるガバナーや日本事務局担当者の下では、活動を続けたくないと考えたためである。

　しかし、クラブの仲間からは、本年度終了とともに復帰しろと励まされ、1年間に限って名誉会員にしてもらった。私も、それ以上、意地を張ってもと思い、そのようにしようと考え、年内の例会や活動には、できるだけ多く参加する予定であった。しかし、脳梗塞のために2カ月間休む間に、次第に出不精になり、今日は、せっかくの親睦会であるが、カロリー制限で、酒も食事もほとんど摂れないことが寂しくて、結局欠席することにした。次の機会には義理を守ろうと思う。

　台風15号は、本日本州に上陸した。12号の被害により多くの堰止湖が産まれた近畿山地では土石流が警戒されているが、それ以外の地域でも、洪水等の注意報や警告が盛んに出されている。そして、夕方から夜にかけて、関東

*174*

を中心に、JR、地下鉄その他の公共交通機関が次々と運休し、おびただしい数の都市勤務者が帰宅できず、困惑していたようである。

そこで、思うに、私の子供の頃は、台風の移動とともに、ラジオを聞きながら、注意報が警戒警報に変わると「いよいよ上陸」、警報が注意報に落ちると「どうにか去りつつある」というふうに判断し、その規模についても気圧等を参考に素人判断をして、大きいと見ると、屋外から雨戸に板を打ち付けたり、屋内にはローソクを準備したりした。

そして、会社等も、臨時休業したり、台風の動きに合わせて、勤務時間を縮めて、交通機関が途絶しない間に帰宅させる等の工夫をした。交通機関の方も、間引きはしても、できる限り運転したように思う。

当時は、情報量は限られていたが、自己責任と、社会の中での相互の配慮という2つの要素が、それなりに機能していたように思うのだが。

これと比べると、台風15号の場合には、それぞれの機関が、注意報や警報を出す。避難勧告や指示を出す。事故の危険が感じられると交通機関は運転を見合わせる。当然のことのように会社は勤労者を定時まで働かせる。そして、それぞれの当事者も自分の立場しか考えていないように思われてならない。

もっとも、会社といっても早退指示をする権限は人事部の責任者等にあり、彼も勤労者なのであるから、コミュニケーションがとれている職場であれば、融通無碍な措置は可能であるはずなのに、本日の東京都中心部における膨大な台風難民の姿を見ると、むしろ、そのような健康な職場が少なくなったのではと、心配したくなる。

小泉純一郎内閣時代に進められた経済の国際標準化に伴うさまざまな施策は、国民間のさまざまな知恵をも急速に消失させていったが、ここにもその影響が及んでいるのであろうか。

## 88 ソマリアの飢餓問題

　ファーストリテイリング・グループは、昨日、ソマリアの飢饉救済のために200万ドルを寄付するとともに、ケニアに逃れた難民のために100万着の衣料支援をすると発表した。寄付金は、栄養失調の子供への治療用特別栄養補助食品セットを現地に届けることをはじめとして、今回のソマリアおよび周辺国の危機に対応した国連難民高等弁務官事務所（UNHCR）の緊急人道支援のために活用される予定という。

　このニュースに対するマスコミの反応が鈍いのは、このソマリア問題は、怠惰で、戦争好きで知能の低いアフリカ人の問題にすぎないのではないかという思い込みがあるからだと思う。インターネット上にも、「ソマリアでは、民族を超えた国家構想がなく、国内の氏族は抗争を続け、国家の建設を妨げている」という意見が書き込まれている。

　しかし、ソマリア国籍を持つ者も、日本国籍を持つ者も同じホモ・サピエンスであり、人格的能力において、全く異なるところはない。彼らは、1960年にイタリアの保護領から独立し、1970年にバーレ前大統領が社会主義国を宣言し、統一国家として歩み始めているのである。西部州一帯は穀倉地帯でもあった。彼らの苦境は、彼ら自身が招いたものではなく、欧米を中心とする世界各国がつくり出したものなのである。

　すなわち、東西冷戦の当時、紅海の入口に位置し、インド洋に突き出たソマリアは、戦略上の要衝であり、反政府武装闘争が始まったことがきっかけで、東西両陣営は、大量の武器を投入した。そして、1991年1月統一ソマリア会議（USC）が首都モガデシオを制圧したが、ここで西側が推すアリ・ハマディ・モハメドが暫定大統領に就任したことから、これを不満とするUSCのアイディード将軍派が対立し、これが内戦化するとともに、国内秩

## 88 ソマリアの飢餓問題

序の崩壊が、国民を部族中心のイスラム社会に回帰させることになった。もちろん、各部族は、部族民の生命を預かるために、一斉に武装化することになったのである。

ところで、長く続いた東西冷戦は、1991年の12月のソビエト連邦の崩壊によって終結したと言われるが、当時、新生ロシアの国際的立場は極めて弱く、国連活動も西側社会が意のままに動かせる時代が到来していた。国連は、1992年12月国連安保理の承認により、アメリカ軍を中心とする多国籍軍を派遣。続いて1993年5月に武力行使を認めた第2次国連ソマリア活動を展開したが、狙いは、アイディード将軍の攻略にあったと私は考えている。

当時、将軍が国連に対して宣戦布告したと言われており、手始めに、国連パキスタン軍を攻撃して24名の兵士を殺害したとされるが、共同通信社の記者として、中東の危険地域の取材活動に従事し、1994年12月にチャーター機の墜落で死亡した沼沢均の遺稿を出版した『神よ、アフリカに祝福を』によると、ソマリア市民への無差別虐殺事件を最初に起こしたのはパキスタン兵であり、最初から完全なモハメド政権樹立のための軍事行動であった疑いがある。

そして、アメリカ軍は、1993年10月、アイディード派幹部拘束を目的とした作戦を実施したが、30分で終了するとの予期に反して、激しい応戦にあい、18名のアメリカ兵士と1名のマレーシア兵士を失い、1994年のアメリカ軍撤退の原因となってしまった。そして、主軸を失った国連活動もすべて撤収することになる。介入を行ったアメリカと国連とは、中央政府が崩壊し、首都も二分されたままのソマリアを撤退したが、それまでの間に、ソマリアは、産業も、国土もすべて破壊されてしまったのである。彼らの飢餓の責任は、西側の一員である私たちにもある。

177

9月23日（金）

## 89　ボランティア活動

　秋分の日を迎えたが、三連休の初日とあって、あちらこちらで自動車の渋滞が起こっている。

　その人の移動の中には、台風15号の被災地へのボランティア活動に志願するためのものが含まれていて、わが国でも、最近はこの種の奉仕活動が増加しつつある。

　妻の知合いの美容師の祖父が南紀勝浦に所有している別荘の建物も床上浸水の被害を受けたが、現地に居住している方々の被害に関しては、ボランティアの人たちが手伝ってくれて、手際よく後片付けが進められている模様。

　戦後の日本では、国民の多くは、会社に人生を売り渡す代わりに、生涯生活の保障が受けられると信じて、会社人間として経済活動に邁進してきた。その保障の厚さは、大学卒業時の就職先いかんと、本人の辛抱とにかかってきた。そのために、子供が有名大学に進学できるよう努力する教育ママが肯定される母親像として受け入れられてきた。その子供も、会社に就職した後は、ひたすら、自らを会社好みの人間へと同一化することに、神経を擦り減らしてきた。

　しかし、近年、雇用の流動化により、会社そのものは、従業員の生涯を保障するものではなくなった。それは、社会のセーフティーネットワークの崩壊という意味では、深刻であるが、人間回復という意味では、むしろ歓迎すべき点もある。

　大学生が、就職の前に、一定期間さまざまな社会体験をし、自分の好みや、性格を知り、人格を鍛え、そうした準備を経て初めて、自らの職業を選択するということは、世界では普通に見られることである。

　また、いったん就職したものの職場の環境や人間関係、あるいは与えられ

89 ボランティア活動

た仕事があらかじめ考えていたものと異なっていたからという理由で、簡単に離職する若者が増えている。上司は、辛抱が足りないと言うかもしれないが、生涯保障をすることができなくなったことに加えて、厳しい経済環境の中で魅力的な労働条件を与えることができない会社が、若者をつなぎとめられなくなっているのである。旧時代に育った上司では、若者が意気に感じることができるような仕事を創出することもできない。この場合にも、雇用の流動化は、個人の人間回復にも役立っている。

そうした求職者が自分探しの過程で、ボランティア活動を選択することに、私は大賛成である。それは、自分の周りにいなかった人たちとのコミュニケーションを通じて、さまざまな現実や考え方を知り、取り巻く事情を多角的に分析することを覚え、今後の人生選択やその後の生活に大きな影響を与えるからである。

私も高校生の当時、施設慰問のグループをつくり、知的障害児の施設に出かけたことがある。快く慰問を受け入れてくれたことから、私は、一所懸命子供たちと語り、触れ合い、満足して帰りの時間を迎えた。そして、別れの前の反省会の際の施設長の言葉に、頭をガーンと打たれた。

「今日は、君たちの純粋な気持ちを受け入れて、慰問をしてもらった。子供たちは、今日は１日楽しかったと思う。しかし、私たちの力では、毎日そのような経験をさせることはできない。そのような時に、子供たちは、『お兄ちゃんたちはまた来ると言ったのに、なぜ来ないの』と質問してくる。君たちも、『また、近いうちに来るね』と言ったに違いないが、私たちは、同じ施設に何度も来る慰問学生と出会ったことはない。君たちを責めるのではないが、自分の善意が子供や施設の従業員を苦しめることもあることを知り、心の底にしまって帰って欲しい」。

ボランティア活動は、それに従事する者に、大きな成長の機会を、さまざまに与えてくれる。

9月24日（土）

### 90 「財団」という名の「社会福祉法人」

　社会福祉法人長野社会福祉事業財団というものがあると言うと、法律を知っている者なら、間違っているのではないかと思うであろう。しかし、「財団」という名の「社会福祉法人」が存在するのである。

　約15年ほど前に、その理事を引き受け、現在副理事長をさせてもらっているが、今日その理事会がある。毎月1回開催される理事会を、脳梗塞のために2回欠席したので、今日は病後初の出席である。

　昨年、設立60周年を祝ったが、その際、私財を投じて、法人の基礎を築いた指宿孝博医師とその奥様の興子医師とを称える記念碑を建て、あわせて、記念誌「すりいはあと」を発刊した。指宿孝博医師は、戦後河内長野の地に、「一家の大黒柱を失い栄養失調の幼子を抱え、自らも病み途方にくれる母親や、妻に先立たれ子息は戦死、天涯孤独の身となった老父達の暮らしに地獄を見た」ことがきっかけで、地元医師会の協力も得て、「養老院」の開設に踏みきられたのである。

　これから引用するのは、編集後記に記した私の一文である。

　「長野敬老院は、昭和26年に制定された生活保護法に基づき、保護施設大阪敬老院として認可されましたが、30周年機関誌には、他に先駆けて昭和25年に創業したと記されています。社会福祉法人の名前に『財団法人』の文字を含む不思議も誕生の経過によるものです。

　昭和38年に老人福祉法が制定された際にも、民間第一号の老人ホームを、（四天王寺ゆかりの）悲田院と共に建設し、翌年竣工しています。平成12年に介護保険法が施行された際には、ソフト面の対応に止めましたが、平成21年に小塩町に特別養護老人ホームを中心とする新施設の建築に着手し、本年1月に竣工しました。

ところで、生活保護法下では『収容』、老人福祉法下では『保護』が、キーワードでしたが、介護保険法下のそれは、『自立支援』です。『自立』という言葉に冷たい響きを感じる方もおられるでしょうが、ここでの『自立』は違います。一人一人が自らのアイデンティティーを維持し、また、残された能力を可能な限り活用しつつ、自らの人生を全うするということです。

ホームヘルプの利用、デイサービスやショートステイの活用、そして特別養護老人ホームへの入所と、老いの程度を増すに従い、利用するサービスの内容は異なってきますが、利用者様の来し方の延長線上の生活を、今保障してあげることが、アンデンティティーの尊重ということになります。加えて、様々な社会参加を通じて、利用者様の能力の衰えを可能な限り防ぎ、その人生がより豊かなものになるよう支援する必要があります。

小塩町の各部屋の一つ一つが、個性的であり、その中に流れる時間や空気が、お年寄りの従前の生活空間のそれを持ち込んだものとなり、また、施設内外で、活き活きとした生活を送って頂ければ、福祉先進国スウェーデンのそれに近付けたことになります。

この自立支援の心で、他のサービスも展開し、それらを相互に関連させながら充実させていけば、将来は、老人医療や行政の老人福祉サービスとも連携し、それらを補完する重要な役割を果たすことができる時代が到来すると思います。

紙数が尽きますので、長野保育園については述べませんが、社会福祉法人長野社会福祉事業財団設立60周年の節目に、その来し方を振り返り、これからを展望できればと願い、記念誌を作成することと致しました。OBを含めた沢山の従業員、理事その他の方々の御協力を頂きました。また、K様には、編集と取材その他の作業に、全面的な御協力を頂きました。厚く、御礼を申し上げます。

各事業の更なる進化と発展とを祈念し、ご挨拶とさせて頂きます」。

## 91 日本の外交戦略

昨夜から母が近くに住む妹宅に出かけている。妻と久しぶりに2人きりになる。

そこで、午前中弘川寺に出かけることにする。西行が愛した桜の葉が少しは色づき始めたのではと期待したが、近所の団地の桜並木の葉と異なり、一向にその気配がない。車の通行量の多い場所と、岩橋山の麓の閑静な地にある桜とでは、元気さが違うのかもしれない。

20年前に、心筋梗塞一歩手前で入院した際にも、退院後の本格的なリハビリを開始するのに、まず、この弘川寺の散策道を選んだ。境内の右奥に裏山に通じる散歩コースが整備され、全長1キロ前後の道端には、西行を愛する人たちによってたくさんの桜が植えられてきた。とはいえ、桜の寿命は必ずしも長くはないので、古の人が愛でた桜ではなく、近代の人が西行を偲んで植えた桜であろう。路の途中には、江戸時代に西行を慕って弘川寺で晩年を送った以雲法師が建てた西行堂が残っており、また、法師の墓が西行の墓の近くにひっそりと佇んでいる。

さて、先日、野田首相が国連総会に参加して演説をしたこと、その前に、オバマ大統領と会談したこと、いずれも、寂しい反応しか得られなかったこと等が報じられている。

国連総会での演説においては、原発事故の収束に向けた計画を発表したようであるが、それはわが国の責務であり、本来発表内容に対し、賞賛を浴びる性質のものではなく、臆することはない。ただし、野田首相の演説に対しては、世界中の国から関心が得られなかったのは、原発事故を起こしたことに対する謝罪が不十分であったことはもとより、わが国が外交に関する哲学のない国であることが知れ渡っていることにもよると思う。泥沼のアフガニ

スタン戦争、パキスタンとアメリカとの最近の関係悪化、パレスチナの国連参加問題、その他中近東各国の民主化運動や、ソマリアやスーダン等のアフリカ問題、あるいは北朝鮮の核や食糧支援問題や中国の隣接各国との国境問題等々、わが国の周囲には多くの国際問題があるのに、わが国が自らの言葉で語ったことがない。わが国のこうした外交は、常にアメリカの外交に賛成することのみをもって外交とする自民党時代の時代錯誤の行動の結果である。

　しかし、現在のオバマ政権の基盤は、決して盤石ではない。就任当時から、アメリカの経済事情が好転するまでのワンポイント・リリーフにしかすぎないと言われている。すなわち、経済は循環性のものであるし、いったん後退期に入ると、民主主義政治の下では、好転に向けた政策の余地は決して多くはない。つまり、経済の自動反転までの間は我慢の時期だという。その際には、国民生活のセーフティー・ネットを重視する民主党に政権を握らせるが、議会の共和党の力が、健康保険改革も進めさせないし、福祉予算も使わせない。結局、黒人初の大統領の失政が国民に非難され、民主党が党勢を減らす結果、経済の反転の時期に共和党が政権を奪取するのだという。そうした見方を裏付けるように、オバマ大統領は、パレスチナ国連参加問題でも共和党的な姿勢しかとれず、選出母体の民主党自身からも見放されつつあるのではないか。

　そうした推測が正しいとすれば、オバマ大統領から冷たくあしらわれたり、厳しい発言をされたとしても、気にすることはない。アメリカの政治の中枢で、本当の権力を握っている勢力を探求し、その考えるところを詮索し、わが国の国益にかなうところ、反するところを知ったうえで、わが国自身の外交戦略を立てることである。そうした意味では、オバマ大統領が在任している間は、野田首相も外交の基礎勉強の時間が与えられていると考えても良いと思う。

　上記各外交問題について、欧州の各国がアメリカと一線を画しながら、最大限自国の利益を追求している姿は見習うべきである。

## 92　三井三池争議

　庭の片隅に3本ほど咲いている名残の鶏頭に見送られて、S病院に頭のMRI撮影のために出かけた。出勤ラッシュ前に座って行こうと考えて早めに出たので、予定より小一時間早く到着。検査および診察も順調に進み、心配していた再梗塞や出血の兆候はなく、また、T部長が懸念していた動脈解離の兆候も見られないとのこと。

　10月3日からの検査入院の段取りについても相談して帰宅。前回診察日には感じなかったが、その後の時間の経過とともに少し億劫になってきていた。しかし、集中的に検査をして、早期に今後の投薬等の治療方針を決めることも必要だと思い直し、やはり入院することになった次第。

　帰宅後、山本作兵衛の『炭鉱に生きる』を読んでいるうちに、朝日新聞記者の奈良悟著『閉山』を思い出して、取り出してみる。1960年の三井三池争議が労働者の敗北に終わったことが、その後の日本の道筋を決定し、その流れが連綿と受け継がれてきた結果、今回の福島第一原子力発電所事故につながったことに気づいたからである。

　当時、産業用エネルギー源が石炭から石油に移る転換点にあたり、石炭産業界の使用者側は、経営合理化の名の下に、労働環境悪化や会社の安全管理のサボタージュを実施しようとした。これに対し、戦後の自由主義の到来とともに設立された三井三池労働組合の下で、労働者たちも発言するようになり、採鉱現場での安全管理などに関与するようになった。これを嫌忌した1953年の指名解雇は113日間にわたるストライキの結果、使用者が解雇撤回をし、労働側の全面勝利に終わった。

　しかし、使用者側は、職制を使って、労働者間の対立を煽る等の準備を進め、1959年末に満を持して第2回目の指名解雇を強行するとともに、組合に

好感情を持たない労働者たちに第2組合「新労」を立ち上げさせ、1960年3月には採炭を開始した。当然、元から存在する組合（旧労という）側は、無期限ストライキを始めるが、同月29日、警察官に棒切れに至るまで取り上げられて、丸裸同然にされていたピケ隊に対して、トラック、ハイヤー合わせて20台、バス2台で乗りつけた暴力団員が、集まった200人の警察官に制止されることなく、つるはしの棒や、鉄棒、日本刀を手にして新労の組合員とともに襲いかかった。そして、おそらくみせしめのためと思われるが、当時32歳の久保清さんは、胸を匕首で2度突き刺されて殺されているのである。

共産党への親和性を感じる者も少なくなかった旧労の上部団体であった日本労働組合総評議会（総評）は、1958年に太田薫が議長に就任していたが、彼は、こうした混乱が続く中で、中央労働委員会（中労委）の斡旋を受け入れる形で争議を収束させてしまい、今度は労働側の全面敗北に等しい結果となってしまった。

太田薫は社会党を中心とする労働運動の強化に努めるとともに、経済闘争至上主義で、春闘方式の確立に力を注いだことで有名であるが、そのこと自体が、山本作兵衛が描いたような地の底に生きた労働者の姿は目に入っていなかったことを暴露している。すなわち、恵まれた労働者・事務方言い換えればホワイトカラー層だけの味方であったと私は考えている。この敗北で、炭鉱のスクラップ・アンド・ビルドは容易となり、新しい炭鉱でも事故が発生するようになる。

三井争議での労働者の敗北は、死者458人、一酸化炭素中毒患者839人を数える1963年の炭塵事故の原因となったが、その後も炭鉱での労働環境が抜本的に改善されることはなかったという意味で、1981年の北炭夕張炭鉱事故で93名、1984年三井有明炭鉱事故で83名、1985年三菱夕張炭鉱事故で62名の痛ましい死亡事故を発生させる原因ともなっているのである。

産業用エネルギーのために、人権が蹂躙されていることは、現在も変わりがない。

## 9月27日（火）

### 93 蕪村の世界

　庭にはコスモスが咲いている。めっきり涼しくなった朝の空気の中、涼しげな姿で、秋の到来を告げている。

　1982年に出版された山下一海の『蕪村の世界』を読了した。この本は、私が退官し、大阪弁護士会に入会した年の翌年に刊行されている。与謝蕪村は画技にもすぐれ、洒脱で奔放な筆遣いの中に、禅の境地すら漂っていることから、絵画の愛好者も多いが、蕉風を慕った俳人としての功績については、絵画的な色彩を持つ秀句がよく知られているように思う。

　まず第1に、大きな視野の中に入ってくる絵画的な風景を詠んだものがある。

　　春の海終日（ひねもす）のたりのたりかな
　　菜の花や　月は東に　日は西に
　　不二ひとつ　うずみ残して　わかばかな
　　さみだれや　大河を前に　家二軒
　　ところてん　逆しまに銀河　三千尺
　　名月や　うさぎのわたる　諏訪の海
　　凩（こがらし）や　何に世わたる　家五軒
　　霜百里　舟中に我　月を領す

　しかし、蕪村の句をよく味わってみるとそこに表される絵画世界は、もっと多様な展開を見せている。聴覚や嗅覚で、美的世界をつかみとった句もあり、そういった手法を用いることによっても、やはり、独特の絵画的な世界をつくり上げていると思う。

　そして、蕉風を標榜しながら、芭蕉とは異なる詩情を漂よわせている。

　　おちこちに　滝の音聞く　若葉かな

斧入れて　香におどろくや　冬木立

　さらに、私が新しく学んだことは、「離俗」を主張した蕪村の句は確かに、俗気を去って、それでいて生活感の滲み出る秀句が少なくないということである。

　しかも、それらの句は、時間の移ろいを豊かな情感を持って詠ったものである。

　　几巾（いかのぼり）　きのふの空の　ありどころ

　　しら梅や　誰がむかしより　垣の外

　　うたゝ寝の　さむれば　春の日くれたり

　　きのふ暮れ　けふ又くれて　ゆく春や

　　筋違に　ふとん敷きたり　宵の春

　　牡丹切りて　気のおとろひし　夕べかな

　　鮎くれて　よらで過ぎ行く　夜半の門

　　夏河を　越すうれしさよ　手に草履

　　月天心　貧しき町を　通りけり

　　化けさうな　傘かす寺の　しぐれかな

　何の変哲もない日常生活の中でのふとした心の動きをみごとにつかみとっていないか。そして、そこに流れる時間は、年を単位にするものもあれば、数日あるいは１日であったり、一刻であったり、今何かしているその間であったりする。

　私が教えを受けた柳瀬隆次裁判長の好きであった句に、飯田蛇笏の「鶏頭の十四、五本もありぬべし」というものがあるが、蕪村は数字を句に巧みに取り入れた先駆者でもある。

　　牡丹散りて　打重なりぬ　二三片

　蕪村の辞世の句も、武士階級の出身者であった芭蕉とはみごとに視点が異なると私は思う。

　　しら梅に　明くる世ばかりと　なりにけり

9月28日（水）

## 94　新刑事訴訟法の精神

　一昨日の26日に、東京地裁において、衆議院議員であり、民主党元代表の小沢一郎の元秘書で、現在やはり議員でもある石川知裕被告らに対する判決宣告が行われた。事件は、小沢一郎の資金管理団体「陸山会」をめぐる土地取引に関して、政治資金規正法違反（虚偽記載）の罪に問われたというものである。東京地裁は石川被告に対して禁錮2年、執行猶予3年、池田光智被告に対して禁錮1年、執行猶予3年、西松建設から違法な企業献金を受けたとして別の政治資金規正法違反の罪にも問われた大久保隆規被告に対しては、禁錮3年、執行猶予5年を言い渡した。この事件は、東京地検特捜部が捜査を担当し、起訴に持ち込んだ事件であるが、共謀を裏付ける唯一の直接証拠となる衆院議員石川被告らの供述調書の多数が証拠採用されず、取調べの違法性が認定された。

　ところが、そうであるにもかかわらず、この判決は、複雑な資金移動を伴う土地取得の経緯など客観的な事実を詳細に認定し、推認という手法で、検察側の主張にほぼ沿って虚偽記入を認定したものである。検察の「全面勝訴」と言える判決だと言われている。

　しかし、ここでいう推認の合理性は疑わしい。検察官が、客観的証拠だけでは共謀の事実の立証が難しいと判断したからこそ違法な取調べに手を染めた事実を無視したことになるからである。確かに、報道された判決文に照らす限りは、認定された事実から公訴事実の存在を推定することは不可能ではないし、小沢一郎側の説明も十分ではないが、刑事司法における推認は、単にその推認が可能であるということだけでは足りず、合理的な疑いを容れない程度に真実らしいと言えるものでなければならない。おかしいではないかということは、推認の根拠とはならないのである。また、説明が十分ではな

188

いという論理は、自己負罪免責特権とその意義を無視している。

　若い裁判官がこのような判決をし、マスコミが無批判に追随し、国民多数もこれを不自然と思わない世相を見ていて疑問に思うのは、これらの人々は、自分が被告人の立場に立たされて、このような疑惑を受けたときに、このような裁判が成り立つのであれば、自分の身の潔白を証明することが不可能となってしまうとは考えないのかということである。

　さまざまな証拠で詳細な事実を多数立証し、それらの事実と公訴事実とが結びつき得ることを検察官が立証しさえすれば、被告人は、そうではないことを積極的に説明できない限り、有罪とされるのである。しかし、これが冤罪であれば、その被告人は、発生した犯罪被害の具体的な内容も、それが引き起こされた経過ももちろん知らないのであるから、自分とかかわりのない事実をどのように説明しろと言うのであろうか。土台、そのようなことは無理である。

　そうすると、この判決を歓迎する国民大多数は、自分が、被告席に立つということはあり得ないと楽観していることになる。そして、その楽観が裏切られることがないとも信じていることになる。はたしてそうであろうか。後に冤罪であることが明らかになった多くの事件において、被害とは全く無縁であった者が訴追されているではないか。

　私は元裁判官であるが、自分が決して誤判しないという確信を持つことができないままに退官した。有罪無罪の判断だけではなく、被告人の人生を理解できないままに量刑することも嫌であった。そのため、在任中は、少なくとも、新刑事訴訟法の精神を守り、慎重に事実判断することに努めてきたつもりである。

　正直なところ、判決内容を決めるということの重圧から解放され、ホッとしたというのが、退官直後の私の感想であった。

　この精神を守ることはすべての国民にとって大切なことなのに。

9月29日（木）

## 95　Nホテルのこと

　午前8時からのNホテルの取締役会に出席するため、同6時にYさんが迎えに来てくれるとのこと。少し前に、門の外に出て待っていると、思いがけなく金木犀の香りが漂ってくる。わが家の庭の木を調べてみると、確かに、わずかであるが開花しているものがある。
　金木犀といえば、数年前に七人会と称して2カ月に一度ほど呑み会を開いている仲間と一緒に熊野古道を歩いたことがある。その時に、古道に面した民家は、大きく茂った金木犀が濃い芳香を漂わせて咲き誇っていて、表現できない感動に包まれたことを覚えている。
　同時に、傍らの民家は、総じて、屋根が低く、私が少年時代に住んだ小松島市内の故郷を貫く国道に面した小さな商店街を思い出した。鍛冶屋では火が焚かれていたし、トタン屋ではさまざまな細工物がつくられていたが、いずれの店も屋根が低く、国道とは名ばかりの狭い道であったが、それでも、バスも走ったし、馬車も糞を垂れながら通ることもあった。懐かしい思い出に触れることができた素晴らしい1日であった。
　Nホテルの取締役会が始まるが、9月度までの営業は苦戦。昨年平城京遷都1300年祭で賑わった反動は予想されたが、東日本大震災による諸事自粛ムードと、福島第一原子力発電所の放射能漏れによる外国人観光客の減少とで、予算を大きく割り込む。そのこと自体はやむを得ないが、予期せぬ事態に振り回されるのは世の常。そのような時に強いのは、持続的な信用、そしてその裏付けとなる基本理念であるが、今のNホテルにはそれが欠けているように思う。
　正確には、「奈良の人々と共にあるホテル」という理念がないわけではないが、奈良に住む人たちへのサービスを目的とする意味なのか、奈良の人た

ちの雇用の場として一定の社会的な意義を全うしようとする意味なのか、はたまた奈良に観光客を呼び入れることによって経済の活性化に寄与しようとするのか、一歩掘り下げたところでは合意形成ができていないように思う。

　かつて、施設は、地元の社交や結婚式披露宴に使われ、ディナーショー等も開催され、それなりのステイタスを誇っていた。その後、披露宴の需要減少の中で、ホテルの利用率を上げる工夫が行われた。平城京遷都1300年祭を契機に歴史の散策基地としての利用も考えるようになった。もちろん、営業を続けることによって、多くの雇用を維持している。しかし、いろいろな宣伝方法があり、それに応じた工夫をしてきたのは良いけれど、それではどんなホテルなのですかと尋ねられたときに、答えることが難しい。

　これに反して、たとえば、奈良の歴史散策の拠点とするという方針を採用したとする。その場合には、ホテル内に、かなりマニアックな企画を提案したり、顧客に観光メニューを示すことができる、ある程度の学術的な水準を有する観光案内施設を設け、当ホテルに来れば、事前に綿密な企画を立てておかなくても、飽きることなく毎日充実した休暇を送ることができるようにすれば、今、ほぼリタイアを迎えた団塊の世代の懐を狙うことができるし、実質的にそのソフト料として宿泊代の値上げを実現することができるのではないか。

　また、宿泊客の購買力を期待する寺社その他の観光スポットや商店街等と提携することを通じて、地元の業者との人脈の構築と関係の緊密化とによって、宴会需要も増加させられないか。もちろん、歴史講演会やシンポジウムの開催による集客も狙っていける。

　これは一例である。他の方法も当然考えられる。要は、このように難しい時期にこそ、根っこの部分からの事業再構築を考えなければならないのだと、つくづく思う。

## 96 円高と日本の行方

　庭の金木犀の芳香が鮮明なものとなり、花の数も昨日とは見違えるようになっている。

　今日は午前、午後ともに、上場会社の取締役会にいずれも監査役として出席予定。

　法律事務所に到着後、ある事業所内で発生した不祥事に関する調査委員会を、委員長として開催。元検察官、元警察官と、弁護士である私とその補助者を入れて4名の間で協議。調査方針と方法、格別の調査の担当、そして、次回期日を決めて散会。

　その後、来週からの検査入院のために出られなくなった調停期日について、交代を依頼した弁護士に経過説明等の打合せを行う。また、電子メールで寄せられている業務について、即時対応できるものは自ら処理をし、調査を要する緊急案件は、若手弁護士に依頼する。

　そのうえで、午前11時過ぎにG株式会社に到着。製造業を営み、海外輸出もしているが、国内需要に期待できることと、輸出比率が低いので、円高等による影響は必ずしも深刻ではなかろうと思いながら取締役会の開催を待つ。定刻に開催し、予定どおりの時間に終了。その後監査役会を開催した後、上京予定の他の非常勤監査役とともに、タクシーで新大阪駅に移動。

　新大阪駅で別れ、姫路のH株式会社に向かう。

　こちらも製造業を営むが、輸出比率が高いこともあって、円高が業績に大きく関係すると予測。為替差損もあるし、製品の国際競争力に大きな影響を与えるからである。製造業の多くが海外移転を試みるが、海外での普及品の製造は、中国等の追い上げと、価格競争とでたちまち苦境に陥るところが少なくない。この会社は、国内で上級品の製造を継続し、今日に至ったが、東

## 96 円高と日本の行方

日本大震災後の経済環境の悪化による業界全体の売上げ不振の影響は回避すべくもない。

経営の現状説明と、それに対する対応方法等について、比較的時間をかけて、詳細審議し、熱心に意見交換もした。

会社は、姫路駅から相当離れているので、タクシーを呼ぶ。車内で非常勤役員3人で雑談。わが国の政治は為替問題に対しても無為無策であるが、どうすれば良いのか。日本の円は信任を得ていない。将来、ハイパー・インフレになるという警告もあるし、将来は円が暴落すると誰しも思っている。円高は、円資産の短期的取引の儲けを目的とする為替売買が引き起こしているとも考えられないか。円資産の保有リスクは次第に高くなるので、外資によっては、近い将来円資産の処分を考えるようになるのであろうが、多くはその時期に至っていないと考えているのではないか。そして、万一、急速な円安が始まると、わが国や企業が負担する外貨建て債務の金利が高くなるので、わが国政府は、円高は止めたいものの、円安も困る。そこで、結局、政治は当面何の手も打てないということになる。そのことも投資家の計算の中に入っているのであろう。

そこで、気づいたことは、外国資本にわが国経済の長期的安定を願うインセンティブはあるのかという問題である。よく考えてみると、わが国の国債は、従前のわが国政治家や官僚の思惑もあって、ほとんどが国内で消化されており、海外の政府、金融機関、投資家などは保有していない。1000兆円とも言われる国債の暴落リスクは、わが国の国民だけが負担しているのである。その結果、他国は、日本の経済破綻が海外に影響することは困るものの、さりとて、海外の投資家は円資産からの撤退時期さえ誤らなければ、大きな直接的損失は被ることがないので、外国政府に対して日本の円高対策への協力を勧めるような投資家もいない。むしろ、円高で、製造業のマーケットから日本が退場してくれることは大いに好都合ということになるのではないか。

他国政府との協調による円高介入は当面期待できないというのが車中の結論か。

10月1日（土）

### 97 姫路にて

　O病院からの退院時に、妻に対して、年内は出張を控え、午後6時頃までの帰宅を心がけると約束したが、昨日は姫路の上場会社での取締役会が予定されていて、終了するのが午後5時頃であるから、この約束を守れない。そこで、昨日は、姫路Nホテルに宿泊し、早めにチェックインして身体を休めることにし、お目付け役として妻にお付き合いを頼んでいた。

　姫路駅前で他の役員と別れ、予定どおり、5時過ぎにNホテルの1110号室で合流、ひと休みのうえで、夕食を摂るために外出。姫路の百貨店の岩田屋の隣に、おでん一筋の小振りではあるけれど瀟洒な店「十七八」がある。トナハチと覚えている。昭和初期の開店なので以後80年は経過する老舗である。姫路の家庭では、昔からおでんに生姜醬油をつけて食べる習慣があると聞くが、この店は、初めから生姜醬油は使わなかったそうである。B級グルメが流行となり、「姫路おでん」の店が増える中で、この店は従来のやり方を墨守し、変えるつもりはないらしい。

　実は、最初から、妻をこの店に誘う予定であった。午後5時過ぎ開店とのことで、店内には3人ほどいたが、大きなおでん鍋の前の特等席が空いていたので、そこに陣取る。カロリー制限のある私は、コンニャク、ダイコン、タコから開始。妻の頼んだビールで乾杯。妻は、シューマイ、キンチャク、豆腐から開始。その後、私は、菊名、フキ、ワカメ、シイタケ、地元の貝、シラタキ、ゲソ等々低カロリー専門で、熱燗を楽しむ。妻は、ガンモや、スジ、豚ネギ等と、私の頼む物の中で興味を惹く物等を次々と注文する。店内には、女将さんと手伝いが1人だけ、主として女将さんがおでん鍋に種を追加したり、客の注文に従って取り出したりする。すぐ満席となり、12人ほどの客の皿が順番に空いていくので、客は、自分の順番を見計らって追加注文

をする。間違えるとたしなめられることもあるし、十分煮えていない具材については後回しにされることもある。その掛け合いも楽しくて、寛いだ時間を過ごし、妻共々満足して、店を出る。

　雨ではないかと懸念していたが、あくる日起床してみると晴れ。長年姫路で仕事をしながら、書写山円教寺を訪れたことがなかったので、妻を誘う。午前8時にタクシーに乗り、山麓のロープーウェイ乗場に向かう。そこから4分で山頂駅、バスで、本堂にあたる摩尼殿に到着、懸造りの仏堂であり、規模は大きく、京都の清水寺や、奈良東大寺の三月堂を思い出させる。大正の火災にあい、昭和初年の再建であるが、伝統様式に従っていて、落ち着いた風格を醸し出している。

　摩尼殿の裏手から数分で、三之堂のある広場に出る。正面は、食堂で、現在2階は宝物館になっている。園教寺の開祖性空上人の画像の写し等が展示されていた。歴代の天皇、上皇の帰依を受け、民衆の尊敬を受け、多くの伝説が伝えられているのに、上人には「大師号」が贈られていないのは、上洛を拒否したためか。向かって右手は講堂で、真ん中に釈迦如来像があり、その脇侍は文殊菩薩と普賢菩薩、それらは10世紀の作という。向かって左は常行三昧堂に接続する吹きっさらしの建物が見えている。常行三昧堂には、11世紀初めの本尊木造阿弥陀如来坐像がある。この広場は、いかにも、教学の道場を思わせる一角である。

　さらに奥に2分ほど進めば、開山堂等のある平地に至る。開山堂は、江戸時代の建築で比較的新しいが、堂の軒下にあって屋根を支える力士像は左甚五郎作と伝えられる。東西南北の四方に対して三軀しかなくて、一体は屋根が重くて逃げ出したというのが面白い。

　帰りは、ロープーウェイ山頂駅まで散策する。途中で、室町期の鐘楼や、赤松満祐ゆかりの塔頭壽量院等に出会う。初秋の円教寺を堪能した2時間であった。

10月2日（日）

## 98 退官の理由②

　化石の整理のために、わが家のあちらこちらの部屋が散らかっている。
　２階オープンスペースの化石を、Ｓセンター展示用とそれ以外の物とに分けて整理し、それぞれの収納場所に積み上げる。次いで、標本の一部を飾っていた書斎も、先日来の書籍整理の続きも兼ねて整理する。そして、寝室の化石置場とその周辺も整理した。
　縁起でもないと思ったのか、妻から「あまり身辺整理しないでよ」とのお達し。ありがたいが、検査入院からの退院後は、早速Ｓセンターと連絡がとれる状態にしておきたいと思う。こうして整理整頓していると、うっかり存在を忘れていた稀少化石を見つけることもある。つい、正確な種名を調べたくなるが、時間の制約があるので、なるべく、作業を進めることに専念。
　ところで、私は、裁判官をどうして退官したのかと、よく問われる。自慢するような理由もないし、ささやかな理由も、せっかく任官を勧誘してくれた司法研修所の教官にも申し訳ないもののように思われて、また、気恥ずかしく、ほとんど他人には話していない。
　しかし、その後、倉田卓次著『裁判官の戦後史』を読んでいて、こんな有名な裁判官でも、同じように悩んだことがあったことを知って、少し安心できたことを覚えている。
　「初任の時、刑事合議事件の左陪席として様々な重罪事件の被告人を見て、私には、自分とこの人達との間にはほとんど差がなく、運命の糸が少し違ったことにより、偶々その居場所を異にするだけではないかと感じるようになった。犯罪に至った経過を詳細に追っていく程、自分が彼の立場であれば、やはり同じような事件を犯したかもしれない。自分が偶々罪を犯していないのは、恵まれた立場にあり続けた結果であるに過ぎないのではないかとの疑

問が湧く。

　また、ヨハネ伝第八章の『なんぢらの中、罪なき者まづ石を擲て』というイエスの言葉に、人々が去って、『唯イエスと中に立てる女とのみ遺れり』となる有名な場面が象徴するように、誰しも心に秘めるような苦い過去の想い出が私にもある。

　それなのに、目の前の被告人を悪いと言えるのか。犯情が重い等と言い、それなりの刑罰を科し、訓戒を垂れることを職業とすることに、心の中に抵抗を感じるようになったのである。

　もっとも、民事裁判官というものがあって、それになることを保証されるのであれば、事情は少し違うが、裁判官は、新しい任地で刑事裁判官となるか民事裁判官となるかは、当該裁判所が決めることであって、民事裁判だけ担当できるという保証はない。そして、よく考えてみると、法律に従って刑事被告人を裁くことができない者に、法律に従って民事裁判に従事する資格があるとも思えない」。

　倉田判事は、そこで、ラートブルフの「法哲学」の中に、Ein guter Jurist ist nur, wer mit schlechtem Gewissen Jurist ist.という言葉を見つけ、「なにか疚しい気持をもつ法律家こそが良い法律家なのだ」と訳し、少し気が楽になって任官されたという。疚しい気持ちを持てる裁判官が断罪するからこそ、被告人と心が通う判決をすることができると考えたと言うのである。

　しかし、祖父の冤罪という原体験を持って最初から裁判官をめざした倉田判事とは異なり、私は、もともと弁護士志望であったが、前期修習中に就職を決めた事務所のボス弁と意見を異にすることがあって就職を断り、これを心配した研修所教官に勧められて裁判官になれたにすぎない。

　そして、刑事裁判官として自信を喪失して、ついに、退官を決意するに至った。亡父が病に倒れて、しょせん任官を継続することができなくなったのは、その直後のことであった。

10月3日（月）

## 99 検査入院初日

　午前8時50分頃レモンとしばしの別れ。金木犀の馥郁とした香りが漂う住宅地内を、妻の運転する車で、河内長野駅まで向かう。途中、事故による電車の延着もあり、午前10時30分頃Ｓ病院に到着、西病棟1035号室に案内される。

　病院内の友人Ｋ先生にご挨拶をと思っていたが、担当の看護師さんから、早速寝間着に着替えるよう促され、その自然な態度の余り、弁解する気持ちも起こらず、パジャマに着替える。不思議なもので、装いを変えた途端にまな板の上の鯉の気持ちになり、今まで、入院を大儀に思っていた気持ちが嘘のように小さくなる。ベッドで落ち着いた時間を見計らって、心電図をとる。そのうえで、病棟内の案内があり、その途中で体重と身長の測定。

　続いて、担当のＳ医師が来られ、予定している検査の概要を教えてくれる。ＣＴ、レントゲン撮影に始まり、血液検査、24時間心電計装着による検査、血糖値検査、心エコーや頸動脈エコー等々、そして、入院中に適切な治療薬の選択ができるようにしましょうという。還暦を過ぎた頭脳では覚えきれないが、だから1週間は必要なんだと納得し、手荒な治療は予定されていなさそうだとひと安心するとともに、今度は、入院期間が延びるのが怖くなって、「金曜日に退院できますね。職場には、今週の休みしか届けていないのです」と念を押す。「金曜日の夕方に栄養士のカロリー管理の講習があるので、それを受けてもらって、土曜日に退院しましょう」と言ってもらう。ちなみに、食事のカロリーを尋ねると1600キロカロリーとのこと。これなら、おそらく体重を維持したまま退院できそうに思う。

　正午頃昼食。御飯は150グラムとのことであるからそれだけで240キロカロリー、おかずは結構工夫されているが、わが家の160キロカロリーの粥の場

99 検査入院初日

合と比較すると、菜が少量であることは否めない。しかし、これも勉強であるし、この際、胃を縮めるのも良いかなと思う。

その後病棟副師長がご挨拶に来られ、その後やや間をおいて、先ほどの担当医とともに主治医が来られて入院検査の目的を確認される。

大きい病院なので、医師、看護師は、それなりのプライドゆえの高慢さを備えているだろうと、いささか警戒していたが、これらのフレンドリーな態度に安心する。

午後2時45分からはCT撮影と、胸部レントゲン撮影。

午後3時見舞客あり。実は、S病院の近くに住むT医師からかねて自ら経営している病院の幹部職員の紹介を依頼されていて、Yさんから前向きの返事をいただいていたので、お2人を紹介する予定だったもの。親しくお話して婚約成立し、揃ってお帰りになった。

午後4時、入院に付き添い、いつもながらテキパキと入院用具を収納する等し、当面の生活が便利に送れるようにしてくれた妻に、ラッシュ前に帰るよう促し、それからは1人になった。

入院期間中は暇なので、読みかけの北山茂夫著『平将門』と、『橋のない川』数冊を持参している。案外と時間が経つのが早くて、前者の読了さえ2日ほどかかるかもしれない。したがって、執筆中の論文資料などは、そのまま持ち帰るだけということにもなりかねない。

そうこうするうちに午後6時の夕食、御飯は150グラムで、やはり菜はいろいろ工夫され、品数も多かったが、量は少ない。その直後、担当医師が来られて、頸動脈エコーを実施するつもりであったが、緊急手術への立会いが決まったので、今日のところは延期するとのこと。患者とのコミュニケーションを大切にしてくれることは有難い。

## 100 政治と司法

　午前6時起床時間であるが、5時前に目が覚め、ベッドの中で時間をつぶす。普段は午前7時から朝食のところ、今朝は、採血が済むまでお預け。昨夜の食事から12時間は完全にあけようということであろう。午前8時30分過ぎに採血。健康診断の時と異なり計8本ほど採る。それから朝食。3度目の食事で、S病院の食事の傾向がつかめた。毎食御飯が150グラムで240キロカロリー、これを3倍すると720キロカロリー、そして朝の牛乳が約80キロカロリー、残りの約800キロカロリーが毎食のおかずと、朝の味噌汁に割り振られる。おかずは、品数があり、カロリー数の高い食材も用いて、手が込んでいるが、それぞれ量は少ない。最初入院したN病院とも、妻の整える食事ともタイプが異なっていて、それなりに勉強にはなる。

　正午前に担当医のS先生がエコーの機械を引っ張りながら病室に来られる。頸部と、額の左右と、後頭部の検査を入念にしてくれる。右椎骨動脈は閉塞していて血流がなく、他の動脈はコレステロールが認められるものの、薬でコントロールできる範囲内のもののようである。今回の入院で最も気がかりであった検査であり、ひと安心する。

　午後2時前に妻が来る。実は、妻には以前から不整脈があり、かねてからK医師に診てもらっている。また、足に静脈瘤も抱えているが、最近は、夜間こむらがえりを起こすことが多くなってきていたので、私の入院の機会に妻も診察を受けるべく、K先生に紹介状を書いてもらっており、本日が診察第1日目である。朝から来院し、診察、諸検査を終了してから病室に来てくれた次第。不整脈の方は期外収縮だろうと言われ、心電図をとるなどしたうえで、明日からホルスター心電計を装着する予定。静脈瘤の方の検査は明後日の予定となる。

午後3時頃妻が帰り、午後4時からまず私が24時間ホルスター心電計を装着。

石川知裕衆議院議員の有罪判決に対しては、さすがにマスコミからも批判の声が出ているが、実は、一般的に信じられているところの、司法過程は法の支配であり、それは、政治、経済はもとより、裁判官の価値観等からも独立しているという考えには、根拠がないのである。

ベテランの裁判官は誤判をしないという信仰は、①特定の争点に関する法は前もって存在し、明確で、予測可能なものであって、適切な法的技術を持つ者なら誰でも知ることのできるものであり、②事件の処理に関係のある事実は、真実を明らかにするような合理的な基礎を持つ客観的な審理と証拠法則によって確定され、③特定の事件の結論は、どちらかといえば事務的に法を事実に適用することによって決定され、④時に見られる悪判官を別とすれば、通常の能力と公正さを備えた裁判官なら誰でも「正しい」判決に到達できるという信念に基づいている。

しかし、①特定の正しい結論に到達させるような法学方法論やプロセスという意味における法的推論などはないし、②そもそも法は、社会問題を私的な問題に矮小化し、現行の社会関係と権力関係とに正当性を与えているという側面を持ち、③法と国家とは、決して中立的で価値自由な仲裁者ではない、④そして、裁判は、現行の社会関係、権力関係の体系を政治的、イデオロギー的、あるいは実力による挑戦から防御することにあるとするのが、今日の法哲学者の有力な見解である（D. ケアリズ編『政治と法――批判的法学入門』序論より）。

したがって、裁判官の多数派は、本来、体制派なのであり、それは三権分立制度以前の現実なのである。そして、わが国では、政治による司法利用が自民党支配の道具であった。

新刑事訴訟法とその精神の復活も、そこに向かう政治の意思なしには実現することが困難である。

## 101 初代最高裁長官誕生の背景

10月5日（水）

　入院3日目、ホルスター心電計を装着したまま朝を迎えた。糖尿病検査のために、食前と食後2時間後に血糖値の測定。午後1時からは、経食道心エコーの検査があった。この種検査は苦手であるが、この年になるまでに既に2回胃カメラを飲んでいるので、今回もなるようになると自分に言い聞かせる。12時45分頃自分の足で検査室を訪れ、喉の部分に麻酔を施し、点滴針を腕に刺し、検査台に乗る。食道に挿入した装置から心臓をエコーで検査するものであり、普通の心エコーと比較すると、心臓に近い所からの検査である分、正確な情報が得られるという。昼食は、検査後2時間を経過するまでお預け。

　午後4時頃、ホルスター心電計を返し、これで、今日の予定はすべて消化したことになる。

　ところで、戦後初の最高裁判所の長官として、戦前の治安維持法下の弾圧政治を追認した責任者である大審院長が選ばれそうになり、戦後の司法改革に燃える中堅裁判官が、これに抵抗したことを知る法曹が少ないので、触れておきたい。元裁判官で、歌人の落合京太郎としても名高い鈴木忠一の座談会記録である『楢の並木』によると、次のような事実があったという。

　戦後、最高裁判所が設立されるに際し、（第1次）吉田茂内閣が閣令で定めた最高裁の裁判官任命諮問委員会に関する規程によって、この委員会が、最高裁裁判官の候補者を選んで内閣に推薦することになった。この委員会は、後に片山哲内閣の成立により新しい諮問委員会ができることによって自然消滅したが、職務上当然に諮問委員会委員となった細野長良大審院長は、彼の一族郎党と評価される人ばかりを推薦していたという。最高裁長官の人選が目前に迫っており、自ら現大審院長として最高裁長官になろうとする強

い希望を持って、そのために打っていた布石の一環である。占領下の潮流にうまく棹さして、GHQのリーガル・セクションの人々の支持も受け、自分が最高裁長官となった場合の報奨人事も予定する等、あたかも日本の裁判所を私物視しこれを独占化する危険を、心ある裁判官に感じさせたという。

　この行動を捨てておけないと感じた裁判官たちが、細野長官阻止運動を開始した。最初に立ち上がったのは、東京地裁（民・刑）と東京控訴院（当時。現在の東京高等裁判所）の有志であり、やがて、当時の大審院の裁判官の中にも公然細野裁判官に反対する裁判官が出てきた。彼らは、裁判官任命諮問委員会に裁判所から選出される4人の裁判官委員が全国の裁判官の選挙によって選出されることとなったので、反細野裁判官派の委員候補4人を推薦し、全員の当選を勝ち取ったのである。この運動は、対立する最高裁長官候補を推薦しなかったところに特徴がある。最高裁判所を、独立した裁判官の職務遂行を尊重するものとして出発させるための運動であり、特定の者を最高裁長官とするための運動ではなかったからである。

　その結果、選出された委員を含む委員会の答申により、1947年8月三淵忠彦初代長官が誕生した。ちなみに、長官は、東京控訴院部長を経験しながら1925年45歳で自ら退官し、三井信託銀行信託部長兼慶應義塾大学講師の地位にあったもので、戦時中の弾圧政治の下で手を汚すことが少なかった裁判官ではなかったかと思われる。

　戦後、違憲立法審査権に関する判例が相次いだことや、一時期の新刑事訴訟の定着ぶりは、三淵裁判長の下での自由な空気が背景にある。これに対して、1973年3月私が任官した当時の石田和外最高裁長官の下には、趣味の剣道を中心とするお仲間が集まっていたが、彼や個々の参加者の意図はともかく、その集まりを全体として見ると、彼に引き立ててもらうという利益を期待する集団すなわちゲマインシャフトであったように、私は思う。そして、彼らが司法の中枢に座っていったのである。

## 102 戦後20年間の司法行政の急展開

　早朝午前5時過ぎに採血。糖尿病の糖負荷検査のために、前夜は、午後9時30分以降飲食禁止であった。採血が終わると小瓶に入った炭酸交じりの甘い液体を一気飲み。その後30分後と2時間後とにそれぞれ採血。午前7時過ぎには無事採血終了し、少し遅れた朝食をとる。

　午前11時30分頃から眼底検査。特殊な麻酔効果のある目薬をさしてもらって20分後に実施する。糖尿病性病変は認められず、心配はありませんとのこと。

　これで、入院中の検査はすべて終了した。明日午後3時頃に担当医から、詳しく、検査内容と結果との説明を受け、その後栄養管理の講習を受けるだけである。

　病室に帰ると、妻が見舞いに来る。一緒に昼食をとった後、手伝ってもらって身体を清拭し、パジャマを着替える。午後1時過ぎに、妻は、昨日装着してもらったホルスター心電計をはずしてもらうために外来に行くが、その後一緒に院内を散歩する。

　午後3時30分頃、妻が今度は、下肢静脈瘤の診察を受けるために外来に行く。半時間程度検査されたようであるが、見栄えはともかくとして、心配したり、治療する必要はないと説明されて、妻も明るい顔で、病室に戻って来て説明してくれる。

　正式な病状説明は、ホルスター心電計の記録の解析結果と合わせて、10月18日の午後の予定だという。残念なことに、K法科大学院の講義と、修習前研修とが予定されていて、一緒に行くことができない。

　昨日は、最高裁判所の創設をめぐるエピソードに触れたが、戦後20年間の司法行政が、昭和40年代に右に急展開したエピソードに触れたい。

1967年12月雑誌「変貌」が偏向判決キャンペーンを開始し、多くの雑誌もこれに追随。自民党も「裁判制度に関する調査特別委員会」を設置する。これらは、都教組事件に対する最高裁判決、電電公社の争議に関する大阪地裁判決、博多駅事件に対する福岡地裁判決等を不満とするものであった。

そして、国は、長沼基地訴訟を担当した福島重雄裁判長をスケープゴートとして、忌避申立てとともに訴追請求をし、国会も1970年10月福島裁判官に対して訴追猶予決定をし、同月28日札幌高裁は、時の横田正俊最高裁長官の意を受けたものと推測するが、福島裁判官に対して注意処分をする。同時に、二百数十名の裁判官に対しても、青年法律家協会（青法協）会員であることのみを理由とする訴追請求がなされ、国会の訴追委員会は、全員に確認のための照会状を発して、暗に退会を迫った。

上記横田最高裁長官の司法権の独立を守る決意は堅かったと言われるが、政権の座にある政治勢力の強力な反発によって、司法に対する脅威が増大しつつあると認識し、円満な常識を有する裁判官の結束を固めるという、好ましくない対応方針を採ってしまったのである。

しかし、このような宥和的対応によって、司法権の独立の本体を守ろうとすることは、原理的に間違っていて決して成功しない。しかるに、後任の石田和外最高裁長官は、さらに一歩を進めて、「裁判所は、中立公正にその使命を遂行し、基本的人権の擁護と、社会秩序の維持の使命を全うする責務を負担するが、裁判のこの公正は、単に公正であるというばかりでなく、国民がこれを信じて疑わないものであることが必要である」と述べ、その人事権の行使によって、青年法律家協会系の裁判官の排除に踏みきった。これにより、裁判官全体が、時の政治権力の望むところを意識するようになり、違憲立法審査権の発動は、激減していったのである。

## 103 検査入院・退院前日

　妻は午後2時に見舞いに来てくれる。あらかじめ、午後3時頃に病状説明を受ける予定であったので、それに立ち会うためである。
　ほぼ約束の時間に、担当医のS先生が、病室に来られて、入院中の検査結果等を総合して、次のような病状説明をしてくれた。
　「入院当初の意識は清明で、四肢に明らかな麻痺や失調は認めず、感覚にも左右差はない。
　頭部MRIでは新たな脳梗塞巣の出現は認めなかった。頭部MRI上の右椎骨動脈の抽出も、発作直後の影像とは変化が認められなかった。
　入院後の検査において塞栓源検索目的で、心電図モニターや24時間ホルスター心電計による検査を施行したが、明らかな不整脈は指摘されなかった。経食道心エコー検査では心腔内に明らかな血栓はなく、シャント性病変も認めず、明らかな塞栓源は指摘されなかった。
　右椎骨動脈狭窄を認めることから、脳梗塞の原因としては動脈硬化の可能性が高いと判断した。二次予防としては、現在内服中のバイアスピリン100ミリグラム1錠／日の効果が確認されたので、そのまま継続することが好ましい。
　リスク評価として糖尿病の検査を施行したが、血糖値は正常域であった。
　今後のリスク評価としては、内服を継続し、血圧・血糖値の上昇に気をつけ、体重増加に注意する必要がある。なお、入院中の血圧は正常域にあり、血圧降下剤の使用も適切である。また、現在までの減量効果が出ており、血液中のコレステロールや中性脂肪の値も改善されている」。
　説明の概要は、すでに、文書化されていて、それに基づきながら、噛み砕いて説明され、その後、説明書のコピーにサインすることを求められる。

## 検査入院・退院前日

　引き続き、質問を促されて、私が回復の目標としていた自動車の運転再開時期について尋ねたところ、「今からでも良いです」とのお返事。また、ゴルフ再開の時期についても、今からでも可とのことであったが、ラウンド中の水分の補給を忘れないことと、首の回転は後頭部を走る動脈に負荷をかけることになるので回しすぎないこと、冬の寒い時期は自重することの３点の注意を受けた。目の前が、一度に明るくなった感じがする。

　午後４時からは、管理栄養士からカロリーと塩分のコントロール方法について説明を受ける。まず、コントロールの現状について尋ねられて、７月下旬以降家庭でカロリーのコントロールをしていて、現在、目標としている数値を、休日と出勤日とに分けて説明した。

　おおむね、現在のコントロールは間違っていないが、野菜等食材の選択によるコレステロール減少効果にも関心を持つよう促される。妻の方からも細かな事項について質問し、指導していただく。たまにはカロリーをオーバーしても食事を楽しみたい日もあるので、私からも、どの程度の頻度であれば体重増加の心配がないか聞いてみたところ、個人差があって、週に２日大丈夫な場合もあれば、週１日程度にとどめる必要のある場合もあるとのこと。

　次に、塩分のコントロールについての説明となり、最初に、最近の食生活に関する簡単な質問を受けて、その場で採点され、１日の塩分摂取量が8.9グラムであり、目標の６グラムを超えているとの説明があり、その改善の指導を受ける。

　後刻主治医も病室に来られ、ご挨拶させていただく機会も持てた。

　いよいよ明朝は退院である。

## 10月8日（土）
### 104 検査入院・退院の日
### ——スーダン問題

　退院日の朝、午前6時に起床して、カーテンを開ける。窓が北に面していて正面に小高い丘が見え、その向こうは能勢方面か。この眺望ともお別れである。洗面し、1階のコンビニに行って新聞を購入し、病室で寛ぐ。

　午前7時の朝食の後、妻が迎えに来て、荷物を入院の時に持ち込んでいた旅行用カバンに収納して退院準備。8時30分経理課の窓口が開くのを見計らって支払いを済ませた後に、病棟内での退院手続をする。その際に、S病院の紹介病院となっているN病院とK病院宛ての担当医の手紙を預かる。

　午前9時過ぎS病院を出て、地下鉄御堂筋線と南海高野線とを使って河内長野に向かい、駅に置いてあった車で、真っ直ぐK病院に向かう。K先生に経過を詳しく報告し、手紙といただいたCD-ROMとを渡し、心からのお礼を申し上げる。

　夜は、退院を祝うために長男が駆けつけ、一緒にすき焼に舌鼓をうつ。酒は、妻が探してきてくれた「糖質カット」の清酒である。久しぶりに我慢することなく、飲み、かつ、食べる。

　ところで、最近の新聞を見ていると、野田首相は、スーダンに自衛隊を派遣しようとしているようである。しかし、わが国が食糧援助等をすることに対しては異存はないが、国民の命を差し出す問題であるか否かは、疑問であると考えている。

　以前触れたことがある沼沢均の『神よ、アフリカに祝福を』によると、もともとスーダンの地には、北部に多数派アラブ系のイスラム教徒が住み、南部に少数派黒人のキリスト教徒が住んでいたが、植民地支配をしていたイギリスは、1956年にスーダン独立の際に、2カ国に分けずに、統一スーダンと

して独立させたため、最初の政権がイスラム法を導入したことに反発する南部キリスト教徒がスーダン人民解放軍（SPLA）を結成して、次に述べる隣国のメンギスツ政権から支援を受けて、ゲリラ闘争を開始した。

　そしてその隣国エチオピアは、アフリカ最古の独立国であるが、1975年に軍部の力で帝政が廃止され、その後、メンギスツ・ハイレ・マリアムが大統領に就任し、エチオピア労働者党による一党独裁体制による社会主義国の建設が始まった。ところが、各地で反政府勢力が立ち上がり、1991年ついにメンギスツ大統領がジンバブエへ亡命し、1995年に新憲法が制定されネガソ・ギダダが正式大統領、メレス・ゼナウィが事実上の最高指導者である首相に就任するに至った。この間、欧米がどちらの側に対してどのような支援をしたかは推測するに難くない。

　そして、前述のSPLAがメンギスツ政権から受けていた支援は、スーダン政府からも後押しを受けて反政府活動をしていたメレス政権の樹立とともに停止され、エチオピア国内のスーダン人の難民キャンプも閉鎖されたばかりか、スーダン政府は、エチオピア領内からも南スーダンを攻撃するようになった。そして、同国の産油量の過半を算出する油井がある南スーダンの油田は、現在、スーダンの国営会社がすべてについて権益を維持している。

　したがって、2011年7月11日南スーダンが独立するについては、表向きは、南スーダンの住民投票の結果であるとされているのであるが、住民投票を実施すればそのような結果が出ることは、過去の歴史に照らしても決まりきったことであり、今なぜ住民投票が実施できることになったかということが重要である。

　スーダンのオマル・アル・バシール大統領並びにオイルメジャーおよび彼らを後押しする欧米各国と、南スーダンのサルバ・キール・マヤルディ大統領との間で、どのような密約があったのか、彼らの思惑が奈辺にあるのかが不明である限り、スーダン情勢の今後を占うことはできない。現状では国民の生命を危険にさらすべきではないと、私は考える。

## 10月9日（日）

## 105 死刑と残虐な刑罰

　自宅のベッドの中で目覚める。検査入院も終わって、いよいよ日常生活を取り戻したという実感があり、朝食後の散歩には、私自身が運転する車で出発した。妻と母、そしてレモンを伴って烏帽子形公園に向かったが、もちろん、発病後の初運転である。このまま再発させずに1日でも長く生きたいと思う。

　さて、マスコミは、新宿のパチンコ店放火による5人焼殺事件の裁判員裁判に関して、裁判所が憲法判断のための審理をすることとし、まず、最初に、わが国の死刑執行方法であるところの絞殺が憲法の禁止する「残虐な刑罰」にあたるか否かの証人調べが予定されていることを報じている。

　確かに、「山川草木悉皆成仏」という仏教思想の国であるにもかかわらず、わが国では、生き物の死に冷淡なところがあり、シラウオの踊り食い、アワビの残酷焼き、魚の活造り等に舌なめずりするのは、老若男女を問わない。しかし、イスラムの文化は、動物の屠殺に際して苦しみを長引かせることを禁じており、近代民主主義国家においても、そのような屠殺を禁止する法を制定して施行している国があり、北欧で日本料理店を開いて活造りを提供し、罰金に処せられた者があると聞く。インターネットによると、昨年オーストラリアでもロシアのサーカス団の公演で生きた魚を飲み込んだり吐き出したりする演目が中止させられたという。アメリカは、法律上は死刑を存続しているが、裁判所が憲法違反であるとする判断を示している州があり、それらの裁判例の中には、銃殺や、毒殺という死刑の執行方法の残虐性を理由とするものがある。

　したがって、前述の裁判の審理の対象は、思想においても、法制面においても国際標準をはずしておらず、私は、裁判の帰すうを見守りたいと考えて

いる。

　しかし、死刑を憲法違反とする理論構成としては、「人命は地球より重い」というのが、近代民主主義国家の基本的な考え方であり、たとえ犯罪者であっても、彼に対して「死をもって償うこと」を命じ、これを受け入れさせることそれ自体が残虐な刑罰であるという考え方もあり得る。

　私は、在官中死刑制度が憲法違反であるという法律論に気づかないではなかった。しかし、合議体で他の2人が死刑を選択したときに、自分は判決書に署名することに耐えられないという気持ちと、憲法は時代の産物であり、制定当時には、死刑が残虐であるという観念は、わが国にも世界にも存在しなかったし、その当時に至るまで変化していないように思われ、死刑の嫌忌は法の回避、裁判官失格ではないかと自問自答する気持ちから、それ以上の思索を打ち切ってしまった。

　その後、退官して約30年。弁護士としての経験を通じて、アメリカのリアリズム法学や、ポストモダン法学が正しく指摘するとおり、本来、法曹教育自体が、法曹志願者の社会的な視野を社会秩序擁護者としてのそれに限定させることを目的としていることに気づくに至った。そして、世界における死刑制度廃止の潮流も見定めることによって、死刑そのものが残虐な刑罰であり、死刑制度は違憲であると解することができるという理解にようやく達することができた。

　法曹教育自体が内在する保守性と、社会が求める変化との衝突との克服は、個々の裁判官の責任であるが、これを全うするためには、裁判官の社会生活の広がりと充実が必要である。

　しかし、昭和40年代に最高裁は、「公正らしさ」の下で、裁判官の社会生活にも干渉するようになった。

　本当に死刑制度に対する違憲立法審査権が行使されることになるのであろうか。

## 10月10日（月）
### 106 老人はほらを吹け

　郊外のそこここに広がる休憩地に植えられたコスモス（和名秋桜）が満開である。

　今日は体育の日でもあって休日であるが、1週間の検査入院も無事終わり、いよいよ明日から平常業務に復帰する予定。とはいえ、当面、水曜日は出勤を控えることにして、富田林簡裁での調停委員としての業務や、地元河内長野市周辺の依頼者の訪問、自宅でモバイルを事務所のサーバーとつないでの情報交換や書類作成、原稿書き等に従事することにしたい。また、年内は、遠隔地への出張も控える予定である。

　今、この日記を眺めながら、脳梗塞発症当時処理していた案件を思い浮かべると、約3カ月の間に、それぞれの依頼者の人生の上にもそれだけの変化が訪れていることに気づく。U株式会社の民事再生事件は刑事事件に発展し、そちらを分担していた別の法律事務所が動くことになる。発病直前に相談を受けて、依頼者の意向に沿う方向に物ごとを動かすための作戦を練ってあげたいと願っていたが、着手前に発病したものである。後任のJ先生たちもよくやってくれたが、土俵際まで追い詰められていた依頼者とともに「うっちゃり」の機会を探る時間は残されていなかった。U株式会社の代表者は世上とかく非難されているが、私は、これまでの経験を通じて、世評等は力がある者がどのようにでも創作し、操作できるのであり、事業破綻に関しては、しばしば金融機関その他が、自社の重大なミスを隠蔽するために、借入先の代表者の犯罪をフレーム・アップすることを知っている。そのカラクリを分析する機会がなかったのが残念である。

　M大学経済学部のインターンシップはJ先生が担当し、M教授に感謝される。研究会や各種出版の編集等も、私がいなくても順調に進められてい

る。

　一方、Fさんの労働事件はT先生が担当して進行中、Fさんから直接の連絡がないところをみると安心して任せているのだと思う。Tさんの刑事事件は執行猶予付判決をもらう。Mさんの建物明渡しは完了して和解金を受領することができ、感謝の手紙をいただいた。別のMさんの離婚調停も成立等々。こうして、あらためて、1つひとつの事件を思い出しながら回顧していると、さまざまな人生に寄り添い、望まれたとおりの結果に導けたときには、その依頼者と共に喜ぶことができるというこの仕事の醍醐味を、今さらながら感じる。

　だからこそ、人の3倍働き、報酬は2分の1をモットーに、1981年から馬車馬のように働いてきた。しかし、30年が経過し、20年前に心筋梗塞一歩手前の狭心症を患い、今回は脳梗塞を患った。脳梗塞発症前の私の取扱案件くらいのストレスならば10年前の私の身体なら十分耐え得たと思う。いよいよ、自分が老人と呼ばれる境涯に達したと自覚せざるを得ない。

　既に、弁護士法人内の若手弁護士との事件共同処理のやり方も変えた。私自身の勤務時間も短縮したし、稼働日も減らした。

　その結果として、私自身が寄り添える人生の数も減ることになり、その依頼者と共に味わえる喜びの数も減る。もちろん、私が寄り添わせていただきながら、その人生が依頼者の希望どおりには展開しないこともあるので、それを打開するためのストレスや、最終的に希望と反した結果が訪れた場合にその結果を受け入れることによるストレス等は免れないが、取扱い事件数の減少に伴って、そうしたストレスを受ける機会も減少することになる。自分が次第に戦線離脱していくという寂しさを感じないわけではない。

　私が好きな小林和作画伯は、「老人はほらを吹け」という。自らの衰えを嘆くのではなく、愛嬌のある「ほら」でこの世を賑やかにしろという意味のようである。精出して私も「ほら」は吹いていくことにしたい。

## 【著者略歴】

四 宮 章 夫（しのみや　あきお）

〔略　歴〕　1973年3月司法修習終了、同年4月判事補任官、1981年判事補退官、大阪弁護士会登録

〔主な著書〕　「会社整理における立法的課題」ジュリスト1111号81頁、「プロフェッショナルとしての自覚と倫理」市民と法21号104頁、『書式　民事再生の実務』（共著・民事法研究会）、『注釈　民事再生法』（共著・金融財政事情研究会）、『書式　商事非訟の実務』（共編著・民事法研究会）、『一問一答私的整理ガイドライン』（共編著・商事法務研究会）、『一問一答改正会社更生法の実務』（共編著・経済法令研究会）、『企業再生のための法的整理の実務』（編集・金融財政事情研究会）、『新破産法の理論・実務と書式〔事業者破産編〕』（共編著・民事法研究会）、『詳解　民事再生法』（共編著・民事法研究会）、『最新　事業再編の理論・実務と論点』（監修・民事法研究会）、『倒産・事業再編の法律相談』（監修・青林書院）、『事業再編のための企業価値評価の実務』（監修・民事法研究会）など多数。

弁護士日記　秋桜

平成24年8月8日　第1刷発行

定価　本体1,300円（税別）

著　　者　四宮　章夫
発　　行　株式会社　民事法研究会
印　　刷　シナノ書籍印刷株式会社

発行所　株式会社　民事法研究会
　〒150-0073　東京都渋谷区恵比寿3-7-16
　　　［営業］TEL 03(5798)7257　FAX 03(5798)7258
　　　［編集］TEL 03(5798)7277　FAX 03(5798)7278
　　　http://www.minjiho.com/　info@minjiho.com

落丁・乱丁はおとりかえします。　ISBN978-4-89628-800-1　C0095　￥1300E
カバーデザイン：関野美香